John Sandford

John Sandford est le pseudonyme d'un journaliste américain lauréat du prix Pulitzer de la presse écrite. Auteur d'une dizaine de romans, son nom est attaché à celui de son héros Lucas Davenport, dont il a fait l'un des officiers de police les plus originaux du thriller américain. Les aventures de son célèbre personnage sont retracées dans une série de romans, parmi lesquels *La proie de l'ombre* (1995), *La proie de la nuit* (1996), *La proie de l'esprit* (1998), *La proie de l'instant* (1999) *La proie secrète* (2000), et plus récemment *Une proie certaine* (2001), thrillers qui gagnent un public toujours plus nombreux.

LE CODE DU DIABLE

DU MÊME AUTEUR
CHEZ POCKET

LA PROIE DE L'OMBRE
LA PROIE DE LA NUIT
LA PROIE DE L'INSTANT
LA PROIE DE L'ESPRIT
UNE PROIE CERTAINE
LA PROIE SECRÈTE

JOHN SANDFORD

LE CODE DU DIABLE

Traduit de l'américain
par Hélène Collon

BUCHET/CHASTEL

Titre original :
THE DEVIL'S CODE

ISBN : 2-266-11814-5

Chapitre premier

St. John Corbeil

Par une belle soirée d'automne à Glen Burnie, un jeudi, dans une rue où le vent chassait les feuilles mortes. Une bicyclette au phare avant intermittent, un chien qui courait à côté, une sensation générale de sérénité. Un soir à enfiler une veste sport en cachemire, ou un rang de petites perles noires, avant d'aller dîner dans un bon petit restaurant ; avec quelques fines bougies blanches sur la table, peut-être, et un sénateur controversé dégustant une truite en compagnie d'une jolie femme qui n'est pas la sienne. Ce genre de chose.

Terrence Lighter ne verrait rien de tout ça ce soir-là.

Il revenait seul, à pied, en sifflotant, de la librairie du coin, un magazine financier à la main, une cassette porno dans la poche de sa veste. April, son épouse, était chez sa mère dans le Michigan ; il y avait un pack de douze bières au réfrigérateur et un sachet de *nachos* bio sur la table. Et la cassette, bien sûr.

Une fois chez lui, il déboucherait une bière, insérerait la cassette dans le magnétoscope, s'occuperait un petit moment de lui-même, puis se mettrait le match de foot. À la mi-temps il appellerait April, pour cette histoire d'engrais. Il oubliait toujours lequel il fallait prendre. Après, il regarderait la deuxième mi-temps, et au coup de sifflet final, il serait prêt à se repasser la cassette.

Seule ombre au tableau : cette histoire de Dallas. Qu'est-ce qu'ils foutaient avec ces photos satellite ? Où avaient-ils bien pu se les procurer ? Et ce type, comment avait-il appris leur existence ? Enfin, on verrait après le week-end. Dallas ne l'avait pas rappelé ; s'il n'avait toujours pas de nouvelles lundi après-midi, il rédigerait une note de service à l'intention du sous-directeur, histoire de se couvrir.

Mais on n'en était pas encore là. Ce soir, c'était cassette, bière et *nachos*. Pas mal comme programme, pour un cadre supérieur de cinquante-trois ans affligé d'une épouse froide au lit. Pas mal du tout, même...

Il lui restait quelques dizaines de mètres avant d'arriver chez lui. Tout à coup, un homme surgit d'un bosquet de lilas à côté d'une maison plongée dans l'obscurité. Lighter ne le vit qu'au dernier moment car il était vêtu de noir de la tête aux pieds. L'inconnu n'émit pas un mot, mais son bras se releva brusquement.

La toute dernière pensée de Lighter fut : « Armé ? »

Bien vu : un 9 mm avec silencieux. Une balle pénétra dans sa tête, qui pivota sur la droite. Il fit un pas en avant, déjà mort, puis s'affaissa dans l'herbe détrempée. L'autre lui tira à bout portant une deuxième balle dans l'occiput, préleva à tâtons son portefeuille dans sa veste, tomba sur la cassette et l'empocha aussi.

Abandonnant le cadavre, il s'élança sur la pelouse, athlétique et léger ; il laissa derrière lui le bosquet de lilas, gagna le fond du jardin en courant, sortit dans la rue et longea des plates-bandes fleuries. Il couvrit ainsi cent cinquante mètres ; ses chaussures de sport ne faisaient pas le moindre bruit, et son survêtement noir le rendait quasi invisible. Il avait repéré son itinéraire l'après-midi même, en notant les barrières, les chiens, les murs mitoyens. Un complice l'attendait dans une voiture, près d'un carrefour peu fréquenté. Le meurtrier parvint au coin de la rue, ralentit, puis reprit son chemin ; ainsi, un éventuel passant venant en sens inverse ne le verrait pas lancé en pleine course.

Ils démarrèrent ; l'autre s'enquit : « Tout s'est bien passé ?

— Au poil. » Le tireur fouilla le portefeuille du mort. « On hérite même de quatre cents dollars et d'un film porno. »

Le lendemain soir ils remettaient ça.

Cette fois, leur cible était une maison modeste située dans les quartiers populaires du sud de Dallas ; elle ne datait que des années soixante-dix, mais elle avait mal vieilli. Devant, dans l'allée circulaire, était garée une Porsche Boxter récente. Une fenêtre était éclairée côté jardin ; côté rue, entre les rideaux de la grande baie vitrée, on distinguait une lampe coiffée d'un abat-jour jaune. Il flottait dans l'air un léger fumet de saucisses grillées – sans doute un barbecue familial chez les voisins. Un peu plus loin, des enfants jouaient dans la rue ; leurs exclamations ténues, comme contenues par la distance, évoquaient des craquements de vieux 33-tours.

Les deux hommes coupèrent à travers une pelouse sèche comme de la paille et montèrent sur la dalle de béton qui faisait office de terrasse. Le plus grand des deux porta la main au pistolet glissé dans son baudrier. Puis il actionna la poignée de la porte : celle-ci était fermée à clé.

Il consulta du regard son compagnon, qui haussa les épaules, se pencha et appuya sur la sonnette.

John James Morrison, dit Jack, avait le même âge

que ses deux visiteurs, mais il était plus mince, plus grand et moins bien coordonné ; une espèce de grand dadais en fait – avec en plus des lunettes, un sourire éclatant et un petit quelque chose qui plaisait beaucoup aux femmes. Il se nourrissait de bonbons à la cannelle et de Coca Light, avec de temps en temps une pizza au chorizo, pour les protéines. Il avait parfois des « montées » de caféine et de sucre qui lui faisaient trembler les mains, et il adorait ça.

Là où ses visiteurs affectionnaient le sport + cocktail créatine/androstenedione/vitamines E, C, B et A, en guise d'exercice physique Morrison se contentait de faire pivoter du bout du pied son fauteuil de bureau à mille dollars, qu'il emportait avec lui quand il allait réaliser une expertise à l'autre bout du pays.

Dans la chambre – la plus petite des deux –, Morrison et son fauteuil traversèrent sur leurs roulettes un magma de papier-imprimante à bords perforés et de boîtes de Coca Light vides. Une boîte à pizza qui datait de trois jours et dégageait une odeur rance de chorizo et de fromage aigre bouchait la corbeille à papier près du bureau. Il allait falloir s'en occuper. Mais pour l'instant, il n'avait pas le temps.

Morrison reporta son regard sur l'écran de l'ordinateur, qui émettait une lueur bleutée ; la machine digérait une avalanche de chiffres, occupée à vérifier et revérifier du code. Un ensemble stéréo portatif était posé par terre dans un coin, avec une pile de CD sur le haut-parleur droit. Morrison s'extirpa de son siège et chercha dans le lot une musique qui ne prenne pas trop la tête. Il choisit un disque de Harry Connick Jr. *Love Is Here To Stay* s'échappa en sourdine des enceintes et Morrison fit pivoter son fauteuil. Il esquissa un pas de danse. Voyons... Une nouvelle dose de caféine, peut-être ?

On sonna à la porte

Onze heures du soir. Il n'avait aucun ami proche à Dallas. Qui pouvait bien lui rendre visite aussi tard ? Il fit encore deux pas vers la porte du bureau et coula un regard en biais vers la fenêtre du salon ; entre les rideaux, on apercevait la véranda. Il vit un ou deux hommes vaguement éclairés par la lampe au-dessus de la porte. Il n'en distinguait pas le visage, mais vu la carrure, il sut tout de suite à quoi s'en tenir.

« Et merde ! » Il regagna l'ordinateur, cliqua sur un fichier et le déposa sur une icône marquée *Lacérateur*. Puis il demanda « Lacérer », attendit le dialogue de confirmation et cliqua enfin sur « O.K. ». Le programme était réglé sur le niveau de sécurité maximum : une fois lacéré, le fichier en question serait irrécupérable. Malheureusement, le processus prenait du temps...

Il fallait donc qu'il en gagne. Il éteignit le moniteur, mais laissa tourner l'unité centrale. Puis il prit son ordinateur portable, éteignit la lumière et sortit de la pièce en repoussant le battant sans le fermer tout à fait ; voyant la pièce plongée dans le noir, ses visiteurs n'y entreraient peut-être pas tout de suite, ce qui laisserait au programme de lacération le temps d'accomplir sa besogne. Il alla poser le portable dans la cuisine, non sans l'avoir préalablement allumé. Enfin, il tira un tabouret devant la machine.

La sonnette retentit à nouveau. Il ressortit précipitamment de la cuisine en lançant au passage : « Une minute, s'il vous plaît ! » En jetant un ultime coup d'œil dans le bureau par la porte entrebâillée, il vit clignoter le voyant de l'unité centrale. Il avait demandé la lacération d'un giga de données seulement, sur les vingt dont il disposait en tout, mais cela serait quand même long, très long...

Et il ne lui restait pas beaucoup de temps. Dehors,

on tambourinait à la porte. Il retraversa la maison, alluma le plafonnier du salon pour bien faire voir qu'il arrivait, risqua un regard entre les rideaux – encore dix secondes de gagnées – puis déverrouilla la porte. « Fallait que je me reculotte », dit-il aux deux inconnus qui se tenaient sur le seuil. « Qu'est-ce que c'est ? »

Morrison était un peu inquiet, mais pas trop. Il avait déjà reçu des menaces, à son précédent domicile, mais rien de physiquement inquiétant. Cette fois, « ils » lui dirent que s'il refusait de « les » accompagner, il serait licencié sur-le-champ et poursuivi par AmMath pour non-respect des consignes de sécurité en vigueur dans l'entreprise, espionnage industriel et vol de secrets commerciaux. Ils ajoutèrent que jamais plus il ne retrouverait de travail dans une boîte sérieuse.

Assez dissuasif, comme menace. En effet, si on le renvoyait, si on lui intentait un procès, personne ne se risquerait plus à l'engager. Quand une société remettait son réseau informatique entre vos mains, la confiance devenait un facteur capital : vous aviez accès au cœur même du système, qui devenait transparent. *Totalement* transparent. D'un autre côté, on pouvait peut-être discuter, conclure un marché. Il risquait son job, mais au moins on ne le poursuivrait pas. Ça resterait entre eux.

Alors il les suivit. L'un des deux hommes lui dit de prendre sa propre voiture (« Comme ça, on sera pas obligés de vous ramener ») et y monta avec lui, tandis que l'autre annonçait qu'il les suivait. Sauf qu'il n'avait pas reparu.

Une fois chez AmMath, Morrison se retrouva devant Corbeil, mal à l'aise et les épaules basses comme un paysan qu'on traîne devant le roi. Corbeil inséra une cassette audio dans un magnétophone. Il reconnut la voix de Terrence Lighter. « Dites donc, John, qu'est-ce que vous trafiquez, là-bas ? Parce qu'un type s'est pointé chez moi en prétendant que... »

Merde. Ils le tenaient.

Il opta pour la manière forte. « Je suis tombé par hasard sur des fichiers signalant certaines irrégularités », dit-il à Corbeil. « Rien à voir avec le Clipper, mais top secrets quand même... et traités selon une procédure inhabituelle. » Il était toujours debout, comme quelqu'un qui vient présenter une requête, alors que l'autre n'avait pas quitté son siège de bureau. « Quand je travaillais au Jet Propulsion Laboratory, on m'a toujours dit que si je découvrais une anomalie de ce type, je devais la signaler au moins deux niveaux hiérarchiques au-dessus de moi, pour qu'on ne puisse pas l'escamoter et que les mesures de sécurité adéquates soient prises.

— Donc, vous êtes allé trouver Lighter.

— Je n'avais pas le choix. Je lui ai signalé le problème, répliqua Morrison. Alors maintenant, je crois qu'on devrait appeler F.B.I. On verra bien ce qu'ils disent.

— Pauvre con. » Corbeil sortit un téléphone mobile de la poche de sa veste, appuya sur un bouton, attendit quelques secondes et s'enquit : « Alors ? » Alors rien, manifestement. « Bon, reprit-il. Laissez tomber les disques, on prend le relais. »

Le vigile de Corbeil, qui patientait sans rien dire près de la porte, déclara après un coup d'œil à sa montre : « Si on fait comme on a dit, faudrait pas trop tarder. Goodie va débarquer dans les cinq-dix minutes et moi, il faut que je fasse mon tour pour aller prendre position. »

Corbeil dévisagea longuement Morrison qui l'interrogea : « Quoi, qu'est-ce qu'il y a ? »

L'autre secoua la tête, puis se leva et s'approcha du vigile : « Vous permettez ? »

L'homme exhiba un Smith & Wesson 40 qu'il remit à Corbeil. Celui-ci se retourna et le pointa sur Morrison.

« Vous avez intérêt à nous dire ce que vous avez fait des données, sinon il va vous arriver des bricoles, fit-il tout bas.

— Ne me braquez pas ce truc dessus... » commença Morrison.

Corbeil sentit son sang affluer vers son cœur. Il avait toujours aimé ce moment précis. Outre ses colonels irakiens et divers Arabes, il avait déjà dézingué des cerfs, des antilopes, des rennes et des élans, sans parler des ours, des marmottes, des chiens de prairie et des oiseaux par milliers ; chaque fois, cela lui avait procuré un plaisir indéniable.

Il tira deux balles dans la poitrine de Morrison. Ce dernier s'abstint d'ouvrir une bouche incrédule, de tituber, de porter la main à ses blessures ou d'écarquiller les yeux de stupeur. Il s'effondra, un point c'est tout.

« Putain, j'en ai les oreilles qui carillonnent », fit Corbeil au vigile, en omettant de mentionner sa brusque érection. « Un peu décevant, commenta-t-il. Nettement moins bien qu'en Irak. »

Pourtant, c'est d'une main tremblante qu'il lui rendit son arme. L'autre avait déjà constaté le phénomène au ranch, quand ils partaient chasser.

« Faut s'occuper de la troisième balle.

— Allons-y. » Ensemble ils prirent un 38 dans un tiroir du bureau, le placèrent dans la main de feu Morrison et tirèrent une unique balle dans une pile de journaux.

« Sauvez-vous, maintenant, dit Corbeil. Je me charge de larguer les journaux.

— Je serai à la *droite* de Goodie. C'est-à-dire sur votre gauche à vous.

— Je sais, je sais, répondit impatiemment Corbeil.

— Peut-être, mais faudrait quand même pas l'oublier.

— Ne vous en faites pas pour ça, jeta Corbeil.

— Désolé. Mais pensez-y. Je serai sur votre *gauche*. Et vous devez recharger votre arme maintenant, et emporter la douille usagée avec vous...

— Je n'oublierai rien de tout ça, William. C'est ma peau qui est en jeu tout autant que la vôtre.

— Parfait. » Le vigile posa les yeux sur la silhouette tassée de Morrison. « Quel crétin.

— On n'avait pas le choix. Il y avait une chance sur un million qu'il tombe dessus. » Corbeil lança un regard à sa montre. « Allez-y, maintenant. »

Larry Goodie remonta la ceinture à laquelle pendait son arme, soupira et se dirigea vers l'ascenseur. À cet instant précis retentit le signal d'alarme au niveau de la porte réservée aux employés et, en se retournant, il vit William Hart qui entrait grâce à sa carte magnétique.

« Alors, Larry, comment ça se passe ? s'enquit Hart.

— C'est plutôt calme, ce soir.

— Vaut mieux, non ?

— Ouais.

— Ça t'est déjà arrivé, une nuit pas calme ? »

Larry sentait bien que l'autre le faisait marcher, et ça ne lui plaisait guère. Les types de chez TrendDirect étaient sympas. Mais ceux d'AmMath, à l'« étage noble », quels connards, par contre ! « C'est calme la plupart du temps, reconnut-il. Une fois j'ai eu un problème avec le lecteur de cartes magnétiques, n'importe qui pouvait aller et venir sans... »

Mais à ce moment-là l'ascenseur émit un *ping* signalant son arrivée au dixième étage et tous deux sortirent de la cabine. Hart effleura la manche de Larry en disant : « T'as vu cette serrure, là ? Elle est toujours comme ça ? »

Goodie suivit son regard. En effet, la serrure de la porte marquée Gerald R. Kind présentait un aspect anormal. Il alla y regarder de plus près. On avait forcé la porte au pied-de-biche. « Non, et elle n'était pas comme ça il y a une heure, à mon dernier passage. » Il se retourna vers l'extrémité du couloir. La lumière était éteinte dans la zone de sécurité. Or, il devait y avoir de la lumière vingt-quatre heures sur vingt-quatre.

« On jette un coup d'œil », souffla Hart.

Il entrouvrit la porte du bureau en question et Goodie vit tout de suite qu'une autre porte était ouverte, au fond. « Chut ! » fit Hart. Il franchit le seuil, Goodie sur ses talons, et ressortit de l'autre côté, dans un couloir menant à la zone sécurisée. Au bout du couloir, la porte était béante ; derrière elle régnait l'obscurité.

« T'as vu l'écran ? » chuchota Hart tandis qu'ils avançaient sans bruit dans le couloir. En effet, un écran d'ordinateur diffusait une lueur singulière, comme si on venait tout juste de l'éteindre. « Je crois qu'il y a quelqu'un là-dedans.

— Je vais allumer », répondit Goodie sur le même ton. Son cœur battait à grands coups ; il ne s'était jamais rien produit de pareil.

« Tu devrais faire comme moi. » Hart tira un automatique de sa ceinture. Goodie déglutit avec peine, puis dégaina gauchement. Ça non plus, il ne l'avait jamais fait.

« Prêt ? demanda Hart.

— On devrait pas plutôt appeler les flics ?

— Va allumer, je te dis. » Hart s'était exprimé dans un souffle. « Passe la main à l'intérieur, l'interrupteur est juste là. »

Parvenu devant l'encadrement de la porte, Goodie fit ce qu'on lui disait, mais tout à coup une voix hurla : « NON ! ! ! »

Il fit volte-face, distingua vaguement un fantomatique ovale qui devait être un visage, et là... PAN ! Un éclair l'aveugla, il eut l'impression qu'on venait de lui flanquer un coup de bat de base-ball dans les côtes. Il partit en arrière, déséquilibré, et vit l'arme de Hart cracher des éclairs juste au-dessus de sa tête. PAN PAN PAN PAN...

Goodie ne compta pas les détonations, mais son univers entier lui paraissait constitué d'un seul et même bruit assourdissant ; puis sa nuque s'abattit sur la moquette, sa bouche s'ouvrit et un gémissement s'en échappa ; tout son corps était en feu. Il resta à terre, sans bouger ; puis le visage de Hart entra dans son champ de vision. « Tiens bon, Harry ! Tiens bon, hein ? Accroche-toi, j'appelle les secours... Tiens bon... »

Chapitre deux

L'hiver canadien a débarqué un vendredi matin.

Thomas Bleak et moi, on était partis dans le Nord pêcher le brochet tardif sur l'English River, où les journées étaient froides mais ensoleillées, les nuits frisquettes et les insectes assommés par le gel ; on voulait tenter notre chance jusqu'au bout, profiter au maximum de l'automne qui s'attardait, cette année-là, sur l'Ontario.

Le mauvais temps s'est installé du jour au lendemain. En se levant, on avait découvert un soleil voilé, mais à neuf heures déjà, une masse nuageuse menaçante s'avançait côté nord-ouest ; ça sentait la vague de froid. Enfin, ce n'était pas exactement une odeur, mais ça avait quand même quelque chose d'olfactif : quand on faisait face au front froid, on avait tout à coup le nez qui démangeait ; alors on se disait : ça sent l'hiver.

Cette brusque aggravation de la météo n'était pas vraiment pour nous surprendre. On l'avait vue se profiler sur les photos satellite – en commençant par une zone de basse pression dans l'Arctique –, avant de quitter la base hydravion, cinq jours plus tôt. Mais ce matin-là, assaillis par des flocons gros comme des pièces de monnaie, on guettait, l'œil sur la montre, le retour du Cessna 185 dont le ronflement assourdissant (malgré son moteur unique) se faisait attendre, et on commençait à se demander ce qu'on deviendrait si l'avion s'était crashé. Surtout si les types de la base nous croyaient à bord au moment de l'accident.

C'est que l'hiver était long, au nord de l'Ontario. Et je n'étais pas sûr que Thomas Bleak soit tellement bon à manger. D'ailleurs, il devait se tenir des propos similaires, avec une légère variation dans le menu. Quand le Cessna a fait son apparition au bout du lac, tel un clin d'œil argenté, et que le vrombissement du moteur s'est mis à rouler sur les eaux en venant vers nous, Thomas a commenté : « Une heure de retard, c'est pas si mal.

— Une heure, déjà ? Tiens, moi qui croyais qu'il était en avance, au contraire... » Je me suis étiré en bâillant.

« Ben voyons. C'est sans doute pour ça que tu t'es rongé les ongles jusqu'aux coudes. »

Le pilote était drôlement pressé. Après l'atterrissage, il s'est approché sur le ponton branlant, poussé par une rafale de neige. On a balancé notre matos à bord et il a redécollé tout de suite, en rebondissant sur les vaguelettes couronnées d'écume, avant de prendre son essor sans même s'assurer qu'on avait bien tiré les canots à terre et éteint le fourneau ; il nous a crus sur parole. Dix minutes après le décollage, on est sortis du blizzard ; alors il nous a dit : « Super. J'ai toujours moins de mal à me poser quand je trouve le lac du premier coup. » Puis, en s'adressant plus particulièrement à moi : « Y a une bonne femme qui cherche à vous joindre toutes les dix minutes.

— Ah ? Elle a donné son nom ? » Évidemment, je pensais à LuEllen – la seule femme susceptible de vouloir me contacter en urgence. Mais le pilote a parlé d'une certaine Lane Ward.

« Connais pas, ai-je répondu en secouant la tête.

— Eh bien, elle, elle vous connaît – et elle brûle d'envie de vous parler. » On était obligés de crier pour couvrir le boucan du moteur. « Mais elle n'a pas dit de quoi il s'agissait. Et comme elle se déplace, on ne peut pas la joindre. »

Il ne savait rien d'autre. On a reporté notre attention sur les lacs et les canyons qui défilaient tout en bas, à cinq cents mètres sous la carlingue. Encore trois semaines et le pilote serait obligé de sortir les skis. Arrivés à quelques kilomètres de la base, comme on virait sur l'aile pour se positionner dans l'axe du lac, Bleak – qui avait pris place sur le siège arrière – s'est avancé et a dit au pilote : « On commençait à s'inquiéter, nous.

— J'ai eu des problèmes pour démarrer le zinc, ce matin. Pendant que je faisais chauffer, l'hélice est tombée. » On les a regardés l'un après l'autre, lui et son hélice. Il s'est marré : « Celle-là, elle était déjà éculée au temps de Ponce Pilate. »

Sa femme s'appelait Moony. C'était une baba cool attardée dont le sourire découvrait des dents en pagaille ; elle portait de grandes robes droites en cachemire et faisait pousser de l'herbe sur le rebord de sa fenêtre. Après trente ans à cuisiner pour les pêcheurs que trimballait son mari, elle était toujours incapable de préparer un repas correct. Quand elle faisait des crêpes, on les emportait au lac pour les faire ricocher à la surface comme des cailloux plats. Et une fois qu'elles avaient sombré, les poissons se gardaient bien d'y toucher.

Elle a proposé de nous confectionner un casse-croûte vite fait, mais nous nous sommes empressés de décliner poliment ; nous avons sauté dans notre 4x4 de location et rallié Kenora. Six heures plus tard nous étions à l'aéroport international de St. Paul-Minneapolis.

« Ça aurait pu être pire, non ? » a déclaré Bleak.

C'était sa façon de dire qu'il avait apprécié sa semaine de pêche dans le Grand Nord. Ébéniste de son état, Bleak se faisait payer mille dollars pour une chaise et quinze mille pour une salle à manger dix convives, style artisanal, en noyer entièrement sculpté à la main. Il reversait presque tout à une œuvre de charité. Pour lui, un artisan qui s'enrichissait se ramollissait par la même occasion, opinion que je ne partageais pas. Mais n'allez pas croire que c'était un fanatique religieux ; il avait quand même eu cinq épouses, toutes plus charmantes les unes que les autres. En haut de l'escalier menant au terminal, il a avisé une brune. « Dis donc, Kidd... T'as vu son cul, à celle-là ?

— Fais gaffe, Bleak. C'est pas des choses à dire dans le Minnesota. » Après quoi j'ai suivi son regard.

« Je disais ça comme un compliment, moi », a-t-il rétorqué tout bas.

La brune en question s'est retournée pour scruter par-dessus nos têtes la foule de doudounes, fourre-tout et autres tubes de transport pour cannes à pêche. Elle a dévisagé rapidement Bleak comme toutes les femmes qui posent les yeux sur lui pour la première fois (du guide indien, il avait les longs cheveux noirs et le teint de bronze), avant de reporter son regard sur moi. Au moment où on arrivait en haut des marches, elle s'est adressée à moi : « C'est vous, Kidd ?

— C'est moi.

— Lane Ward. » Elle devait avoir des origines mexicaines, à cause du visage rond, de sa couleur de cheveux et des yeux qui allaient avec ; mais la pâleur de son teint évoquait plutôt l'Irlande. En serrant la main qu'elle me tendait, j'ai capté un parfum à peine perceptible – léger, fruité, probablement français. « Je suis la sœur de Jack Morrison.

— Ce vieux Jack ! Comment va-t-il ?

— Il est mort. On lui a tiré dessus il y a une semaine jour pour jour. »

J'ai encaissé le choc et regardé Bleak, qui a lâché : « Aïe. »

Le parking de l'aéroport St. Paul-Minneapolis était tout le temps en travaux ; un vrai gag à répétition. Sachant qu'il était impossible de s'y garer, à l'aller on était venus en taxi. Bleak a décidé de faire de même pour regagner son atelier, dans le sud de la ville, tandis que Lane et moi prenions un autre taxi direction chez moi, à St. Paul.

« Comment avez-vous su que c'était moi, Kidd – et pas mon ami, je veux dire ? lui ai-je demandé en attendant.

— Des deux, c'est vous qui avez le plus une tête de malfrat.

— Merci bien ; en fait, je suis peintre.

— Mais oui, c'est ça. Écoutez, je suis au courant, pour Anshiser. Je sais très bien ce que vous y avez fait, Jack et vous. »

Si j'avais su qu'il en parlerait à sa sœur, je n'aurais jamais bossé avec lui. Encore que... Ce n'était peut-être pas très réaliste, après tout : plein de gens en savaient un petit peu sur ce que je faisais. Mais comme ils ne se connaissaient pas entre eux, ils ne pouvaient pas reconstituer le puzzle. « Alors comme ça, j'ai une tête de malfrat ?

— Plus que votre ami, en tout cas. Vous avez l'air mauvais. Peut-être à cause de votre... nez. »

Et moi qui me croyais beau gosse ! La quarantaine à peine entamée, un mètre quatre-vingts et des poussières, tous mes cheveux (dont pas un seul blanc)... D'accord, il y avait le nez ; plusieurs fois cassé, jamais complètement redressé. Mais je croyais qu'il me conférait un certain charme, au contraire. « Ça fait partie de mon charme », ai-je justement répliqué, vexé, tandis qu'un taxi s'arrêtait devant nous. J'ai tenu la portière à la jeune femme.

« Jack disait que vous pouviez être charmant... quand vous vouliez. Mais que ça n'arrivait pas souvent. » Elle est montée dans la voiture et je me suis glissé à ses côtés.

« Qu'est-ce qui lui est arrivé ?

— Je préfère attendre qu'on soit chez vous », m'a-t-elle répondu en fixant son regard sur la nuque du chauffeur.

L'hiver n'allait pas tarder à arriver, mais pour l'instant, il était encore en Ontario. Les arbres de St. Paul perdaient déjà leurs feuilles ; pourtant, il faisait encore dans les 15-20°. Nous avons franchi le Mississippi et pris West Seventh Street pour rentrer en ville. Sans mot dire, Lane cherchait des yeux, dans la rue, ce qui pouvait faire couleur locale. Elle n'a trouvé qu'un type qui chevauchait en cahotant une vieille Honda Dream, lentement, en mâchonnant son cigare. Il était en short et chaussettes noires. « Quel raffinement, pour une grande ville du Midwest, a-t-elle constaté.

— Ouais. On a de la chance, on a des individualistes. »

On a parlé de tout et de rien pendant le reste du trajet ; j'en ai profité pour l'observer. Elle était jolie et bien faite ; de toute évidence, elle gardait la ligne en surveillant son alimentation, et non en faisant du sport. Elle avait un corps de mannequin, pas d'athlète.

J'ai appris qu'elle avait passé une maîtrise de philo et une de maths à Berkeley, puis quelques diplômes d'informatique à Stanford. Actuellement, elle habitait Palo Alto, où elle se partageait entre une start-up et un poste d'enseignante, toujours à Stanford. La boîte qu'elle montait (« e-Compta ») se proposait d'assurer facturation, recouvrement, comptabilité et fiscalité pour le compte d'autres sites Web trop petits pour s'en occuper eux-mêmes. Elle espérait bien faire fortune – enfin, raisonnablement. Et elle n'était plus mariée à l'homme dont elle portait encore le nom.

« Il se disait d'accord pour avoir des enfants, mais en se trouvant toujours tel ou tel but à atteindre avant. Une nouvelle voiture, un bateau, une maison de vacances... Un jour, je l'ai mis au pied du mur ; si on ne mettait pas un enfant en route j'arrêtais les frais. Eh bien, même là, il a été infoutu de se décider.

— Donc, vous avez arrêté les frais.

— Eh oui.

— Et vous avez trouvé un autre candidat à la paternité ?

— Oui. Un type bien, anthropologue à Stanford. Lui-même se prépare à divorcer.

— Je vois. À cause de vous ?

— Pas du tout. Il ne sait même pas que sa candidature a été retenue. Mais il ne va pas tarder à l'apprendre. Il fera un excellent père.

— Ravi de l'apprendre. »

J'ai surpris le regard du chauffeur dans le rétro. Il souriait. Les jolies femmes sont parfois très spirituelles.

Rentrer chez soi en taxi avec la sœur d'un ami qui vient de se faire tuer, ça n'a rien de bien exaltant ; pourtant, le fait est qu'à l'arrivée, j'étais tout content. J'étais comme ça : heureux de partir dans le Nord, mais aussi de regagner mes pénates. Toute cette eau, ça vous donne plein d'idées ; et puis, quand on reste longtemps là-bas, tout à coup on a une envie dévorante de peindre, de rendre tout ça sur la toile. Pareil pour Bleak : après un certain temps dans une cabane au Canada, il commençait à sculpter les meubles au couteau de poche.

En plus, il se passait des tas de choses, chez moi. Nous avons dû monter les quatre étages à pied parce que l'ascenseur était bourré de poteries en grès et autres porcelaines qu'Alice Beck, ma voisine, se préparait à exposer. « Excuse-moi, Kidd, a-t-elle braillé dans la cage d'escalier. On en a pour dix minutes. » On s'est péniblement hissés jusqu'au quatrième, moi avec la doudoune et les cannes à pêche, Lane avec le fourre-tout.

On a fait une pause au deuxième, le temps que Lane jette un œil aux vases d'Alice. Ils lui ont plu et l'artiste nous a invités au vernissage, le surlendemain.

« Ce serait avec plaisir, a répondu Lane en secouant la tête ; malheureusement, on a un enterrement. » Nous avons repris notre ascension. Parvenue à l'étage supérieur, elle a jeté un regard en arrière. « C'est beau, ce qu'elle fait. » J'ai renchéri : « On la dit très douée ; le problème, c'est qu'un jour, elle va flanquer le feu à la baraque, avec le four à gaz qu'elle a chez elle. La nuit, je l'entends ronfler comme les flammes de l'enfer.

— C'est légal, ça ?

— Quoi, l'enfer ?

— Mais non, quel idiot ! Avoir un four céramique chez soi !

— J'en doute.

— Vous vous êtes plaint ?

— Moi ? Au contraire ! Je l'ai aidée à le monter ! »

Retour au bercail, enfin... En plus, le Chat était là.

Assis sur le dossier du canapé, contemplant le Mississippi, le poil roux et tigré et la tête en forme de fer à repasser, il ne s'est pas donné la peine de sauter à terre en me voyant débarquer. Il a fait semblant de rien. La vieille dame peintre qui habitait en dessous s'occupait de le nourrir pendant mon absence, et comme je lui avais aménagé une chatière, il ne lui fallait de la litière qu'au plus fort de l'hiver.

« Salut, le Chat. » Il a détourné les yeux. Mais je savais bien qu'à l'heure du coucher, il viendrait me tourner autour pour se faire gratouiller.

« Il vous ressemble, a déclaré Lane.

— Qui ça ?

— Le chat.

— Ah ? Merci. » Car il fallait sans doute prendre ça comme un compliment. D'un autre côté, le Chat était pas mal esquinté. Une de ses oreilles s'était fait arracher à coups de crocs (il n'en restait plus grand-chose), et parfois, le matin, quand il faisait bien froid, il boitait légèrement et me regardait en miaulant comme pour quémander une aspirine. J'ai largué ma doudoune et je me suis dirigé vers la cuisine. « Dites-moi ce qui est arrivé à Jack, maintenant. Vous voulez du café ? »

Elle a accepté mon offre. « Je crois qu'il a été assassiné. » On a attendu que l'eau chauffe dans le micro-ondes. « Il semble qu'il ait été abattu après avoir pénétré par effraction dans la zone sécurisée d'une boîte appelée AmMath, à Dallas. Deux balles dans la poitrine. Mort sur le coup. Un autre homme a été blessé.

— Seulement blessé ?

— Oui.

— Donc, il pourrait vous dire ce qu'ils faisaient là-bas et... » Le micro-ondes a bipé. J'en ai retiré nos deux tasses.

« Non, ce n'est pas comme ça que ça s'est passé. Il paraît que c'est *Jack* qui a tiré sur le blessé en question. Il aurait ouvert le feu sur deux vigiles qui l'avaient surpris – des vigiles ou des “agents de sécurité”, je ne sais pas comment on appelle ces gens. On prétend que Jack en a abattu un et que l'autre a riposté.

— Jack ? On parle bien de la même personne, là ? » Car ce n'était pas du tout son genre.

« C'est bien ce que je me dis aussi. *Jamais* Jack n'aurait tiré sur qui que ce soit. Même pour sauver sa peau. Et encore moins parce qu'il s'était fait prendre la main dans le sac après je ne sais quelle effraction... À moins que... » Elle m'a coulé un regard de biais. Un regard insistant.

« À moins que quoi ?

— Qu'à force de faire équipe, vous lui ayez appris à se balader armé. Suivant vos méthodes habituelles.

— Jamais. » J'ai secoué la tête. « Je ne me balade *jamais* armé. Les armes n'ont qu'un seul et unique usage : tirer sur les gens. Et aucun microprocesseur ne justifie cela.

— C'est ce que disait Jack. Que vous n'aviez en aucun cas recours à la violence. »

À sa connaissance du moins. Jack ne savait pas tout ; une fois ou deux, ou trois, il y avait bel et bien eu violence, malgré tous mes efforts pour l'éviter, et tous les regrets que j'en avais conçus. Sauf dans un ou deux cas. Par exemple, certain salopard que j'aurais bien passé au concasseur, de mes propres mains... s'il était revenu d'entre les morts.

« Qu'est-ce qu'il faisait dans cette boîte ? » J'ai versé du café instantané dans l'eau brûlante et je lui ai tendu une tasse. Cette fille avait une façon de vous regarder droit dans les yeux et de se tenir un peu trop près qui aurait distrait tout autre que moi.

« On ne veut pas me le dire. Tout ce qu'on a daigné me révéler, c'est qu'il avait pénétré dans une zone de haute sécurité chez AmMath – c'est eux qui fabriquent le Clipper II – et qu'il a ouvert le feu quand on l'a surpris. »

Le Clipper II était un véritable cauchemar orwellien devenu réalité, ou bien une impossibilité matérielle, ou encore un canular énorme aux frais du contribuable – au choix. Ce microprocesseur avait été conçu en réponse à une crainte majeure de la part du gouvernement américain : que l'existence de codes inviolables rendent irréalisable l'interception des messages échangés. D'ailleurs, il n'avait pas tout à fait tort ; mais la solution était si draconienne qu'elle était vouée à l'échec dès le départ.

La puce « Clipper II » – comme le « Clipper I » avant elle – était destinée au cryptage des données de haute sécurité. Si l'usage en était rendu obligatoire (ce que souhaitait l'État), personne n'y échapperait. Et elle était censée assurer un cryptage à toute épreuve. Absolument inviolable.

Sauf que ce microprocesseur contenait – *au cas où* – un « double des clés » destiné, justement, à l'État. Qui, si besoin était, pouvait rechercher la clé donnant accès à telle puce, obtenir une autorisation de surveillance et décrypter tout message expédié grâce à elle. Sous prétexte de poursuivre en justice un tas de mafiosi, de trafiquants de drogue, de blanchisseurs d'argent et autres truands de diverses provenances.

Les *hackers* – les « pirates » – trouvaient cela scandaleux, évidemment. Eux utilisaient déjà des systèmes de cryptage inviolables, même par l'État. L'idée de revenir à un système moins protégé pour permettre à ce dernier d'espionner qui il voulait les rendait à moitié fous. Pas un seul instant ils n'avaient gobé que l'État demanderait gentiment l'autorisation d'intercepter les messages avant de mettre en place son dispositif de surveillance. Il espionnerait d'abord et il solliciterait la permission ensuite – comme pour les écoutes téléphoniques.

Le côté positif de la controverse était que toutes les parties concernées avaient acquis une conviction absolue : le Clipper II était d'ores et déjà dépassé. Dix ans plus tôt, le Clipper I était *déjà* arrivé trop tard. Les techniques de cryptage fort existaient, plus moyen de les passer sous silence.

Lane avait bu une gorgée de café, fait la grimace et posé une question ; mais comme je songeais au Clipper II, je n'ai pas saisi ce qu'elle disait. « Hein ?

— Est-ce qu'on peut tuer pour un logiciel ? a-t-elle répété.

— Moi non, en tout cas. Mais prenez Windows : ce n'est qu'un logiciel, mais il a rapporté cent milliards de dollars à son créateur. Et dans certains quartiers des grandes villes, on peut commanditer un meurtre pour 12 dollars 95. Donc, en ce qui concerne certains logiciels, la réponse est oui, sûrement. » On a médité là-dessus une minute. Puis : « Si les choses se sont vraiment passées comme vous me les résumez – non, attendez, laissez-moi finir –, si Jack a vraiment fait usage d'une arme, ce n'était pas forcément pour s'approprier un logiciel. Plutôt pour ne pas se faire prendre, ne pas aller en taule. Parce que la taule au Texas, hein...

— Vous savez comme moi que Jack n'a pas tiré, a-t-elle coupé. Or, ce vigile a bien été abattu par quelqu'un ; j'en déduis qu'il y avait une troisième personne présente, même si AmMath prétend que seuls deux agents de sécurité étaient présents.

— Peut-être un des deux hommes a-t-il tiré sur l'autre pour faire croire que Jack avait fait feu le premier... »

Moi, je disais ça sur le ton de la plaisanterie. Encore que... Mais Lane, elle, a pris mon hypothèse très au sérieux. « Non, j'y ai pensé, ça ne marche pas : le blessé est grièvement touché. La balle a traversé un poumon. Comme il n'est plus tout jeune, il a failli mourir pendant le transport à l'hôpital.

— Donc, leur version se tient.

— Un peu trop bien, même. Il n'y a absolument rien qui cloche. En perquisitionnant chez Jack, on a trouvé des fichiers prétendument top-secrets sur un Jaz planqué dans une chaussure. J'ai trouvé ça un peu trop commode. C'est là que j'ai eu la puce à l'oreille, en fait. Ça et l'échange de coups de feu... Jack avait une sainte horreur des armes à feu. Il en avait peur. Il refusait d'y toucher. »

Elle s'emballait. Je l'ai calmée en lui posant une question directe, purement factuelle.

« Qu'est-ce qu'il faisait à Dallas ?

— Il bossait. Depuis trois mois. Et il lui restait trois mois à faire. AmMath possède deux supercomputers Cray plus tout jeunes, rachetés à la météo nationale ; comme ils posaient problème et que Jack avait déjà bossé pour la boîte quelques années plus tôt, ils l'ont chargé de remettre de l'ordre dans le système d'exploitation.

— Ah, ai-je lâché, faute de commentaire plus pertinent.

— Vous ne me demandez pas pourquoi je suis venue vous trouver ?

— Si. Pourquoi êtes-vous venue me trouver ?

— D'abord, pour vous demander si vous y étiez. Là-bas, avec Jack. À un moment ou à un autre ?

— Non. Jack et moi n'avions pas travaillé ensemble depuis deux ans.

— Vous êtes sûr ?

— Certain. Il a récrit du code pour moi. » Pour m'ouvrir en grand un ordinateur de chez Toyota, département Création. « C'est ça... il y a deux ans. En novembre.

— Dans ce cas, que veut dire ce message ? » Elle a tiré de son sac à main un tirage imprimante reproduisant un e-mail. « Regardez les deux dernières lignes. »

J'ai parcouru le texte. Essentiellement des histoires entre frère et sœur à propos de l'héritage paternel – ils avaient perdu leurs deux parents, le père à peine neuf mois plus tôt.

J'ai lu : « J'ai découvert un truc assez bizarre, ici. Je ne voudrais pas t'inquiéter mais si jamais il se produit quelque chose d'inhabituel, contacte Kidd, O.K. ? Dis-lui simplement : *Bobby* et *3Ratass3.* »

Chapitre trois

Si vous vous regardez dans la glace, le matin, au moment de vous raser, en méditant sur ce que vous êtes devenu (à savoir : « peintre et malfaiteur »), c'est que vous avez pris un mauvais virage quelque part. Pendant que d'autres contemplaient avec nostalgie le riant embranchement menant au *chemin le moins fréquenté*[1], personnellement, j'avais choisi un caniveau regorgeant de bouteilles de pinard cassées, de coups de pied au cul et de gens qui me disaient d'aller me faire foutre. Et je ne pouvais m'en prendre qu'à moi-même.

Et peut-être un peu à l'armée, aussi. J'en étais ressorti avec une vraie liste noire d'amis tués, une virulente aversion pour la bureaucratie sous toutes ses formes... et quelques aptitudes très spéciales. D'ailleurs, ça n'avait pas que des inconvénients. Au moins, ça m'avait évité de porter la barbiche, de draguer certaines femmes bien campées dans le rôle de victimes et d'exercer mon art dans une mansarde en me démenant pour fourguer mes tableaux à des connards en costard italien lustré. Oui, au moins je n'étais pas devenu *comme ça*.

En réalité, j'étais effectivement peintre. Et j'en vivais relativement bien. Mais au fil des ans, même en

1. Allusion à un poème de Robert Frost *(N.d.T.)*.

travaillant plus dur que jamais, j'avais vu ma production (eh oui, les artistes aussi parlent comme ça !) décroître progressivement. J'avais toujours été très regardant sur ce que je vendais, mais ça ne s'était pas arrangé avec l'âge ; conséquence : ma cote grimpait, mais mes revenus baissaient. L'année précédente, j'avais vendu en tout et pour tout six tableaux. D'accord, j'en avais tiré un peu plus de trois cent mille dollars, mais si vous saviez combien d'impôts je paie...

Enfin, passons. Quand je me mets à parler de ça, on dirait que je suis de droite.

Donc, j'avais gardé mon deuxième boulot – un boulot de nuit qui consistait à voler des trucs. Des programmes informatiques, des plans de microprocesseurs dernier cri, ou d'ordinateurs pas encore sortis, le design de telle ou telle voiture en préparation... J'aurais pu donner dans les bijoux ou l'argent liquide, mais ça ne m'intéressait pas ; en plus, ce n'était pas aussi rentable.

J'étais bien placé pour le savoir : ma meilleure copine, LuEllen, avait choisi cette branche – en y ajoutant même les collections de pièces de monnaie, voire de timbres. Bref, tout ce qui pouvait se transporter et se convertir en espèces sonnantes et trébuchantes. On s'était connus le jour où elle avait cherché à s'introduire chez un de mes voisins. Je l'avais prise sur le fait et on était devenus potes. Il y avait des années de cela. Depuis, on était amis – et parfois un peu plus.

Pourtant, je ne connaissais pas son vrai nom de famille, pas plus que je ne savais précisément où elle habitait. Elle trouvait ça plus confortable.

Ce « deuxième boulot » de nuit ne me posait pas vraiment de problème moral ; de temps en temps j'avais bien envie de laisser tomber ; seulement voilà : il aurait fallu que je produise neuf tableaux par an au lieu de six. Et encore. Si j'avais été plus porté sur la réflexion philosophique, j'aurais été jusqu'à dire qu'un malfaiteur, après tout, ce n'est pas si différent d'un combattant pour la liberté.

Toutefois, quand je me regardais dans la glace, mon double, sceptique, demandait : « Est-il normal que le combat pour la liberté rapporte si gros ? » J'aurais pu lui répondre : « Un guérillero, ça mange comme tout le monde. » Mais que faire quand le double réplique : « Certes ; mais ça ne se paye pas un appart' à La Nouvelle-Orléans, un voyage à Sienne sous prétexte de peindre, une semaine de pêche dans l'Ontario et des places hors de prix aux matches de base-ball » ?

Comme je suis finalement peu porté sur la philo – je serais plutôt du genre saint Thomas, ou plutôt saint WYSIWYG [1], je n'avais pas la réponse à cette question. À part peut-être...

Mets moins de temps à te raser.

Je n'ai pas tout de suite ajouté foi aux révélations de Lane Ward ; je n'avais pas tout à fait confiance en elle. Il ne me paraissait pas évident que ses propos soient le reflet fidèle de la réalité.

« Vous permettez ? Je voudrais me connecter deux minutes au Net, lui ai-je demandé.

— Pour voir ce que vous trouvez sur moi, c'est ça ?

— Non, pour voir si j'ai du courrier, ai-je répondu poliment.

— “3Ratsass3”, ça ressemble à un mot de passe. Qui est “Bobby” ? »

Lane avait de grands yeux noirs. Après l'avoir située du côté du Mexique, avec un détour par l'Irlande pour le teint de porcelaine, je m'orientais à présent vers l'Asie ; elle me faisait penser aux Japonaises à la fois robustes et délicates d'Hiroshige. Dans le dessin des

1. « What You See Is What You Get » : « Tel écran, tel écrit. » *(N.d.T.)*

sourcils, peut-être... J'aurais bien voulu la dessiner de trois quarts, pour tenter de restituer la ligne du front, de la pommette et de l'oreille. Mais je n'en ai rien dit.

« Un type qui tient un service d'information », ai-je expliqué. *Exclusivement destiné aux gens comme moi*, aurais-je pu ajouter. Mais là encore, je m'en suis bien gardé. « 3Ratsass3 doit être le mot de passe correspondant à une de ses boîtes à lettres.

— Alors voyons un peu ce qu'elle contient. » Elle a jeté un regard circulaire. « Où est votre ordinateur ?

— Dans la pièce du fond. »

Il y a un bon moment que j'habite cet appartement. Je l'ai acheté dans le cadre d'une grande opération municipale genre « Repeuplons le centre-ville ». Il se compose d'une toute petite cuisine avec coin-déjeuner, d'un salon calculé au plus juste mais avec vue sur le Mississippi, d'un bureau contenant trois mille bouquins, deux cents logiciels plus ou moins fonctionnels et généralement trois ou quatre ordinateurs en état de marche, d'un atelier exposé au nord-est via de grandes fenêtres, et pour finir d'une chambre à coucher. Comme nous nous dirigions vers le bureau, Lane a fait halte devant l'atelier. Considérant les fenêtres, le grand chevalet tout esquinté et tout mon bataclan de peintre, elle a déclaré : « Qu'est-ce que c'est que ça ?

— Je vous l'ai dit, je suis peintre. C'est ça, mon vrai métier. L'informatique n'est qu'un à-côté.

— Ah bon, vous êtes *vraiment* artiste ?

— Eh oui.

— Jack ne m'a jamais parlé de ça. » Elle m'a dévisagé une seconde, comme pour me réévaluer rapidement.

« C'est un aspect de moi qu'il ne connaissait pas. On se fréquentait surtout sur le Net, en fait. Je ne l'ai rencontré que deux fois en chair et en os.

— Il est venu ici ?

— Non, non ; je l'ai vu une fois à l'aéroport, entre deux avions, et une autre un jour où j'avais à faire à Redmond pour mon boulot.

— À Redmond... Hmm. » Elle s'est approchée d'un tableau posé par terre contre un mur. Je l'avais terminé quelques semaines avant de partir pêcher dans le Grand Nord ; il représentait une rangée d'immeubles en pierre de taille descendant à flanc de colline sous la lumière blonde et sans relief caractéristique du Minnesota en septembre. Une lumière ténue mais d'un jaune un peu crémeux, comme au centre de l'Italie les chaudes soirées d'été ; sauf qu'à St. Paul, elle ne dure que trois semaines.

Après avoir brièvement contemplé mon œuvre, Lane a penché la tête sur le côté et esquissé quelques pas de-ci, de-là, cherchant le meilleur angle d'observation. « Toute cette lumière, et deux dimensions seulement... Pourtant, ça fait très vrai, je ne sais pas pourquoi. » Comme je haussais les épaules, elle a conclu : « Eh bien dites donc... Je trouve ça vraiment bien. »

Je ne sais jamais quoi répondre, dans ces cas-là. Alors j'ai lancé : « Mon bureau est par ici. »

Sur une table, au fond de la pièce, un vieil ordinateur en kit équipé d'un processeur Pentium. Par terre, une pile de châssis Dell montant à hauteur d'épaules, à quoi s'ajoutaient deux gros cartons. Elle a contemplé le tout avant de s'enquérir : « Qu'est-ce que vous faites, ici ?

— Je travaille pour des gens de Chicago qui veulent faire courir un bateau dans l'America's Cup. Comme ils n'ont pas les moyens de se payer le supercomputer nécessaire pour dessiner la coque, je leur en fabrique un avec une amie.

— Ah bon ? Super. » Elle ne semblait pas particulièrement impressionnée. On aurait dit qu'elle-même avait déjà fait ça cent fois. « À partir de quoi ?

— Un réseau Ethernet de soixante-quatre Dell à Pentium III reliés par les concentrateurs empilés là-dedans... » J'ai frappé du plat de la main un entassement de cartons. « ... et sur lequel tournera un système d'exploitation unique, multitâches. On l'a trouvé sur un site de logiciels gratuits...

— Ah, le *freeware ;* je suis pour !

— ...et l'amie en question – car c'est elle qui fera tous les calculs ici même – n'aura plus qu'à définir les connexions nécessaires et... à se mettre au travail.

— Génial. » Elle a de nouveau regardé autour d'elle, en s'attardant cette fois sur mes livres. « Et pour la connexion Internet ? »

Je l'ai conduite vers ma bécane en kit. Un de ses précédents propriétaires (ou plus vraisemblablement sa compagne) avait inscrit à l'encre rose, sur la façade avant en plastique beige : « Va te faire foutre, gros con. »

« Le top, je vois, a-t-elle constaté.

— Qu'est-ce que vous voulez que je vous dise ? On n'a pas besoin d'une station de travail pour lire ses e-mails. » Une fois la connexion établie, j'ai repris : « Et si vous alliez... je ne sais pas moi – jeter un petit coup d'œil à mes Dell, hein ?

— Pourquoi ?

— Parce que je ne veux pas que vous voyiez le numéro que je m'apprête à composer, ni la procédure que je vais suivre.

— Ah ? Je dois rester dans le noir, alors ? Bon, d'accord. J'avais oublié.

— Oublié quoi ? »

Elle a souri pour la toute première fois, et son sourire donnait un aperçu de la perfection. « Que vous étiez un truand. »

Elle est donc allée se poster à l'autre bout de la pièce, et j'en ai profité pour composer le numéro de Bobby – inconnu des compagnies de téléphone pour la bonne raison qu'il ne comportait pas le bon nombre de chiffres après l'indicatif signalant un numéro vert. Puis j'ai écouté dix secondes de silence électronique ; à la onzième, le modem a émis un borborygme et un point d'interrogation s'est affiché sur l'écran. J'ai entré dix chiffres, obtenu un nouveau « ? », tapé « k » et vu apparaître un troisième « ? » Là j'ai entré le mot « MALE » (qui pouvait être soit une faute d'orthographe justifiée par la confidentialité, soit une petite plaisanterie perso [1]. Confronté à un ultime point d'interrogation, j'ai tapé « 3RATSASS3 ».

Une lettre s'est affichée.

> Merde ! Si ce n'est pas moi qui suis en train de lire ça, ça veut dire que je me suis fourré dans un sacré pétrin.
>
> Kidd : viens à Dallas et cherche-moi. Je suis peut-être en taule.
>
> Voilà le deal : J'ai signé avec AmMath pour mettre à jour leur système d'exploitation, grâce à l'habilitation « Défense » que j'ai depuis mon passage au Jet Propulsion Laboratory. C'est censé être un secret, mais en fait, tout le monde sait qu'ils bossent sur le soft du Clipper II – c'est même paru dans les journaux. Donc, de ce côté-là pas de quoi en faire un plat, vu que le Clipper est sûr d'être rejeté par les députés, sans parler du Sénat, bref, que c'est foutu – c'est de notoriété publique, il n'y a que les barbouzes de Washington pour y croire encore, ces tocards. Or, ici on

1. Jeu de mots entre « mail » (courrier) et « male » (mâle). *(N.d.T.).*

se comporte comme si AmMath bossait sur une nouvelle bombe atomique. Et eux, c'est pas des tocards. Si tu veux savoir, ils me foutent même un peu la trouille.

L'autre jour, en tripatouillant un tas de machins dans un fichier intitulé VHM, juste histoire de vérifier que le système marchait bien, j'ai jeté un coup d'œil : aucun rapport avec le Clipper ! Rien à voir ! J'y ai regardé de plus près, mais aussitôt un type de la sécurité est descendu me demander ce que je foutais. J'ai répondu : des tests d'accès, en précisant que je ne prenais pas le temps de lire, mais il m'a défendu d'y toucher sans autorisation préalable. Ils avaient dû y planquer un mouchard.

Toujours est-il que j'y retourne ce soir avec un tas de disques Jaz. Je vais désactiver l'alarme et sauvegarder le fichier VHM. (Ça veut dire « vieil homme de la mer », mais aucun rapport avec Hemingway, que je sache.) Bref, au cas où, j'en dépose des copies en ligne et en lieu plus que sûr.

Si tu es en train de me lire, c'est que ça barde pour moi. Mon principal suspect est un type de la sécurité appelé William Hart. La rumeur prétend qu'il était dans la sécurité militaire, à une époque, mais qu'il s'est fait virer. Une secrétaire m'a dit qu'il avait aussi passé un peu temps à l'ombre avant d'être embauché par AmMath ; donc, fuis-le comme la peste.

Voilà, c'est tout. Je prie le bon Dieu pour que ce soit moi qui lise tout ça et pas toi. Mais sinon viens me chercher. Bonjour à LuEllen. Toujours aussi branchée cul, au fait ?

Jack

Ça sentait mauvais, cette histoire. J'ai reparcouru le message, puis sonné Bobby. Car Bobby est *toujours* en ligne. Ça m'a valu encore un « ? », à quoi j'ai répondu par un nouveau « k ». Bobby s'est manifesté sans attendre.

Kidd ! Où t'étais passé ?

À la pêche.

Je t'ai cherché. Je t'ai bien trouvé à bord d'un avion pour Kenora, mais après, plus rien.

Pas joignable. Qu'est-ce qui se passe ?

T'es au courant, pour Firewall ?

Je ne suis au courant de rien. Je rentre à l'instant même.

Va sur le Net jeter un œil à la presse. *New York Times*, *Wall Street Journal*, *Washington Post.* Faut qu'on repère ces mecs et qu'on les balance aux flics. Problème, les noms ne collent pas. Tu ne fais pas partie d'un réseau Firewall, que je sache. Ni Stanford. Ni One20xford. Ni CarlG.

Je ne comprends rien à ce que tu racontes.

Lis les journaux et rappelle-moi. Ton nom est sur la liste.

Tu savais que Stanford était mort ?

Une pause ; c'était inhabituel, dans les communications avec Bobby.

Mort ? Tu es sûr ? Où et quand ?

Dallas, vendredi dernier. Prétendument abattu après s'être introduit chez un éditeur de logiciels appelé AmMath.

J'ignorais. Je vérifie toutes affaires cessantes. Stanford est sur la liste des membres de Firewall.

Tu connais Lane Ward ?

Pas personnellement. Mais le nom ne m'est pas inconnu. Une boîte d'informatique à Berkeley.

Il me faudrait une photo, et aussi la liste de ses éventuels frères et sœurs. Le plus tôt possible.

C'est dans ta boîte d'ici une heure. Mais va sur le Net ! ! ! Renseigne-toi sur Firewall. Je checke Stanford.

O.K. Je te recontacte.

J'ai eu la tonalité, puis j'ai été déconnecté.

J'ai relu ce qu'affichait l'écran, puis conservé seulement la lettre de Jack, que j'ai imprimée. Ensuite, j'ai rappelé Lane.

Elle m'a rejoint sans hâte. « Quoi ?

— Une lettre de votre frère.

— Non, c'est vrai ? »

Je l'ai extraite de l'imprimante pour la lui tendre. Elle a pris une minute pour la lire. Une petite ligne verticale s'est dessinée entre ses yeux. Puis elle a repris sa lecture au début et une larme a roulé sur sa joue. Enfin, elle m'a regardé.

« Qu'est-ce qui lui a pris de faire ça ?

— Il a cédé à la curiosité. Les ordinateurs, c'était son truc. Et les informaticiens, quand on leur dit de ne pas lire tel fichier, vous pouvez être sûre qu'ils le feront.

— Surtout s'ils se prennent pour James Bond. »

Comme si c'était ma faute !

« Un réseau qui se donne le nom de Firewall, ça vous dit quelque chose ? »

Elle m'a longuement dévisagé. Puis : « Vous travaillez pour le gouvernement ? »

On a mis un moment à s'expliquer. Je lui ai parlé des bizarres angoisses de Bobby ; elle m'a conseillé de suivre ses instructions : me renseigner sur Firewall dans la presse sur le Net. Alors je me suis reconnecté, Lane regardant par-dessus mon épaule.

Huit jours plus tôt, tandis que je triais mes appâts assis par terre dans mon salon, un bureaucrate de la National Security Agency répondant au nom de Lighter avait été assassiné tout près de chez lui, dans le Maryland. Jack, lui, avait été tué le lendemain soir, douze heures avant mon départ pour Kenora.

Selon les journaux en ligne, le meurtre de Lighter avait d'abord été pris pour une banale agression, même si certains détails avaient attiré l'attention de la police. Par exemple, tout indiquait qu'il n'avait cherché ni à fuir ni à se défendre. On lui avait tiré dessus à bout portant. Or, sa femme avait déclaré qu'il avait déjà été attaqué une fois, quand ils habitaient Washington, et qu'il s'était contenté de tendre calmement son portefeuille à ses agresseurs en les rassurant : si on voulait lui prendre son argent, on n'avait pas besoin de le tuer. De plus, cela s'était passé dans une rue résidentielle sans histoire où les agressions étaient très rares, pour ne rien dire des meurtres.

Quelques jours plus tard, des rumeurs s'étaient mises à circuler sur le Net : on prétendait qu'il avait été assassiné par un réseau de hackers d'extrême gauche baptisé Firewall qui prétendait ainsi prendre une « revanche anticipée » contre le Clipper II – alors que, de notoriété publique, le projet était quasiment abandonné. Sur quoi des noms avaient fait leur apparition : GarlG, Dave, Bobby, FirstOctober, Raspoutinel IV, K, LotusElan, One2Oxford, Stanford, Whitey.

« Oh, merde, ai-je lâché.

— Quoi ? »

Je me suis rattrapé comme j'ai pu : « Vous connaissiez le pseudo professionnel de votre frère ?

— *Yellowjacket* ? C'était plutôt son pseudo pour les jeux.

— Non, celui-là, je ne le connaissais pas. Pour moi,

il a toujours été Stanford. » J'ai tapoté l'écran du bout de l'ongle. « Et on le fait figurer parmi les membres de ce réseau. »

Elle a suivi mon regard. « Alors Stanford, c'est Jack ? Hmm... » Elle s'est lentement détournée, plongée dans ses réflexions. « Qu'est-ce qu'il y a ?

— Vous n'êtes pas de mèche avec les autorités. » C'était une affirmation, sans la moindre nuance interrogative.

« Non. Bien sûr que non.

— Eh bien moi, je les ai contactées. Et elles m'ont demandé de garder le silence là-dessus. J'ai eu droit à deux heures d'entrevue avec le F.B.I. À propos de Firewall, justement. Quels avaient été les récents déplacements de Jack, qui étaient ses amis, etc. Je ne savais rien de tout ça ; je ne connaissais que nos amis communs. Je savais que Jack se rendait une fois par an en Europe, mais ça s'arrêtait là. La dernière fois qu'il s'était déplacé à l'étranger, c'était il y a six mois.

— Vous n'avez pas parlé de moi, au moins ?

— Bien sûr que non, voyons ! Je ne suis quand même pas si bête.

— Et sur Firewall, qu'est-ce que vous savez ?

— Rien du tout. Je n'en avais jamais entendu parler. S'il en avait fait partie, Jack me l'aurait dit. Mais ces petites cyberconspirations... vous savez ce qu'il en est. C'est le fait d'une poignée d'inadaptés mordus d'informatique qui se croient dans une bande dessinée. Jack n'avait rien à faire avec ces gens-là. Ni moi non plus, d'ailleurs.

— Exécuter un type parce qu'il travaille sur le Clipper II... Franchement, je ne vois pas tes inadaptés s'embarquer dans un truc pareil.

— Non ? Alors qui ça peut être ? Qui est capable de tuer pour une puce – même pas fonctionnelle, en plus ? Qui s'en soucie, sinon les obsédés d'informatique ?

— La mafia ?

— Mais oui, c'est ça. » Elle a levé les yeux au plafond.

« Il y a quelque chose de trop... concret, trop *matériel* là-dedans pour qu'on ait affaire à des informaticiens. »

Les mains sur les hanches, elle a répliqué : « Non mais, vous vous êtes vu ? Kidd, l'adolescent attardé accro du clavier + ingénieur + pêcheur + peintre à ses heures, le tout avec le nez cassé ! Il s'agit peut-être de quelqu'un comme vous, qui aime l'odeur du sang ? »

Qu'est-ce que vous voulez répondre à ça ? Pourtant, c'était une question pressante si le F.B.I., la barbouzerie et je ne sais qui d'autre retournaient tout le pays, vu que Bobby était sur la liste. Et moi aussi. Parce que K, c'était moi.

Lane revenait sans arrêt à la lettre de Jack.

« Ça veut dire quoi, « en lieu plus que sûr » ?

— Là où je peux récupérer les fichiers en question, je suppose. » J'avais bien une petite idée, mais pas question de le lui montrer. D'abord, il fallait que j'en sache un peu plus sur elle. « Peut-être qu'il me les a envoyés. J'ai des boîtes aux lettres électroniques un peu partout. Même chez AOL.

— Alors consultez-les. »

Je me suis reconnecté, mais mes boîtes étaient toutes vides. Lane relisait une énième fois le message de Jack. Tout à coup, elle l'a tapoté en disant : « Ce qui me tracasse là-dedans, c'est l'expression "branchée cul".

— Hein ? » J'avais à peine relevé l'allusion.

« Ça m'intrigue, parce que Jack ne parlait pas comme ça. On est sûrs que ça vient bien de lui ? »

Je n'ai pu me retenir de rire : au contraire, c'était *exactement* comme ça qu'il parlait. Simplement, il se gardait d'employer ce genre d'expression devant les femmes, surtout sa sœur. « Si, ça lui arrivait », l'ai-je informée. » Puis : « Et si vous ne le connaissiez pas si bien que ça, finalement ? Il menait peut-être une existence dont vous ne saviez rien ? Dans laquelle, par exemple, il maniait parfois des armes.

— Non, a-t-elle résolument contré. Enfin si, il faisait sans doute des tas de trucs que j'ignorais, parce qu'il me les cachait. En fait, il s'entendait très bien avec un certain type de nana un peu vulgaire ; donc, si ça se trouve, il parlait comme ça – mais pas avec moi. En revanche, son aversion pour les armes à feu était fondamentale chez lui. Alors si je dis qu'il n'a pas tué, c'est qu'il n'a pas tué.

— Admettons. » Sur ce, un détail m'a intrigué. « Vous m'avez bien dit qu'il avait été tué vendredi ?

— C'est ça. Vendredi soir. » Je relisais la lettre de Jack. Mon air perplexe n'a pas échappé à Lane. « Pourquoi ?

— Parce que le message est daté par le serveur du dimanche *précédent*. Et il annonçait qu'il se rendait sur les lieux de manière imminente.

— Qu'est-ce que je vous disais ? Il y a des choses qui ne tiennent pas debout dans cette histoire. »

On a envisagé diverses hypothèses. Pendant tout ce temps, la signature « k » ne quittait pas l'arrière-fond de mes pensées. Le F.B.I. était à la recherche de ce « k »...

« Alors, vous rentrez à Dallas avec moi ? a-t-elle fini par me demander.

— Ah bon, vous y retournez ?

— Bien obligée. Il faut que je signe les papiers, ce genre de chose, quand ils en auront fini avec lui. » Une autre larme a fait son apparition. Je me suis détourné. Je ne sais jamais quoi faire face à une femme qui pleure. J'ai tendance à bredouiller des bêtises. « Alors, vous venez avec moi ? Je vous ai réservé une place dans l'avion. J'aurais bien besoin d'un soutien, vous savez...

— Bon, bon, d'accord. Mais ne pleurez plus, O.K. ? »

Elle avait réservé pour le soir même, dans le tout dernier avion. J'ai pris le temps de descendre demander à Alice si elle pouvait s'occuper du chat ; ensuite, je me suis reconnecté au Net pour chercher ce que je pouvais sur le réseau Firewall. J'ai récolté une tonne d'informations, mais pas grand-chose de sérieux. Après cela, j'ai consulté ma boîte aux lettres chez Bobby, où m'attendaient une image et un message. La première était une photo de Lane Ward présentant bien, en tailleur pro, digne d'une prof de fac, avec en fond un mur tapissé de livres. Quant au petit mot, il disait : *Seul frère : J.M.*

Pour finir, j'ai appelé un restaurant à Duluth, « The Wee Blue Inn », et obtenu au bout du fil le gérant/barman, Weenie, un gros lard à la brosse gris acier et au tablier lavé une fois par mois, qui mâchait perpétuellement un cure-dents et dégageait toujours la même odeur de hamburger et d'oignons frits.

« Ici le type de St. Paul. Je voudrais parler à LuEllen, ai-je annoncé.

— Elle n'est pas de service. Je peux prendre un message. »

LuEllen n'était *jamais* de service. Officiellement, Weenie lui versait un salaire de serveuse – 28 000 dollars par an sur lesquels elle payait des impôts (plus 6 000 dollars de pourboire). En réalité, il les empochait au noir et envoyait à LuEllen une déclaration de revenus destinée à l'administration fiscale. Entre-temps, il lui servait de messagerie téléphonique. Le papier qu'elle recevait tous les ans lui servait à justifier le prix d'achat de son mystérieux logement.

« Dites-lui que Stanford s'est fait tuer. L'enterrement aura lieu à Santa Cruz mercredi prochain. Là, je pars pour Dallas, mais sinon j'y serai.

— Je transmettrai. Stanford, comme la fameuse université ? »

Au moment de passer la porte, en partant pour l'aéroport, tandis que Lane était déjà dans le couloir, j'ai fait demi-tour pour aller chercher dans mon bureau un petit coffret en bois fabriqué en Pologne. Je l'ai fourré dans la poche de mon blouson. Au cas où.

À l'aéroport, j'ai acheté tous les grands journaux ; aussitôt après le décollage, je me suis plongé dedans, histoire de voir un peu ce qu'on racontait sur Firewall. Ils contenaient tous un article sur le sujet, mais rien en une. Manifestement, ce n'était plus d'une actualité brûlante.

Pendant ce temps, Lane a incliné son siège et fait un somme. C'était un petit gabarit : elle pouvait s'y recroqueviller douillettement ; on aurait dit un écureuil sur un oreiller. De mon côté, j'ai fixé un bon moment le dossier qui me faisait face puis, profitant de ce que Lane dormait, j'ai sorti le coffret de ma poche. Il contenait un jeu de tarot enveloppé dans un carré de soie.

Je ne suis pas superstitieux ; bien au contraire, je *rejette totalement* la superstition – les histoires de revenants, les lutins, l'astrologie, la numérologie, la phrénologie et toutes les conneries New Age où il est question de déesses mères et autres druides ; à mon avis, si tout ça disparaissait d'un coup, le monde ne s'en porterait que mieux.

Mais le tarot, ce n'est pas pareil. C'est – ou ça peut devenir – une espèce de martingale capable de briser le moule mental dans lequel on est enfermé. Par exemple, supposons que je m'apprête à... je ne sais pas moi – commettre un cambriolage, tiens. Mon moule mental m'avertit qu'il existe un risque X et un risque Y ; eh bien, le tarot, lui, me dit : « N'oublie pas le risque Z. » Il me met sur la voie d'éléments extérieurs à mon moule mental et me permet d'envisager toute une série de possibilités qui, autrement, m'auraient échappé.

Rien de surnaturel là-dedans. Par contre, ça pouvait très bien me sauver la mise.

Alors j'ai étalé les cartes vite fait, selon un système de mon cru, en cherchant à obtenir une lame clé. Elle a fini par sortir.

Le Diable. Intéressant, ça...

J'ai contemplé quelques secondes le Mal incarné, puis, avec un soupir, je me suis levé pour attraper mon sac dans le casier à bagages au-dessus de ma tête et y ranger le jeu de cartes. Après mûre réflexion, j'y ai pris ma boîte d'aquarelle (huit pains, marque Windsor and Newton) et mon carnet d'esquisses. J'ai demandé un verre d'eau à l'hôtesse et exécuté quelques dessins rapides de Lane, de la cabine et des deux businessmen assis de l'autre côté de la travée.

Le plus proche de moi avait plutôt l'air d'un représentant de commerce, avec sa calvitie, son embonpoint, son triple menton et son épuisement manifeste. Tête baissée, il sommeillait ; sa cravate jaune et noire se déversait en cascade sur sa poitrine et son ventre. Son voisin de derrière semblait tout aussi exténué, mais celui-là était efflanqué – on devinait sous sa peau la forme de son crâne. J'ai fait trois bonnes esquisses des deux hommes, en présentant le plus maigre comme l'ombre de la mort planant dans le dos du plus gros. Je me suis donné du mal pour restituer correctement les teintes et les drapés de la cravate entortillée.

Une hôtesse de l'air s'est arrêtée quelques instants pour me regarder faire, avant de disparaître à l'avant de l'appareil. Deux minutes plus tard, c'était le copilote qui venait m'observer ; il faisait lui-même un peu d'aquarelle et est-ce que j'avais déjà vu un cockpit de D9S la nuit ? Comme ce n'était pas le cas, il m'a montré le chemin.

J'ai fait une demi-douzaine d'esquisses représentant l'équipage occupé à ses diverses tâches ; tout le monde avait l'air content, et moi aussi.

Depuis que j'avais quitté la fac, c'est-à-dire vingt ans plus tôt, je n'avais passé un seul jour sans dessiner ou peindre, à part peut-être durant quelques séjours à l'hôpital. Et même dans ces cas-là, dès que j'étais en état de remuer, la première chose que je faisais c'était de réclamer un crayon.

Au fil des ans, c'est devenu un travail de plus en plus intense, au point que parfois je trouvais à peine la force de saisir un crayon, une plume ou un pinceau : je pouvais m'épuiser en une heure rien qu'à crayonner. Et puis j'avais franchi le cap. Tout à coup, le pinceau m'avait paru plus léger, la besogne plus fluide. C'était arrivé pendant certain séjour mouvementé à Washington. Depuis, j'avais réussi à me libérer des cauchemars laissés par cet épisode (ils me fichaient la paix depuis deux ans, maintenant), mais cette fameuse fluidité, elle, avait l'air de vouloir persister...

De retour à ma place, j'ai rangé aquarelles et carnet d'esquisses avant de boucler ma ceinture en vue de l'atterrissage. Quand les roues ont touché terre, Lane a sursauté, remué, ouvert l'œil et bâillé en cachant sa bouche derrière son poing serré ; ensuite elle a remonté le store pour contempler les lumières de Dallas, puis de Fort Worth quand nous avons viré de bord.

« J'ai un goût dégueulasse dans la bouche. On dirait que j'ai mangé une bestiole crevée », a-t-elle déclaré d'une voix légèrement voilée. Ça devait faire du bien de l'entendre en se réveillant le matin, cette voix-là. « Qu'est-ce que vous avez fait pour passer le temps ? Regardé fixement le dossier du siège ?

— Pas tout à fait. »

Quand je suis arrivé devant la porte de sortie, l'hôtesse m'a étreint le bras en disant : « Merci beaucoup, vous êtes très doué. » Lane mourait de curiosité, ça sautait aux yeux. Mais quand elle s'est décidée à m'interroger, une fois sur la passerelle, je me suis contenté de répondre : « Oh, la routine...

— C'est ça, faites-moi marcher ! » Heureusement, elle souriait.

On a passé la nuit au Marriott. Le lendemain matin très tôt, Lane frappait énergiquement à ma porte, et à neuf heures on prenait le chemin du commissariat de police. Elle voulait que je l'accompagne dans les locaux mêmes, mais sauf cas de force majeure je préfère éviter de faire la causette aux flics. Alors elle est entrée toute seule, mais pas de gaieté de cœur. Vingt minutes plus tard, elle était de retour. Elle m'a tout raconté dans la voiture en rentrant à l'hôtel.

Les flics n'y étaient pas allés par quatre chemins. « J'ai un peu haussé le ton, mais ce flic n'a rien voulu savoir. Il dit que Jack trempait dans une histoire *louche*. C'est le mot qu'il a employé.

— Et c'est tout ce qu'il sait ?

— Non. » Il fallait lui arracher les mots un par un. Je m'y suis appliqué. « Ils ont identifié l'arme dont il s'est prétendument servi. Elle a été volée à San José il y a six ans.

— Aïe.

— Comme vous dites. Je leur ai répété cent fois que Jack n'était pas du genre à se servir d'une arme à feu, mais eux, à chaque fois ils me renvoyaient la même question : « Comment se fait-il, alors, que celle-ci provienne de San José ? » » Elle posait sur moi de grands yeux implorants, comme pour bien me faire comprendre que leur hypothèse ne tenait pas debout.

« Ils m'ont dit aussi : “Comment voulez-vous qu'il ait été victime d'un coup monté par les types d'AmMath, avec une arme volée à San José il y a six ans ?”

— Bonne question, ai-je commenté.

— Jack n'a jamais tué personne, a-t-elle insisté.

— On ne peut pas toujours prévoir ce que va faire tel ou tel individu quand il se retrouve au pied du mur, s'il a des raisons de croire que sa vie est en danger. Ou qu'il va aller en taule. Après tout, Jack a peut-être pensé que le garde allait lui tirer dessus, et qu'il était en état de légitime défense. »

Mais elle ne voulait rien savoir. Nous avons échangé des propos peu amènes, puis j'ai laissé tomber. « Donc, tout ce qu'ils ont contre lui, c'est une arme.

— Non. Il y a autre chose », a-t-elle lâché à contrecœur. Puis : « Attention, là ! »

J'ai sauté sur le frein. Un 4x4 Toyota bleu venait de nous couper la route au moment où nous nous engagions sur une bretelle d'accès à la voie rapide. Le conducteur ne s'en est même pas rendu compte. « Connard ! » me suis-je exclamé. Puis j'ai repris à l'intention de Lane : « Écoutez. Il faut me rapporter tout ce qu'on vous a dit. Si je dois vous tirer les vers du nez, ça ne va pas marcher. Je suis censé être de votre bord, non ?

— C'est des conneries, leur version. Vous n'aviez qu'à venir avec moi, vous vous en seriez rendu compte par vous-même.

— Qu'est-ce qu'ils vous ont raconté d'autre ? »

Le flic lui avait expliqué que trois portes donnaient dans la zone sécurisée, dont deux pourvues d'un système d'alarme. La troisième donnait dans un couloir assez court débouchant lui-même chez l'administrateur système. L'entrée principale de ce bureau-là était située à bonne distance de la zone sécurisée, encore que dans le même couloir. Cela dit, on pouvait en forcer la serrure si on savait quelles portes étaient sous alarme. C'était de là que partait le petit couloir menant à la zone sécurisée. La porte étant verrouillée côté bureau, on n'avait pas besoin de la forcer. Mais sans connaître cette configuration, quiconque chercherait à s'introduire dans la zone sécurisée en venant de l'extérieur se retrouverait confronté au problème des alarmes, sans moyen de les contourner...

« Quoi d'autre ?

— Le vigile faisait sa tournée d'inspection normale. L'autre homme, celui des services de sécurité, regagnait son bureau ; ils ont pris l'ascenseur ensemble. Là-dessus, le vigile constate des dégâts sur la porte du bureau. Ils entrent et c'est là que... » Elle s'est tue et a secoué la tête.

« Ce qu'ils veulent dire par là, c'est que le vigile n'a pas été alerté par les coups de feu. Il faisait sa ronde, tout bêtement.

— Ça n'exclut pas un coup monté, s'est-elle entêtée.

— Certes, mais... » Disons que ce n'était quand même pas très encourageant.

Je me suis concentré quelques instants sur le volant ; je devais nous extraire d'une caravane de Texans qui semblait mettre à l'épreuve la théorie du Chaos : on pressentait une certaine logique dans leur façon de conduire, mais laquelle ? Mystère. En tête, j'apercevais le Toyota bleu qui jouait les chefs de meute.

Lane m'a rapporté qu'après le drame, la police s'était rendue chez Jack avec un autre représentant des services de sécurité d'AmMath, et avait trouvé un tas de disques informatiques – « Dont deux dans une paire de chaussures, ce qui ne ressemble pas du tout à Jack » – ainsi qu'une abondante documentation qu'il n'était pas autorisé à déplacer, y compris des manuels et des informations confidentielles sur le Clipper II. AmMath avait voulu récupérer le tout, mais la police s'y était opposée. Au lieu de ça, les flics avaient alerté le F.B.I.

« C'est eux qui ont toujours les documents en leur possession ?

— Le F.B.I. ? Oui.

— Et c'est tout ?

— Ma foi... Ils disent aussi que la porte de derrière, ainsi que la zone sécurisée, sont en permanence balayées par des caméras. Mais que suite à un appel téléphonique à l'ordinateur central de TrendDirect – propriétaire du bâtiment –, les caméras de surveillance ont été réorientées. Celle qui donne sur l'arrière ne balayait plus la porte située au bout de l'immeuble, et celle de la zone sécurisée a été carrément éteinte.

— Et les vigiles ne s'en sont pas rendu compte ? Ces caméras n'étaient donc pas reliées à des écrans de monitoring ?

— J'ai posé la question, a-t-elle répliqué. La caméra couvrant l'arrière du bâtiment exécute un constant mouvement latéral ; le seul changement intervenu ce soir-là a limité son rayon d'action d'un côté. Quant à l'autre, elle fait partie d'un ensemble de dix caméras réparties dans la totalité des locaux, qui observent un cycle constant de trois secondes par emplacement ; on s'est contenté de désactiver un seul point de surveillance. Personne n'a rien vu. »

Nous avons médité un moment là-dessus, puis Lane a soupiré. « Ils disent que je pourrai probablement récupérer ses ordinateurs. Sauf les disques durs, évidemment. Ses affaires personnelles, aussi.

— Et Jack ? Je veux dire... le corps ?

— Il faut que j'aille le récupérer à l'institut médico-légal en signant une décharge. Ils... n'en ont plus besoin.

— Hmm. Dans ce cas, on devrait peut-être aller jeter un coup d'œil chez lui. » J'avais fini par rattraper le Toyota bleu. Il a serré sur sa droite pour se rapprocher d'une sortie, et juste à ce moment-là je lui ai coupé la route, en l'expédiant par la même occasion contre la glissière de sécurité. Parvenu au bout de la bretelle de sortie j'ai pris à droite et lui à gauche, mais son geste obscène ne m'a pas échappé.

« Pour quoi faire ? a demandé Lane, qui n'avait pas prêté attention à ce petit manège.

— Pour récupérer les disques Jaz. Puisqu'il dit les avoir déposés en lieu plus que sûr.

— Vous savez ce qu'il voulait dire par là ? Je pensais que c'était seulement... une façon de parler.

— Possible. Mais on peut toujours faire un tour.

— La maison est sous scellés.

— Ce n'est jamais qu'un bout de scotch. »

Chapitre quatre

Le reste de l'après-midi a été consacré à la cafardeuse routine consécutive aux morts violentes : il a fallu récupérer le corps, puis se faire remettre, en échange d'une signature, un sac plein d'effets personnels dont les flics ne voulaient pas – en plus du bric-à-brac habituel, Jack avait eu cent quarante dollars en poche, plus une photo de Lane prise un jour de remise de diplôme, ce qui a provoqué une nouvelle crise de larmes. La jeune femme a confié à une entreprise de pompes funèbres locale le soin d'expédier le corps par avion en Californie. Le cercueil lui a coûté mille sept cent quatre-vingt-dix-neuf dollars ; il s'accompagnait d'une garantie que nous n'avons ni l'un ni l'autre eu envie de lire.

Quand elle était venue identifier le corps de son frère à Dallas, Lane s'était présentée chez lui ; mais on ne l'avait pas laissée entrer. Cet après-midi-là, nous sommes passés devant la maison à vitesse réduite. C'était une maisonnette de trois pièces en forme de L, d'un rose du plus mauvais effet. Exactement la teinte des flamants roses pour pelouses. L'avant était presque entièrement occupé par une allée semi-circulaire. Ni garage, ni abri pour voiture. Une seule porte visible, au centre de la façade, sous un auvent en aluminium.

On a dépassé la maison et tourné à l'angle de la rue ; de là, on a aperçu, en se retournant, une petite véranda donnant sur le jardin de derrière.

En outre, il y avait une cheminée. Pas très impressionnante, mais quand même.

« Il louait toujours ce qu'il y avait de moins cher, m'a informé Lane. Le week-end, il prenait l'avion pour rentrer en Californie.

— Ça ne lui plaisait pas, le Texas ?

— Ce n'est pas la Californie.

— Il y a des gens qui prendraient cela comme un compliment. La plupart des Texans, en fait. »

Elle n'a pas relevé. Nous sommes passés une deuxième fois devant la maison.

« Comment on va faire pour entrer ?

— Je ne sais pas encore. Il faut d'abord voir s'il y a de la lumière chez les voisins, et dans quelles pièces. Si on peut passer par la véranda de derrière, on sera à l'abri des regards.

— Très bien. » La confiance absolue.

On a fait une troisième fois le tour du pâté de maisons ; j'ai cherché du regard d'éventuels portiques, vélos, et paniers de basket, sans parler des chiens. LuEllen m'avait bien appris ma leçon dans ce domaine : si on voyait des affaires de gosses, on avait de grandes chances pour que les parents soient à la maison en soirée, bien éveillés et l'œil sur ce qui se passait dans le voisinage. Les paniers de basket, eux, signalaient la présence d'ados ; or, les ados, ça va et ça vient à des heures indues – généralement celles qui vous emmerdent le plus. Mais le pire, c'étaient les chiens. Un clébard, ça aboie ; c'est même comme ça que ça gagne sa croûte. Et dans ce genre de quartier, les aboiements ne passaient sûrement pas inaperçus.

Les habitants de la maison de gauche avaient entouré leur jardin d'une palissade : ils avaient soit des enfants, soit un chien. La maison de droite – peinte en vert délétère – était aussi sobre que celle de Jack ; on n'y repérait pas le moindre signe de vie. Celle de derrière, en revanche, s'accompagnait d'une piscine en plastique. Donc, il y avait des gosses.

Et si ces gosses détalaient dans tous les sens ou jouaient à s'éclabousser dans la piscine, on était fichus. Sinon, notre principal problème serait le réverbère situé sur le trottoir d'en face, à la hauteur de la maison suivante.

« Qu'en pensez-vous ? m'a demandé Lane.

— On aurait intérêt à sauter en parachute directement sur le toit, y percer un trou avec une scie à guichet et...

— Arrêtez votre char, Kidd.

— Bon. Alors, on a intérêt à se faufiler par-derrière, côté maison verte, si les fenêtres ne sont pas éclairées, puis à monter sur la véranda et voir à partir de là. Généralement, il y a une issue.

— Si on entre par effraction, ils sauront que c'est nous. »

J'ai secoué la tête. « Mais non. On reprend l'avion pour San Francisco ce soir à onze heures. Avec un peu de chance, ils ne reviendront pas fouiner par ici avant plusieurs jours. D'ici là, qui sait ce qui peut se produire ? Et de toute façon, ils s'en foutent : ils ont déjà passé la baraque au peigne fin. »

Dans une quincaillerie, on s'est acheté le nécessaire du parfait petit cambrioleur ; puis on a mangé Tex-Mex, rendu la voiture de location chez Avis et enregistré nos bagages à l'aéroport. Alors qu'il ne nous restait plus qu'à embarquer, on a loué un autre véhicule chez Hertz en présentant un permis de conduire irréprochable, délivré dans le Wisconsin, ainsi qu'une Amex Gold appartenant à mon vieux pote et partenaire de pêche Harry Oison, originaire de Hayward, encore dans le Wisconsin. Harry n'existait pas, mais ça ne l'empêchait pas d'avoir un compte en banque bien fourni et un bonus intact.

En voyant ces fausses pièces d'identité, Lane a fini par saisir qu'on allait réellement s'introduire dans la maison de son frère. Alors que, tout l'après-midi, elle s'était montrée relativement détendue, tout à coup elle s'est crispée. « La question est : "Est-ce que ça vaut le coup, avec tous les ennuis qu'on risque de s'attirer ?"

— On ne le saura qu'après avoir mis la main sur les Jaz. Comme vous n'arrêtez pas de me le dire, cet assassinat s'entoure de détails bizarres. Et si Jack s'est fait tuer à cause d'un truc qui mentionnait *également* mon nom, je veux savoir de quoi il s'agit. Avant que les flics m'alpaguent.

— Hmm.

— Vous n'êtes pas obligée d'entrer. Il suffit que vous soyez là avec la voiture quand j'aurai fini.

— Si vous entrez, j'entre aussi. »

Je préférais. Le temps de recherche serait divisé par deux. Je n'ai donc pas dit non ; pourtant, il me semblait que si j'avais refusé avec insistance, elle aurait cédé.

« De toute façon, s'il y a le moindre risque on reste dehors. Par exemple s'il y a de la lumière dans le voisinage immédiat, ou des passants dans la rue.

— D'accord. Ça me paraît raisonnable. »

Quand on est revenus, il n'y avait *ni* lumière dans le voisinage, ni indésirables dans la rue. La maison verte était plongée dans l'obscurité. Pas de voiture dans l'allée, ni garée devant, d'ailleurs.

On est passés sans s'arrêter, pour aller se garer un peu plus loin. « Vous n'avez rien oublié ? ai-je demandé à Lane. On est de simples joggers qui...

— Mais oui, je sais. Bon... Quand faut y aller...

— Faut y aller », ai-je conclu.

On s'est approchés de la maison à petites foulées, en tee-shirt et pantalon de survêtement. Je tenais à la main les outils enveloppés dans une petite serviette-éponge kaki que je comptais bazarder dans un massif si on tombait sur des flics trop curieux.

Voilà mon plan. (Lane m'avait dit : « C'est ça, votre plan ? »)

Il faisait doux, on sentait encore la chaleur torride de la journée monter de la chaussée. Nous nous sommes immobilisés deux maisons avant celle de Jack comme pour reprendre notre souffle, et nous sommes montés sur le trottoir. Le réverbère n'était réglé qu'à la moitié de sa puissance, et les ombres qu'il projetait paraissaient encore plus impénétrables que le reste.

« Vous voyez quelque chose ? me suis-je enquis.

— Non. » Elle a lâché un petit rire nerveux. « Merde, je suis en train de devenir cinglée.

— Gardez la tête froide. » On a repris notre course, sur le trottoir cette fois, en regardant bien dans tous les coins. Parvenus au niveau de la maison verte, on a bifurqué dans l'allée, puis coupé par la pelouse. En cinq secondes on était planqués dans les ombres entre les deux maisons. Si on se faisait prendre à ce stade, Lane devait prétendre qu'elle cherchait un buisson pour faire pipi. On a attendu une minute, puis deux, puis trois – au moins un siècle et demi, quoi ! Rien. Aucune lumière ne s'est allumée, rien n'a bougé. Pas de chien non plus.

La maison de derrière, celle avec la piscine, était éclairée – y compris le jardin –, mais la haie de crotons bordant la palissade du fond projetait une ombre qui nous dissimulait.

Plus question de petites foulées nonchalantes, maintenant. Ça ne rigolait plus. Courbés en deux, on a rallié la véranda, où on a trouvé la porte antimoustiques fermée à clé et l'interstice entre chambranle et battant scellé par un ruban de plastique jaune flanqué d'un avertissement. J'ai soigneusement détaché l'un et l'autre. La porte vibrait facilement sous la main ; frêle, elle était prévue pour résister au plus à une grosse mouche. J'ai extrait de ma serviette-éponge un petit pied-de-biche qui, en écartant légèrement le battant, m'a permis de dégager le loquet.

Après avoir tout doucement ouvert la porte, nous nous sommes coulés à l'intérieur, pratiquement à quatre pattes. Nous avons tendu l'oreille : pas un bruit à part la circulation sur une grande route voisine, un oiseau qui s'en donnait à cœur joie dans le noir, un climatiseur au compresseur défectueux... « Si seulement la suite était aussi facile, a soufflé Lane.

— Chut ! » On a enfilé nos gants en caoutchouc et je me suis redressé pour embrasser la véranda du regard. Elle était entourée de planches montant presque jusqu'en haut, après quoi les stores prenaient le relais. Entre les deux, un rebord d'à peine trois centimètres de large. Si j'avais eu la naïveté de vouloir cacher quelque part la clé de ma maison, personnellement, c'est là que je l'aurais mise.

Espérant que les histoires de veuves noires et autres araignées de recoins sombres étaient très exagérées, j'ai laissé courir mes doigts sur les planches ; enfin, au niveau de l'avant-dernière, j'ai fait tomber une clé. Elle a tinté en heurtant le sol cimenté. Nous avons retenu notre souffle. Puis j'ai mis un genou en terre et tâtonné jusqu'à ce que je la trouve. Heureusement, elle tournait encore ; elle était bien un peu rouillée, mais je l'ai frottée contre mon pantalon et fait jouer plusieurs fois dans la serrure, et quelques secondes plus tard nous étions dans la maison.

Il y régnait une obscurité quasi totale, malgré la timide lumière du réverbère entrant par les fenêtres de devant, plus une vague lueur éclairant l'arrière. Ça sentait le nettoyant pour moquette. On a gagné le couloir à tâtons, puis j'ai allumé une des deux torches qu'on avait apportées, et dont j'avais recouvert la face avant d'adhésif de manière à ne laisser filtrer qu'un mince faisceau lumineux.

« N'oubliez pas : vous ne devez *jamais* braquer votre lampe vers le haut. Si vous ne la dirigez à aucun moment vers les fenêtres, personne ne se rendra compte de rien.

— Oui, oui, j'ai compris. » Elle s'est dirigée vers la chambre/bureau pendant que moi, je prenais le chemin du salon. Je savais à quoi m'attendre.

Jack avait fait la connaissance de LuEllen à Redmond ; nous avions pris quelques bières ensemble au bar. On avait parlé cambriolage, ce qui n'avait rien d'étonnant vu la raison de notre présence dans cette ville, d'ailleurs. LuEllen lui avait raconté l'histoire du type de Grosse Point Farms, Michigan, qui avait fait poser un coffre-fort sous sa cheminée. Celle-ci contenait un appareil de chauffage à gaz télécommandé ; la chaleur montant tout droit, le coffre (ignifugé) était non seulement invisible, mais parfaitement insoupçonnable : qui irait ranger des biens précieux dans le feu ?

LuEllen avait commenté : « Pour lui, ce coffre était en lieu plus que sûr. Et il avait raison. Je ne l'aurais jamais trouvé si sa femme ne m'en avait pas révélé l'emplacement. »

L'expression « *en lieu plus que sûr* » l'avait fait rire. Si ça se trouvait, dans sa lettre, il l'avait reprise par hasard.

J'ai bien failli laisser tomber, car la cheminée était en fait un vieil âtre en béton et acier, jamais entretenu ; un de ces modèles prêts à l'emploi et reproduits à l'identique dans des millions de petites maisons pas chères. Le conduit était obstrué par une plaque mobile, mais je n'ai rien vu, rien senti à l'intérieur. Je me suis mis à quatre pattes pour l'inspecter centimètre par centimètre, mais en vain : ni fissure, ni jointure, ni double fond.

Lane a fait son apparition juste au moment où j'abandonnais. « Qu'est-ce que vous faites ?

— Je pensais qu'il avait peut-être caché les disques dans la cheminée.

— Pourquoi ? »

Je lui ai rapidement expliqué.

« En effet, c'était une bonne idée. » Malheureusement, elle n'avait débouché sur rien. « Il y a un espace entre le plafond et le toit », a-t-elle ajouté. Avec une trappe d'accès dans la salle de bains.

« Le F.B.I. a déjà dû regarder.

— On peut quand même jeter un œil. »

La trappe en question occupait le centre exact du plafond. Debout sur le couvercle des toilettes, je l'ai poussée vers le haut ; j'arrivais tout juste à en tâter les abords immédiats côté toit. Je ne sentais que de l'isolant.

« Alors ? a demandé Lane.

— Je ne vois pas assez loin, ai-je grommelé en m'étirant le plus possible.

— Faites-moi la courte échelle, je vais y aller, moi », a-t-elle suggéré.

Je suis redescendu, j'ai entrecroisé mes doigts pour qu'elle y pose le pied, puis je l'ai soulevée jusqu'à ce qu'elle passe dans l'ouverture jusqu'à la taille. Après cela, elle s'est hissée toute seule. « Donnez-moi deux minutes, a-t-elle chuchoté. Il y a bien un passage, mais avec tout cet isolant... »

Je suis ressorti de la salle de bains en m'efforçant de réfléchir. Le fond de la cheminée était peut-être pourvu d'une trappe pour l'évacuation des cendres. J'avais déjà vu ce genre de système...

Je suis revenu sur mes pas. « Je reviens tout de suite, ai-je annoncé sans élever la voix. « Je vais jeter un coup d'œil dans la buanderie.

— D'accord. »

Une fois sur place, j'ai négligé la machine à laver, le sèche-linge et le cumulus pour aller tout droit inspecter la chaudière ; typique des États du Sud (c'est-à-dire pas très grosse), elle arborait une grille sur le devant et une trappe d'accès sur l'arrière. Comme cette dernière était bourrée d'interrupteurs et autres soupapes qui prenaient toute la place, c'est la grille que j'ai démontée. En vain. Au-dessus de l'ouverture, un logement obscur où des canalisations de faible diamètre serpentaient autour d'un dispositif de chauffage qui m'était inconnu. On n'y voyait rien. J'ai donc passé la main à l'intérieur... et senti bouger librement quelque chose de dur et de carré. J'ai secoué l'objet : plusieurs disques Jaz scotchés ensemble me sont pratiquement tombés sur les pieds.

J'ai remis la grille en place et rebroussé chemin, ce qui impliquait de longer prudemment le mur de la salle de séjour donnant sur l'avant de la maison. Mes yeux s'étant accoutumés à l'obscurité, je distinguais un peu mieux les détails de la pièce, d'autant plus que les rideaux étaient entrouverts. Or, tout à coup, en traversant, j'ai surpris un mouvement dans le jardin. Je me suis figé sur place, pas tout à fait certain d'avoir vu quelque chose. Mais j'ai bientôt eu confirmation : c'était une épaule, masculine, qui avançait sur le trottoir, en venant manifestement vers nous.

J'ai regagné la salle de bains et, après avoir manqué trébucher sur la serviette-éponge contenant les outils, que j'ai ramassée au passage, j'ai appelé entre mes dents serrées : « Lane !

— Quoi ? » Un ovale blanc s'est encadré dans l'ouverture. « On a de la visite. Je vous passe la serviette. »

À cet instant m'est parvenu un grattement en provenance de la porte d'entrée. On détachait les scellés en essayant de faire le moins de bruit possible. Debout sur les toilettes, j'ai tendu le paquet à Lane. « Prenez les disques.

— Vous les avez trouvés !

— Reculez, je monte. »

J'ai dû me dresser sur la pointe des pieds pour pouvoir m'assurer une prise sur les solives encadrant la trappe. La porte d'entrée s'est ouverte.

« Qu'est-ce qu'on fait ? a soufflé Lane.

— Chut ! Éclairez la trappe. »

Elle a obtempéré. J'ai précautionneusement remis l'abattant en place. Pourvu que notre visiteur n'entreprenne pas une fouille trop scrupuleuse...

En tout cas, ils étaient aussi discrets que nous. Au bout d'un moment, Lane a dit : « Vous êtes sûr d'avoir entendu quelqu'un ?

— Une clé qui tournait dans la serrure », ai-je opiné.

Puis, une minute plus tard : « Je n'entends rien, moi.

— Chut ! »

J'étais debout sur une solive. Une longue planche courait jusqu'à la façade, pour se terminer au niveau d'une bouche d'aération de la taille d'une tête humaine qui donnait sur l'avant de la maison. Cassé en deux tant le toit était bas, je m'y suis engagé prudemment pour aller regarder par l'ouverture. Un 4x4 dont je ne voyais que l'avant était garé à hauteur de la maison verte. Je m'en souvenais très bien : cet emplacement était libre lors de notre arrivée. Aucun mouvement dans la rue, sinon sur un écran de télévision que j'apercevais par une fenêtre, en face. Alors j'ai entendu s'ouvrir la porte d'entrée et un homme a fait irruption dans l'allée circulaire. Avec un regard en arrière, il a jeté : « Dépêchez-vous, bon sang ! »

Profitant de ce qu'il avait la tête tournée vers la maison, j'ai mémorisé son visage en une fraction de seconde. Puis un autre homme a repoussé le battant et tous deux se sont dirigés vers le 4x4. Le second inconnu tenait ce qui ressemblait fort à...

« Un jerrycan, ai-je lâché tout haut. Oh, merde. » Je me suis retourné vers Lane.

« Vite, sortez de là ! Relevez la trappe !

— Hein, quoi ?... »

Elle me regardait revenir tant bien que mal sur ma planche, sans cesser de m'interroger tout bas, mais elle n'obéissait pas.

« Ouvrez la trappe, merde ! » Quand elle s'est enfin décidée, encore hésitante, j'étais presque à son niveau. « Sautez ! ai-je fait d'un ton pressant. Dépêchez-vous : ils vont mettre le feu à la baraque ! »

Là, elle a compris. Elle n'a plus posé de questions. Elle s'est suspendue dans le vide, puis laissée tomber au bout de quelques secondes.

« Les disques », ai-je jeté. Je lui ai tendu le paquet, puis j'ai suivi le même chemin qu'elle. Le couloir puait l'essence. Mais je détectais une autre odeur. « Par-derrière, vite !

— Quoi ? » Lane avait déjà fait un pas vers la salle de séjour, histoire de se rendre compte. Je l'ai rattrapée par le bras. Juste sous son nez, un chiffon enflammé pendait au bout d'une ficelle, probablement scotchée ou punaisée au plafond. C'était ça, l'autre odeur : le coton qui brûlait. Au même moment la ficelle – qui avait elle-même pris feu – se rompait et le chiffon tombait par terre.

L'essence s'est enflammée d'un coup – vlouf ! – comme une veilleuse de chaudière géante... ou une salve de napalm. J'ai violemment tiré Lanc en arrière mais déjà son pull prenait feu ; je lui ai assené des tapes du plat de la main tout en l'entraînant vers la porte de derrière à travers le brasier naissant.

Elle poussait des hurlements et, de sa main libre, se frappait le buste. Je l'ai fait pivoter sur place puis, saisissant par l'ourlet le devant de son chemisier, j'ai fait passer ses vêtements par-dessus sa tête. Elle a gémi : « Je me suis brûlée ! » J'ai continué à l'entraîner ; une fois la porte franchie, nous avons contourné la maison au pas de course – « Vite, vite ! » – puis traversé sans ralentir l'allure le jardin de la maison verte et le suivant pour, de là, gagner le trottoir et déboucher dans la rue.

En une minute nous étions à la voiture. Trois de plus et nous avions mis un bon kilomètre entre la maison et nous.

« C'est grave ? ai-je voulu savoir.

— Les bras, les mains, le visage sont touchés. Mais pas trop gravement. Enfin je crois.

— On va chercher un endroit mieux éclairé. »

On a trouvé dans un motel, à deux ou trois kilomètres de l'aéroport. À la réception, j'ai donné l'identité de Harry Oison. Le réceptionniste était protégé par une épaisse vitre à l'épreuve des balles. « Nous devons partir tôt, notre avion décolle de très bonne heure », l'ai-je informé. Cela m'a valu un grognement d'assentiment. « Vous n'aurez qu'à mettre les clés dans la boîte, là. » Il m'en a indiqué l'emplacement (à l'extérieur, sur le côté du bâtiment) avant de retourner à son magazine, dont la une clamait : « Alerte rouge ! La loi sur le port d'arme veut désarmer l'Amérique en cinq ans ! Tous les détails de la catastrophe. »

Une fois dans notre chambre, nous avons bénéficié de l'éclairage suffisant. Lane avait effectivement des brûlures sur le dos des mains, sur les avant-bras et sous le menton. En outre, ses sourcils étaient roussis et sa frange arborait des boucles toutes neuves. Les brûlures étaient roses, et non blanches ou noires, comme dans certains cas ; les plus graves s'étendaient sur les bras ;

la plus étendue, celle de la gorge, atteignait la taille d'une main.

« À votre avis ? » m'a-t-elle demandé. Elle se tenait bras écartés, paumes vers le haut. Elle devait beaucoup souffrir.

« Il faudrait montrer ça à un médecin.

— Dans ce cas, ça reviendra aux oreilles de la police.

— ...Cela dit, si vous pensez pouvoir tenir le coup, on peut prendre l'avion comme prévu et attendre d'être sur la côte ouest pour aller chez le médecin – ou aux urgences. On dira que vous vous êtes brûlée en allumant le barbecue, que sur le moment vous ne vous êtes pas trop inquiétée, mais que pendant la nuit ça a commencé à vous faire vraiment mal.

— Ça fait déjà *très* mal.

— C'est une bonne chose. Les brûlures au troisième degré ne font pas souffrir tout de suite parce que les terminaisons nerveuses sont détruites. »

Elle a été jusqu'à sourire, ce qui m'a inspiré une réelle bouffée d'affection pour elle, sur le coup. « Si vous le dites...

— Je le pense sincèrement. Mais ça va quand même faire mal.

— Je tiendrai le coup. C'est toujours mieux que se retrouver en prison.

— ...et je ne suis pas médecin.

— Vous croyez que le personnel de la compagnie aérienne va s'en rendre compte ?

— Non. Ça ne se voit pas tant que ça. Gardez vos manches baissées, laissez-moi m'occuper des billets...

— Bon, alors on y va. »

Un coup d'œil à ma montre : « On a un peu de temps devant nous. Je vais chercher une pharmacie, voir si je peux me faire délivrer un antalgique. Ça ne sera pas de trop.

— Bonne idée. J'ai toujours les disques, au fait. » Elle a voulu se retourner vers moi pour me sourire, mais ce dernier s'est achevé en grimace. « J'ai intérêt à ne pas tourner la tête trop vite.

— J'y vais.

— Ne traînez pas en chemin », a conclu ma complice aux grands yeux noirs.

Chapitre cinq

St. John Corbeil

Assis dans un fauteuil en cuir, St. John Corbeil lisait ; la monture en acier de ses lunettes toutes militaires accrochait la lumière de la lampe sur pied. Absorbé dans l'*Hommage à la Catalogne* d'Orwell, il faisait filer entre ses doigts courtauds un collier de diamants comme s'il s'agissait d'un chapelet.

Il aimait la fraîche sensualité de ce bijou, mais aussi la petite fortune qu'il représentait. Il l'avait fait fabriquer sur mesure par Harry Winston of New York. Il comptait cent pierres d'une eau incomparable, magnifiquement taillées, d'un carat chacune. Chez Winston, le personnel avait trouvé cela un peu bizarre – les regards perplexes ne lui avaient pas échappé : un collier de cent petits diamants, ça fait tout de même moins d'effet qu'une ou deux grosses pierres centrales enchâssées, par exemple, dans une constellation de diamants plus modestes.

Mais Corbeil avait ses raisons : un diamant d'un carat, c'était plus facile à recycler, à revendre ; et ça ne laissait pas de trace. En bref, ce collier était une espèce de compte en banque. Il suffisait de détacher les cailloux de leur monture pour trimballer trois cent mille dollars au bout de ses souliers...

Et il ne fallait pas oublier le caractère sensuel de ces pierres. Corbeil avait peut-être un visage qui paraissait taillé dans un bloc de chêne, mais il n'en était pas pour autant étranger à toute volupté. Il aimait le contact du corps féminin sous ses doigts, le bruit de la fermeture Éclair qui glisse dans le dos de la robe, l'arôme d'un parfum Chanel. Il appréciait aussi les voitures rapides conduites pied au plancher, la cuisine française, les costumes italiens, les chaussures anglaises... et les diamants. Avant AmMath, il ne pouvait pas s'offrir ce qu'il y avait de mieux en matière de femmes, de vins et de distractions. Maintenant il jouissait de tout cela, et il n'y renoncerait pour rien au monde.

La sonnette de la porte d'entrée retentit. Il s'y attendait. Il reposa son livre, glissa le collier dans sa poche et alla enfoncer le bouton de l'interphone. « Oui ?

— Hart et Benson. » C'était la voix de William Hart.

« Entrez. » Il appuya sur le bouton d'ouverture de la porte.

« C'est fait », l'informa Hart.

Corbeil acquiesça. « Donc, a priori il ne reste plus rien ici, au Texas.

— Pour autant qu'on sache, non. »

Corbeil se détourna, repêcha le collier en diamants dans sa poche et se mit machinalement à le faire couler d'une main dans l'autre comme s'il tripotait un vulgaire jouet. « Reste la possibilité qu'il ait fait parvenir quelque chose à sa sœur.

— Ou à n'importe qui d'autre ; sauf qu'on ne lui a trouvé aucun ami proche. Pas de petite amie non plus ; du moins en ce moment. Non, la sœur reste la candidate la plus plausible. Enfin, on continue à fouiller son passé, mais il ne me paraît pas évident qu'on trouve quelqu'un d'autre, commenta Hart.

— Dommage qu'on n'ait pas eu le temps de le questionner un peu, reprit Corbeil. Mais il fallait le faire disparaître presto – on ne pouvait pas à la fois l'interroger et organiser une mort plausible... »

Hart haussa les épaules. Son acolyte, Benson, écoutait sans rien dire. Du genre suiveur, celui-là. « Qu'est-ce qu'on fait, maintenant ? reprit Hart. On ferme le ranch quelque temps ?

— Ce ne sera pas nécessaire, répondit Corbeil. Pour ça, il suffit d'appuyer sur un bouton. Actuellement, ce serait prématuré. Il y a un sacré paquet de fric à se faire.

— Monsieur Corbeil, je tiens à vous dire que toute cette histoire m'a foutu la trouille de ma vie. Je n'en suis pas encore remis, et Les non plus. » Hart chercha du regard l'appui de son compagnon muet. Il n'en tira même pas un hochement de tête.

« C'est bien pour ça qu'on a pris tant de précautions. Pour nous jeter en prison, il leur faudrait des preuves ; or, il n'existe aucune preuve matérielle de quoi que ce soit. Je donne l'ordre à Tom Woods de déclencher la procédure de destruction totale et hop ! tout s'envole en fumée. Même nous, on ne pourrait strictement rien récupérer.

— Tout ça est très bien, mais reste Lane Ward, insista Hart. Si elle détient réellement quelque chose, ou si Morrison a prévu je ne sais quelle révélation posthume...

— Il faut donc aller faire un petit tour chez elle.

— C'est risqué, objecta Hart.

— Vous n'avez pas eu de problème pour entrer chez Morrison là-bas, que je sache. Ni ici, d'ailleurs.

— Ce n'était pas la même chose. Morrison était censé être en déplacement, même si nous, on savait qu'il était mort, que personne ne viendrait lui rendre une visite surprise. Alors que pour Ward on ne connaît pas le quartier ; on ne sait même pas ce qu'on cherche ! Ça peut être sur un Zip, un disque dur... Voire en ligne. En admettant qu'il existe bien quelque chose quelque part.

— Si c'est le cas et que le F.B.I. en a vent, on est foutus, remarqua Corbeil. Alors ça vaut le coup de prendre le risque. Au pire, si vous vous faites choper, on pourra parler de problème de sécurité interne, évoquer nos vives inquiétudes face à une initiative que vous aurez prise seuls pour éviter que des secrets d'État ne tombent entre des mains indélicates. En admettant qu'on vous mette effectivement en prison – d'ailleurs qu'est-ce qu'on risque, pour cambriolage ? Six mois ? À votre sortie, c'est un sacré pactole qui vous attendrait.

— À savoir ?

— Disons deux millions de dollars par an, ou par versements proportionnels plus rapprochés. »

Hart consulta Benson du regard, puis reprit à l'intention de Corbeil : « Donc, on fait un tour chez elle. D'ailleurs, une occasion va bientôt se présenter. »

Corbeil haussa les sourcils, puis sourit de plaisir quand l'autre lui eut expliqué : « William, c'est vraiment un plaisir de travailler avec vous. »

Benson prit la parole pour la première fois. « Vous savez ce qui me déplaît, moi, dans cette histoire ? À mon avis, on est tranquilles, pour ce Morrison ; et pour sa sœur aussi. Je ne crois pas qu'il lui ait envoyé quoi que ce soit. On est intervenus trop vite ; et il comptait sur Lighter pour résoudre le problème. Non, ce qui cloche... »

Toutes ces précautions oratoires avaient le don d'exaspérer Corbeil. « Eh bien ?

— C'est Woods. Depuis que Morrison a été tué, il promène une tête de six pieds de long. Je crois qu'il se doute de quelque chose. Ils se voyaient de temps en temps, tous les deux.

— Je vois, opina Corbeil. Vos préoccupations sont légitimes, Les. Mais vous savez sans doute que Tom Woods est de mes amis. Un confident, même. On a été coulés dans le même moule. Et quel génie mathématique, de surcroît !

— Oui monsieur, je ne l'ignore pas. Pourtant... »

Corbeil l'arrêta du geste. « S'il se met à poser des problèmes, je ferai le nécessaire. Je vous le promets. Seulement, on a déjà deux morts trop étroitement liés. Un troisième cadavre – s'il se révélait nécessaire de supprimer Lane Ward – ne manquerait pas d'attirer l'attention. Alors si en plus Tom Woods disparaissait entre-temps...

— À moins qu'il n'ait été, justement, l'architecte de toute l'opération.

— Vous me l'ôtez de la bouche, William. On peut peut-être commencer à rédiger certains documents. Mais résumons-nous ; vous partez bien pour San Francisco ?

— Demain, acquiesça Hart. On vous rappelle. On verra ce qui se passe là-bas et on vous consultera, pour la petite Ward. Vous nous direz si on la garde ou non.

— Mmm... » conclut Corbeil, le sourire aux lèvres.

Chapitre six

L'appareil s'est posé à San Francisco à trois heures du matin après avoir viré vers le large puis décrit une boucle et traversé la bande de terre ponctuée de lumières qui sépare la mer de la baie. Au moment où les roues ont touché le tarmac, la tension s'est brusquement relâchée tout le long de mon épine dorsale. À partir de maintenant, nous pouvions faire semblant. Tandis qu'à Dallas, où les brûlures de Lane risquaient de tomber sous les yeux des flics, nous courions un risque perpétuel.

Réaction bien égoïste, d'ailleurs : Lane, elle, avait toujours mal. Je m'étais procuré de la Biafine dans une pharmacie. Elle en avait badigeonné ses brûlures avant d'avaler une demi-douzaine d'ibuprofènes dont je n'étais pas certain qu'ils auraient beaucoup d'effet. Mais on ne pouvait pas faire grand-chose de plus avant de se mettre en route pour l'aéroport.

Au comptoir d'enregistrement, Lane était restée un peu en retrait, jouant les « petites dames » timides, tête baissée, manches déroulées, pendant que je m'occupais des billets. Une fois à bord, elle avait pris place côté travée et s'était levée deux fois pour aller aux toilettes, histoire de s'enduire de Biafine.

« Ça ira ? lui ai-je demandé quand elle est revenue, la seconde fois.

— Je tiens le coup, a-t-elle répliqué entre ses dents.

— Et l'ibuprofène ?

— Aucun effet, ou presque. J'espère que je ne garderai pas de cicatrices.

— Vous croyez que c'est grave à ce point ? »

Elle m'a montré la face interne de son avant-bras, qui arborait à présent une demi-douzaine de cloques grosses comme des pièces de monnaie.

« J'ai peur de les percer, à cause du risque d'infection.

— Oh, merde... »

Alors qu'il nous restait la moitié du trajet à parcourir, je me suis soulevé sur mon siège pour examiner les sièges voisins. La voisine de devant de Lane dormait la bouche ouverte. Derrière nous, personne. De l'autre côté de la travée, un type s'était étendu en travers de deux sièges, la tête calée contre un store de hublot dans une position des plus inconfortables.

« Vous savez, ai-je entamé tout bas, la police sait qu'on a quitté Dallas ce soir et que la maison a brûlé avant. Elle va vouloir vous interroger.

— Mince, c'est vrai.

— Il va falloir mentir un peu.

— Un peu beaucoup, oui.

— Vous en êtes tout à fait capable ; il suffit de vous concentrer sur le rôle à jouer. Vous devrez simuler la surprise et la colère. C'est de *leur* faute – je parle des flics –, cet incendie. Vous leur aviez pourtant dit qu'il y avait quelque chose de louche là-dessous, que votre frère avait bel et bien été assassiné. Il faut les engueuler, Lane.

— Les engueuler peut-être pas. Mais me montrer folle de rage, ça ne devrait pas me poser trop de problèmes : je *suis* folle de rage. Parce que c'est vrai, on *l'a* assassiné.

— C'est vous qui allez *exiger* de revenir à Dallas inspecter les disques durs de ses ordinateurs. Comme ça, ils ne vous enverront pas les flics d'ici. Ils n'ont aucune raison de penser que vous ayez pu être présente – et à plus forte raison blessée dans l'incendie, ni de vous convoquer tout de suite. De toute façon, vous devez rester pour l'enterrement.

— Donc, tout dépend du temps que mes brûlures mettront à guérir.

— C'est ça. Mais il ne faut pas leur donner l'impression que vous les faites poireauter pour gagner du temps. Vous devez leur faire savoir, au contraire, que vous êtes trop occupée, malgré votre colère, mais que vous leur retomberez sur le dos dès que vous aurez le temps. »

Elle y a réfléchi une minute. « Ça me paraît faisable.

— Attention : les flics ne sont pas des imbéciles. Du moins pas tous.

— Ce ne sera peut-être pas le même homme. C'était déjà un autre que la première fois. Ça me faciliterait la tâche.

— Quoi qu'il en soit, il faudra être prudente, et surtout convaincante. Les flics ont le chic pour flairer les bobards. »

À San Francisco, nous avons récupéré la voiture de Lane dans un parking annexe et pris la route de Palo Alto, où nous sommes allés tout droit chez elle déposer ses bagages. Puis : « Maintenant, aux urgences, ai-je déclaré.

— Pourquoi pas mon médecin habituel ?

— Aux urgences on vous prendra tout de suite, on ne posera pas de questions et on saura peut-être vous soulager. »

Elle n'a pas protesté.

Cette nuit-là, nous avons même réussi à dormir un peu.

À dix heures du matin, après cinq heures de lit, j'ai entendu aller et venir bruyamment dans la maison. Je me suis levé en roulant sur moi-même et je suis sorti de la chambre d'amis après avoir enfilé jeans et tee-shirt. Lane préparait du café dans la cuisine.

« Ça va ?

— C'est encore douloureux. » Elle s'était lavée comme elle avait pu, l'eau lui faisait mal. Elle portait un pantalon large de couleur kaki et une blouse paysanne en coton à manches longues ; une fois de plus j'ai capté une imperceptible bouffée de parfum fleuri. Elle sentait drôlement bon et avait de l'allure avec cette blouse, théoriquement destinée à cacher ses brûlures.

Quant au visage, ça ne se voyait pas plus qu'un bon coup de soleil. Ça ne durerait pas. Les bras étaient plus atteints. La veille, un médecin avait percé ses cloques pour soulager la tension, mais déjà elles se reformaient.

« Et l'anesthésique, il n'agit pas ? » À l'hôpital, on lui avait donné quelque chose de plus puissant que la Biafine – enfin, en théorie.

« Ça marche un temps, puis ça recommence.

— Je suis vraiment navré.

— Ce n'est pas de votre faute. Cela dit, je ne pourrais pas faire ce que vous faites. Pour gagner votre vie, je veux dire.

— D'habitude, ça ne se passe pas comme ça.

— Parfois, ça doit quand même être assez violent, non ? » Elle m'a détaillé de la tête aux pieds, et j'ai bien dû reconnaître que dans certains cas ça n'avait pas été tout seul.

« Je n'avais encore jamais eu droit à un incendie. Tant mieux, parce que j'ai peur du feu.

— Moi aussi, maintenant. » Elle a porté une main à sa nuque comme pour se gratter, puis interrompu son geste et souri. « Je crois que je vais être une malade insupportable. »

Je suis allé faire quelques courses et nous avons pris un petit déjeuner arrosé de café tout en parlant de Jack et des disques Jaz. Ensuite, elle a annoncé qu'elle se recouchait (« La douleur n'est pas insupportable – elle me donne juste envie de hurler. Et mal à la tête, aussi. »)

« Très bien. Mais d'abord, montrez-moi votre ordinateur. Vous avez un lecteur de Jaz ?

— Non. Mais il y a un magasin d'informatique pas loin. »

Elle m'a montré son bureau, équipé d'un banal Dell, puis s'est retirée dans sa chambre. Je suis allé à pied au magasin en question, où j'ai acheté un lecteur de Jaz externe ainsi qu'une boîte de disques. En rentrant j'ai branché le tout et pris les disques trouvés chez Jack.

J'ai commencé par le dessus de la pile. Le fichier que j'ai ouvert en premier s'intitulait sobrement *Notes* et contenait deux e-mails apparemment importés d'un autre répertoire sur le même disque. Jack avait rassemblé dans ce document des éléments épars qui lui avaient paru pertinents. Bref, il avait pris des notes, quoi...

Dans le premier, j'ai lu : « Ajouter CarlG and Raspoutine IV sur liste. Forte corrélation pour les deux. »

Les pseudos CarlG et Raspoutine IV figuraient sur la liste des membres du réseau Firewall telle que rapportée par les cyberrumeurs, celle qui faisait à présent l'objet d'une investigation de la part du F.B.I.

La deuxième note prise par Jack disait : « Vérifier : endodays, exdeus, fillyjonk, laguna8, omeomi, pixystyx. »

Encore des pseudos de hackers ? Ça y ressemblait fort, en tout cas. Était-ce une histoire de sécurité ? Est-ce que, par hasard, le réseau Firewall aurait inquiété

AmMath ? Au point de pousser ses dirigeants à prendre des mesures ? À moins qu'AmMath et Firewall ne forment qu'une seule et même entité...

J'ai passé en revue les autres fichiers, tous regroupés dans un dossier intitulé VHM ; par deux fois je suis tombé sur le gros titre « Vieil homme de la mer. » S'ils avaient voulu faire référence au bouquin d'Hemingway, ils s'étaient trompés sur un mot. Quoi qu'il en soit, la seule partie aisément compréhensible était constituée d'une quantité énorme d'e-mails et de notes de service manifestement recopiés tels quels à partir d'une autre source. J'en ai consulté environ trois cents sur quelque mille cinq cents : ils résumaient la gestion au quotidien d'une banale entreprise : jours de congé, augmentations, plaintes, plannings...

En tout, les quatre disques contenaient vingt gigas de données ; malheureusement, je n'ai pu accéder aux fichiers qui me semblaient les plus intéressants : ils pesaient 500 mégas chacun et l'ordinateur de Lane n'avait que 384 mégas de mémoire vive. J'ai quand même réussi à en visualiser les premiers blocs de données, ce qui m'a permis de conclure qu'il s'agissait d'images, probablement photographiques.

Je m'ennuyais et j'étais contrarié. J'ai fait deux copies de chaque Jaz. Au moment où j'en venais à bout, Lane s'est relevée ; je l'ai entendue passer dans la cuisine et appliquer de l'anesthésique sur ses blessures. J'ai éteint l'ordinateur pour aller lui raconter ce que j'avais trouvé.

« Ce fichier de travail... il portait une date de création ? a-t-elle interrogé.

— Je n'ai pas pensé à regarder. » On a repris le chemin de son bureau, où j'ai rallumé l'ordinateur. Debout tout près de moi, Lane contemplait l'écran en attendant patiemment que cette merde de Windows ait fini de se charger. Elle était séduisante ; j'avais l'impression qu'elle serait aussi agréable à toucher qu'à regarder ; et que si je la touchais il pouvait se passer quelque chose. Mais quoi ?

De toute façon je me suis abstenu. J'ai continué à fixer l'écran et le moment a passé. Lane s'est légèrement éloignée de moi. Enfin j'ai ouvert le fameux fichier, qui portait bel et bien une date : il avait été modifié pour la dernière fois le dimanche précédent, c'est-à-dire cinq jours avant la mort de Jack.

« Donc, il y est bien allé le dimanche.

— D'après les flics, il a passé un coup de fil de chez lui pour couper à distance le système d'alarme, une caméra et des détecteurs de mouvement, c'est ça ?

— C'est ça.

— Alors on peut vérifier.

— Comment ? » Elle a tendu la main droite vers son bras gauche, machinalement, comme pour se gratter, mais s'est retenue à temps.

« Grâce à la facturation détaillée.

— Et s'il ne disposait pas de ce service ?

— Le type que j'ai appelé depuis St. Paul, Bobby... vous savez, quand je ne voulais pas vous laisser regarder la procédure pour le contacter ? Lui saura se procurer l'info en moins de deux.

— Alors allons-y.

— Il faut que je l'appelle depuis une cabine. Ce n'est pas le genre de numéro que je peux composer de chez vous.

— En plus, comme ça, il n'apparaîtra pas sur ma facture détaillée à moi.

— En plus. »

On est allés dans un centre commercial, où j'ai branché mon ordinateur portable sur la ligne d'une cabine publique grâce au câble d'un vieil adaptateur pour modem acoustique. J'ai patiemment suivi tout le protocole de confidentialité, et enfin obtenu Bobby. Je lui ai demandé tous les numéros composés sur la ligne de Jack le fameux dimanche soir, mais aussi le vendredi, jour où il s'était fait tuer. Il m'a informé que ça lui prendrait quelques minutes, que le temps de rentrer on aurait la liste. Ensuite, je lui ai demandé une adresse postale où lui faire parvenir un paquet.

Quel genre ?

4 Jaz de 2 gigas. Je voudrais un second avis. Ça vient de Stanford.

Envoie-les à John. Il me les apportera.

Lane, qui lisait par-dessus mon épaule, a commenté : « Si je comprends bien, ça lui est égal de nous appeler du moment que nous, on ne l'appelle pas.

— De toute façon, même si on réussissait à localiser l'appel on aboutirait probablement à la boulangerie du coin ou chez le plus proche concessionnaire automobile. Le téléphone, il prend ça très au sérieux.

— Et qu'est-ce qu'il fait dans la vie, votre ami Bobby ?

— Il exploite les bases de données. Des *milliers* de bases de données. Il bosse encore un peu sur le téléphone, mais c'est surtout une couverture pour ses autres activités. Les seules bases de données auxquelles il n'a pas accès sont celles qu'on n'a pas pourvues d'une ouverture sur l'extérieur, et de nos jours, il n'y en a plus beaucoup. Il ne doit rester que de rares ordinateurs de l'armée ou de la sécurité du territoire ; à ce niveau-là, ça doit être coton ; pourtant, dans certains cas il est arrivé à s'y introduire, je le sais. Il y a une éternité qu'il exerce dans ce domaine. C'est une espèce d'administrateur système officieux et inconnu de tous. »

Quand on est rentrés chez Lane, le téléphone sonnait. Mais ce n'était pas Bobby. Un transporteur aérien prévenait que le corps de Jack arriverait le lendemain et serait déposé dans un funérarium voisin. En raccrochant, Lane a voulu me dire quelque chose, mais aussitôt le téléphone a resonné. Ce n'était toujours pas Bobby.

« Oui, c'est moi... oui ? Quoi ! Comment ça, la maison a brûlé ? Ah... Et qu'est-ce qu'il en reste ? Toutes ses affaires personnelles y sont passées ? Et c'est grave ? Non mais c'est pas vrai... ! Je vous avais pourtant mis en garde ! Je vous préviens : je vous tiens pour responsables. Je vais en parler à mon avocat ; vous refusez de me laisser entrer dans la maison de mon frère, dont je vous avais dit qu'il avait été assassiné, *et maintenant on y met le feu ! Et vous n'avez même pas pris le temps de vous en occuper !... Mon œil, oui !* TU PARLES *! Bon, je viens. J'attends l'enterrement et j'arrive. Vous avez intérêt à avertir vos supérieurs que je veux leur parler... »*

« J'ai été convaincante ? a-t-elle demandé après avoir raccroché.

— Très. »

Bobby a appelé dix minutes plus tard. Dès que j'ai eu la tonalité j'ai branché l'adaptateur et deux colonnes de chiffres se sont affichées sur l'écran. Entre six heures du soir et minuit ce dimanche-là, Jack avait passé trois coups de fil. Le vendredi à sept heures, en Californie, pendant vingt minutes. « C'est le numéro de notre fournisseur d'accès Internet, je le reconnais – on avait le même », m'a informé Lane. Un autre appel à dix heures moins le quart, puis plus rien.

« C'est donc ce coup de fil-là qui lui a permis d'accéder aux ordinateurs de la sécurité. On peut vérifier.

— Mais il ne l'a pas composé le dimanche soir, a remarqué Lane.

— Ce qui signifie qu'il n'a pas désactivé les caméras de surveillance ce jour-là.

— Conclusion : il n'avait pas trouvé le système de sécurité. Je me demande si la caméra est visible de l'extérieur. »

J'ai médité là-dessus en me grattant la tête. Puis : « Vous savez, je crois que vous avez raison, finalement : ils l'ont peut-être bien tué.

— C'est ce que je n'arrête pas de vous répéter.

— Je n'en étais pas convaincu. Trop d'arguments en faveur de l'hypothèse inverse. En revanche, si Jack avait su comment désactiver le système de sécurité le dimanche, il l'aurait fait avant de s'introduire dans les locaux. S'il avait appris la marche à suivre entre dimanche soir et vendredi soir, il en aurait déduit qu'il était dans la merde : il avait sûrement été filmé. Or, s'il était au courant de tout ça, pourquoi n'a-t-il pas rajouté un post-scriptum au message qu'il m'a adressé ? Si on a essayé de lui faire peur, et s'il se savait en danger...

— Je viens d'avoir une autre idée, a coupé Lane. On prétend qu'il s'est introduit par effraction dans la zone sécurisée le vendredi soir. Or, s'il y était déjà allé le dimanche précédent, comment se fait-il que cette fois-là, il n'ait pas eu besoin d'entrer par effraction ? Pourquoi la première effraction est-elle datée du vendredi, alors qu'on sait qu'il s'y était déjà rendu le dimanche ?

— Une des premières choses à faire, dans notre partie, c'est d'aller se rendre compte sur place et de chercher comment s'introduire dans les lieux sans se faire voir. LuEllen et moi, on avait filé des tuyaux à Jack dans ce domaine ; on lui avait appris à ne pas laisser de traces. C'est pour ça que j'ai cherché un double de sa clé en arrivant chez lui. Il vaut toujours mieux entrer en douceur que de tout casser, et il ne l'ignorait pas. »

Je me suis mis à marcher en long et en large dans la cuisine, le temps de reconstituer le puzzle. Enfin, j'ai secoué la tête : « Je crois que je vois le piège qu'ils ont pu lui tendre. Il a fallu deux exécutants, mais pas n'importe lesquels : des brutes sanguinaires. Parce qu'ils ont aussi dû abattre l'autre, le vieux vigile.

— Et mettre le feu chez Jack », a-t-elle ajouté, très calme, comme un érudit qui conclut sa démonstration par un argument invincible.

« Nom de Dieu, ai-je lâché au bout d'un moment. Peut-être bien qu'ils l'ont tué, finalement. »

Chapitre sept

On a posté des copies des Jaz au copain de Bobby, un certain John Smith qui se trouvait également être un ami à moi, artiste comme moi. Puis, pendant deux jours, je me suis efforcé de trouver un sens aux originaux, quand je ne faisais pas de l'aquarelle au bord de la baie. Décidément, l'eau salée dégageait des vibrations différentes de l'eau douce à laquelle j'étais habitué – quelque chose de plus lourd, de plus sirupeux, que venait toutefois compenser la lumière, dure et carrément verte. Je n'ai pas tout à fait réussi à rendre l'ensemble sur le papier.

Lane est restée chez elle, à se préparer pour les obsèques, lire et faire un peu de télétravail en tentant de surmonter son agitation. Elle aussi s'est penchée sur les Jaz, mais sans plus de succès que moi.

Trois jours s'étaient écoulés depuis l'incendie. Les cloques de ses bras s'asséchaient pour céder la place à de petites plaques de peau morte assez laides, et qui en outre la démangeaient ; sur son cou, la rougeur virait au brun.

À midi je rapportais à manger, et le soir, à la fraîche, on sortait dîner dans un petit restaurant italien à l'éclairage tamisé, où ses brûlures passaient inaperçues.

Le matin de l'enterrement il faisait un temps

radieux, typiquement californien ; une cinquantaine de personnes s'étaient rassemblées dans une chapelle de style espagnol suranné où un prêtre épiscopalien prononça les paroles d'usage avec toute la dignité requise. Les femmes ont pleuré, les hommes échangé des poignées de main, et Harry Connick Jr. chanté *Sunny Side of the Street* via la chaîne hi-fi pendant que les amis d'enfance de Jack sortaient en portant le cercueil par une porte latérale.

LuEllen a fait son apparition quelques secondes après le début de l'office. Avec sa robe noire de citadine, son chapeau et ses lunettes de soleil profilées, j'ai bien failli ne pas la reconnaître. Elle a levé la main pour me saluer, puis s'est glissée dans la rangée de prie-Dieu symétriquement : opposée à la mienne, de l'autre côté de la travée. Lane n'a rien vu, trop égarée par le chagrin et la nécessité de survivre à la pire semaine de toute son existence et d'enterrer son grand frère.

Après la cérémonie, Lane s'est postée à la sortie pour recevoir les condoléances. LuEllen en a profité pour m'accoster discrètement. « C'est con, pour Jack, hein ?

— Ouais. » Puis : « Elle te va drôlement bien, cette robe noire.

— Je viens de finir un boulot à New York. »

LuEllen tenait du caméléon. Toute en noir, sans rouge à lèvres, avec ses cheveux courts et son balayage blond, elle aurait pu passer pour un mannequin londonien, si elle avait mesuré la taille requise et eu les épaules un peu moins carrées. Mais en chemise de cow-boy, pour peu qu'elle chausse les bottes assorties, elle semblait sortir tout droit de l'étable, quelque part au fin fond du Wyoming : le type même de la fille de la campagne bien saine et bien rieuse, avec les joues rouges et tout et tout. Par contre, à Miami, on pouvait la prendre pour une pétasse entretenue par un quelconque dealer. Et à San Diego, on l'aurait aisément prise pour une épouse d'officier de marine un peu défraîchie en quête d'une aventure extraconjugalc.

Mais bien sûr, elle était beaucoup plus que tout cela.

« Un boulot intéressant ?

— Un numismate. Mais j'ai laissé tomber. Trop bien protégé. » Elle a inspecté les environs, prudente et légèrement en retrait ; elle était toujours comme ça quand elle rentrait de quinze jours dans la jungle de Manhattan.

« De toute façon, tu n'as pas vraiment besoin de ça.

— Pour le moment, non. » Elle m'a montré Lane d'un mouvement de tête. « C'est qui, la nana ? Jack n'était pas marié, si ?

— Sa sœur, Lane Ward.

— Ah, oui. En y regardant de près, on voit la ressemblance. » Elle a contemplé la jeune femme un instant, puis reporté son regard sur moi. « Trop maquillée à mon goût.

— Il y a une raison à ça. » Je lui ai raconté l'incendie. « Elle a des brûlures superficielles dans le cou et sur les avant-bras. Or, les flics veulent la voir. Alors on prie pour qu'elles passent inaperçues, et tout de suite après l'enterrement Lane ira se planquer quelque part, le temps de guérir.

— Ça doit faire mal. » En réalité, LuEllen était indifférente face à la souffrance, qu'il s'agisse de la sienne ou de celle d'autrui.

« En effet. Le toubib a dit que ça prendrait encore huit à dix jours.

— On peut parler devant elle ?

— Je crois, oui. Mais je ne lui ai absolument rien dit sur toi mis à part ton prénom, et j'ai bien l'intention de continuer.

— Bien. » Puis : « Tu as quelqu'un, en ce moment ?

— Pas Lane, si c'est ce que tu veux dire.
— Alors qui ?
— Une fille qui crée des logiciels, là-bas, chez moi. On construit un ordinateur, tous les deux. » Je ne distinguais pas ses yeux, mais j'étais sûr qu'elle les levait au ciel.
« L'amour entre accros du clavier, quoi.
— Exactement. Et toi ?
— Personne pour l'instant. J'ai beaucoup bossé ces derniers temps. Je me suis fait cent soixante-dix mille dollars d'un coup à Miami il y a deux mois, mais j'ai eu la trouille de ma vie.
— Tu l'as échappé belle ?
— C'est pas les flics qui ont failli me coincer, mais mes clients eux-mêmes – une bande de petits Blancs fabricants de méthadone qui m'auraient découpée à la tronçonneuse s'ils avaient découvert qui je suis vraiment. Et je ne plaisante pas. »
LuEllen et moi, on était amants par intermittence. Elle avait un faible pour les beaux Méditerranéens élancés à dents blanches, ce qui ne correspondait pas vraiment à mon profil. Il y avait un bon moment qu'on ne s'était pas retrouvés sous la couette, mais elle y reprendrait goût, j'en étais sûr. Ou alors ce serait moi. Et tôt ou tard, on se retrouverait allongés dans la même tombe. Voilà bien le genre d'idées qu'on avait aux enterrements...

En ressortant de l'église, j'ai présenté LuEllen à Lane, qui a hoché la tête en souriant. On était venus dans la voiture de Lane, avec moi au volant, mais des amis allaient l'emmener au cimetière. J'ai donc décidé de m'y rendre avec LuEllen et de reprendre la voiture au retour.
« Tu sais ce qui me plairait, moi, comme façon de mourir ? m'a dit LuEllen sur le chemin du cimetière. Imagine : ton heure est venue, t'es foutu et tu le sais.

Alors tu vas dans les forêts du Nord ; c'est l'hiver, il y a des loups partout. Là, tu t'assieds par terre, tu enlèves ton manteau et tu te laisses congeler. On ne souffre pas. On s'endort, tout simplement ; et au lieu de pourrir sur place, on nourrit les loups. Au moins on sert à quelque chose. Et d'une certaine manière, on devient soi-même un loup.

— Et s'ils se servent prématurément ?

— Quel romantisme !

— Et si on se fait dévorer par les mulots, les campagnols ou je ne sais quoi, à la place des loups ?

— Oh, la ferme, Kidd. »

La moitié des personnes présentes à l'église sont allées au cimetière. Jack a été enseveli dans une concession ronde, entourée d'une dizaine de petits séquoias. Conformément à la tradition, une fois le cercueil dans la fosse, les gens ont dû s'approcher et jeter une poignée de terre. Nous y avons sacrifié les uns après les autres ; mon tour est venu juste après LuEllen. Et là, en regagnant ma place, j'ai aperçu un type en costard et lunettes noires qui se planquait derrière une stèle, à une centaine de mètres.

Je l'avais déjà vu, celui-là, avec son cou de taureau : devant la maison de Jack à Dallas, éclairé de profil par un réverbère.

« On a un problème, ai-je marmonné à l'intention de LuEllen. Tu as ton appareil photo ?

— Dans la voiture. » Elle m'a regardé dans les yeux, trop futée pour chercher à repérer ce qui avait éveillé mes soupçons.

« Je vais me retourner ; derrière moi, tu verras un type en complet gris et lunettes de soleil, à environ cent mètres. À ton avis, on peut lui tirer le portrait, d'ici ? »

J'ai pivoté sur place et elle a suivi le mouvement, sans cesser de sourire, tout en articulant des syllabes sans suite pour faire comme si elle me parlait. Puis : « Ça y est, je le vois. Ce n'est pas un flic ; ou alors spécial, genre F.B.I. Auquel cas je préfère ne pas savoir.

— Plus probablement un agent de sécurité bossant pour une boîte privée. Doublé d'une ordure finie. »

L'assistance a montré des signes d'impatience dès la dernière poignée de terre. « Baisse-toi, que je te fasse la bise comme pour te dire au revoir », m'a ordonné LuEllen. Je me suis exécuté. Elle s'est dirigée vers sa voiture en me faisant un ultime signe de la main.

Elle a démarré avant tout le monde. Sa voiture n'était garée qu'à une cinquantaine de mètres, dans l'allée du cimetière. Elle a ouvert le coffre avec sa télécommande et en a retiré un sac à bandoulière qu'elle a balancé sur le siège passager avant de démarrer. De mon côté, je me suis retourné l'air de rien ; le type en gris était toujours là, mais de profil : il ne regardait plus dans notre direction. Lane a serré quelques mains, puis repris le bras de l'ami qui l'avait conduite au cimetière – lui et son épouse avaient été les plus vieux amis du frère et de la sœur ; des gens bien, de toute évidence.

Quand Lane a regagné leur voiture, l'homme au complet gris s'est éloigné de la pierre tombale qui le dissimulait partiellement. De là où j'étais, je ne voyais pas de voiture ; il avait dû la laisser de l'autre côté de la butte plantée de conifères. LuEllen n'avait que deux ou trois minutes d'avance, et je n'étais pas sûr que cela suffise. Mais on n'y pouvait rien, et comme j'étais venu avec elle, il ne me restait qu'à attendre. L'inconnu était-il simplement venu nous surveiller ? J'en doutais. Trop simple.

Les gens se dispersaient ; mais en voyant que je restais là, attentif, Lane, qui s'apprêtait à s'installer sur la banquette arrière de la voiture de ses amis, m'a lancé : « Kidd ? Qu'est-ce que vous avez fait de votre amie ? »

Je me suis approché en feignant la nonchalance. « Je crois que je vais vous serrer dans mes bras. »

Visiblement perplexe, elle s'est néanmoins approchée ; je l'ai étreinte et j'en ai profité pour lui souffler le plus discrètement possible : « Un des types qui ont mis le feu chez Jack est là.

— Oh, non... » Elle m'a entraîné quelques pas plus loin en me regardant d'un air pénétré, comme si elle me consolait. En réalité, elle m'a dit : « Qu'est-ce qu'il fait ? Vous le voyez, là ?

— Il a disparu dès que vous avez fait mine de partir. Il faut que je rentre. J'ai peur qu'il ne soit venu vous tenir à l'œil pendant que son acolyte s'introduit chez vous. Les disques de Jack sont... ?

— Sur mon bureau. Les deux jeux.

— Merde.

— Heureusement qu'on en a envoyé un à Bobby.

— Certes, mais s'ils mettent la main sur les nôtres, ils sauront qu'on a au moins essayé d'en prendre connaissance. Ou plutôt que *vous* avez essayé.

— Mais puisqu'on ne sait rien ! Enfin, presque...

— Ça, ils l'ignorent. »

À ce moment-là, la voiture de LuEllen est sortie de derrière la butte pour s'engager à une vitesse excessive dans l'étroite voie d'accès goudronnée. Elle s'est arrêtée et LuEllen a ouvert la portière d'un coup. « Je l'ai eu, et sa plaque aussi.

— Génial. Il faut qu'on rentre chez Lane. Tout de suite.

— Appelle la police. »

On s'est regardés, LuEllen et moi. Elle a saisi à demi-mot. « D'accord. Je m'en charge. On trouvera bien une cabine sur la route. Il sait qu'on ne sera pas de retour avant une demi-heure. Alors s'il a un complice sur place, laissons la police le cueillir.

— Ça vaut le coup d'essayer, ai-je approuvé.

— Attendez. »

Lane est allée se pencher par la portière arrière de la voiture ; elle a dit quelques mots à ses amis, récupéré son sac et rapidement rebroussé chemin. « Je viens avec vous. »

En passant devant une station-service, nous avons aperçu une cabine téléphonique. LuEllen a composé le numéro de la police et passé le combiné à Lane. « Allô, a dit celle-ci. Je ne veux pas être mêlée à cette histoire, mais je crois que j'ai vu un cambrioleur entrer dans une maison. Non, je préfère rester en dehors de tout ça... » Elle a donné l'adresse et raccroché. On est repartis.

LuEllen ne voulait rien avoir à faire avec la police, ni de près ni de loin. « Je vous dépose à l'église, vous reprenez la bagnole de Lane et je vous appelle plus tard, depuis un motel.

— Ça marche. »

Elle a regardé Lane. « Si les flics sont chez vous quand vous arriverez...

— Ce qui m'étonnerait...

— Dites-leur bien que vous étiez à l'enterrement de votre frère. D'emblée.

— Pourquoi ?

— Parce que comme ça vous serez cataloguée. Il est fréquent que des drogués cambriolent les baraques en profitant de ce que les propriétaires sont à un enterrement. Parce que dans ces cas-là les voisins ne font pas attention aux allées et venues, et la maison est vide pendant les obsèques. Toutes les conditions sont réunies. C'est bien connu, comme truc.

— C'est même dans les manuels, ai-je renchéri.

— Exactement, a répondu LuEllen. Comme dans les feuilletons télé. »

En arrivant, on a trouvé les flics – deux voitures de patrouille, donc quatre agents. L'un s'est approché de nous au petit trot dès que nous nous sommes garés. En descendant de voiture, Lane l'a interrogé : « Qu'est-ce qu'il y a ? Un problème ?

— C'est chez vous ici ?

— En effet.

— Vous vous êtes peut-être fait cambrioler. On a reçu un appel anonyme, et en arrivant, on a trouvé la porte fracturée. »

Portant une main à sa gorge, Lane a demandé : « Est-ce que le cambrioleur est toujours...

— Sur place ? Non, je ne crois pas. Un voisin dit qu'il a vu un homme sortir par-derrière, juste à l'heure du coup de fil anonyme. Il avait un quart d'heure d'avance sur nous, il est déjà loin. Il avait dû se garer au coin de la rue.

— C'est pas vrai ! » Lane s'est dirigée vers la maison. J'ai informé le flic : « On était à l'enterrement de son frère.

— Vous êtes le mari ? a demandé un des flics pendant que les autres emboîtaient le pas à Lane.

— Non, un ami de son frère ; je l'ai conduite à l'église.

— On va jeter un coup d'œil à l'intérieur, au cas où. »

Tandis que les flics passaient d'une pièce à l'autre, Lane m'a regardé en secouant la tête, avant d'articuler en silence : « Plus de Jaz. » Envolés aussi l'ordinateur portable, un coffret à bijoux dont le contenu représentait quelques centaines de dollars (et surtout des souvenirs), un 24x36 Minolta avec trois objectifs, un chéquier, deux cents livres sterling qu'elle gardait dans un tiroir de son bureau et une Rolex en panne, cadeau de son ex-mari.

« Ils veulent faire croire qu'ils s'intéressent aux

objets de valeur. Afin qu'on les prenne pour des drogués, ai-je marmotté.

— Bande de tarés. »

Les flics se sont montrés très corrects. Ils ont avoué à Lane qu'en l'absence de tout indice sur l'identité des intrus, ils ne pourraient pas faire grand-chose. Ils se sont même excusés, comme si c'était de leur faute, lui ont conseillé d'installer des serrures plus efficaces et s'en sont allés.

Pendant dix minutes, Lane et moi avons patiemment démêlé l'écheveau de conséquences possibles. Par exemple, si les voleurs redoutaient que Jack ait découvert un secret, et qu'ils étaient allés jusqu'à le tuer pour l'empêcher de parler, Lane courait le même danger. D'un autre côté, après examen des disques, peut-être renonceraient-ils à cette solution radicale : un cadavre supplémentaire risquait d'attirer l'attention. Les deux hypothèses se tenaient.

Quand LuEllen a appelé comme promis, je lui ai tout raconté. « Maintenant que les flics sont partis, il faut tenir un conseil de guerre.

— Je suis à l'Holiday Inn, m'a-t-elle informé. Je me change et j'arrive. Au fait, tu n'as rien sur toi, je suppose ?

— Non.

— Il faudrait peut-être...

— Ouais. »

Elle avait réendossé sa tenue habituelle : blue-jeans, santiags et blouson en jeans – avec en dessous un chemisier en soie orange. Sa silhouette de gymnaste s'en accommodait fort bien : pour peu qu'on aime les cowgirls, elle avait une sacrée allure. Elle avait apporté la pellicule, un kit de développement, un petit projecteur et une boîte de caches diapos. Elle a sorti le film du boîtier et on s'est assis tous les trois dans la cuisine pendant qu'elle le développait, coupait les vues sélectionnées et les insérait dans des caches.

« Si elle reste là, il va falloir la faire surveiller », m'a-t-elle dit en parlant de Lane comme si elle n'était pas là.

J'ai acquiescé. « Tu sais à qui j'ai pensé ? John Smith. Il est déjà sur le coup, et il a habité Oakland autrefois. Je parie qu'il y connaît encore quelqu'un.

— Qui est John Smith ? a voulu savoir Lane.

— Un copain artiste qui a fréquenté les Black Panthers pendant son adolescence à Oakland. Il est toujours très à gauche et connaît un tas de durs à cuire.

— Comment l'avez-vous connu ?

— On l'a aidé à organiser une insurrection communiste dans le delta du Mississippi.

— J'en déduis qu'elle a échoué.

— Pas du tout, bien au contraire ! Ça a très bien marché, l'a détrompée LuEllen avant de se tourner vers moi. O.K., on l'appelle. » Le développement étant terminé, elle a branché le projo et projeté une diapo sur le frigo de Lane.

« C'est le même homme. Pas de doute.

— Il n'a pas l'air commode », a commenté Lane en frissonnant.

C'était le moins qu'on puisse dire. Cou de taureau, lèvres pincées, carrure de rugbyman... et même la boule à zéro. « Sûrement pas un tendre. »

Sur la diapo suivante, il montait dans une Toyota immatriculée en Californie. J'ai noté le numéro. « Quels sont les loueurs de voitures qui font ce modèle, à ton avis ?

— Hertz.

— Alors il est temps de passer quelques coups de fil. »

•

On est retournés à la cabine, elle et moi. J'ai

rebranché mon portable, contacté Bobby et tapé le numéro de la Toyota.

> « *Toyota de location, peut-être de chez Hertz. Il me faut le nom du conducteur et tout ce que tu pourras trouver d'autre. Probablement domicilié dans la région de Dallas et débarqué par avion hier ou avant-hier. Envoie le tout dans ma boîte noire, je la consulterai plus tard. J'ai l'intention d'appeler John Smith, voir s'il peut nous donner un coup de main, causer un peu.*

On a donc appelé John.

« Kidd ! Ça alors. Ça fait un bail ! » Il s'est détourné du combiné le temps de hurler : « Oh, les mômes, là ! Doucement ! Papa est au téléphone – hé, Marvel ! C'est Kidd ! » Puis : « Quoi de neuf ? »

Marvel a décroché un autre poste.

« Alors, comment va notre chère sénatrice rouge ? » ai-je lancé.

Elle a ri, on a badiné un petit moment. Ensuite, c'est LuEllen qui a tenu à prendre l'appareil et on a eu droit à une petite séance de retrouvailles émues entre anciennes combattantes. J'ai fini par reprendre la direction des opérations. « John ? Écoute, on a un problème, et on est à Palo Alto. J'ai pensé que tu pourrais nous mettre en rapport avec quelqu'un.

— Quel genre de problème ? »

Je lui ai fourni une réponse aussi rapide que superficielle, et mentionné Bobby au passage. John savait comment on gagnait notre vie ; il n'a pas exigé de détails. « Personnellement, je ne connais personne », a-t-il répondu. « Mais je connais quelqu'un qui connaîtra peut-être quelqu'un.

— C'est tout ce qu'on te demande. Et on a les moyens.

— Ça sera sans doute dans les deux cents dollars la journée, discrétion assurée des deux côtés. » En liquide, donc au noir.

« Ça ira. Attends, je te donne un numéro... » Je lui ai récité celui de Lane et il a dit qu'on nous rappellerait dans l'après-midi. « Écoute, ai-je ajouté au dernier moment. Si tu as besoin de nous contacter toi-même, fais-moi passer un message par Bobby. Mais n'appelle pas ici ; il se peut que ça dégénère. »

« Tu rentres chez toi ?

— Non, il faut qu'on aille à San Francisco. Au "Jimmy Cricket Golf Shop" et à la "Boutique Beauté Lanny Rose." Je sais comment y aller.

— Pourquoi un magasin de golf ?

— Parce que je me mets au golf, figure-toi. Et en plus, je veux me faire belle quand j'y joue. »

Jimmy Cricket (il a prétendu que c'était son vrai nom) était un vieux beau en polo noir, chemise de golf, jeans et mocassins à pompons. Occupé à resserrer un driver Ping, il a souri en nous voyant entrer et demandé ce qu'il pouvait faire pour nous.

« Weenie vous a appelé à notre sujet, aujourd'hui, a dit LuEllen.

— Deux Grey pour le prix d'un ! s'est-il joyeusement exclamé, comme si on était là pour prendre le... tee. Je m'attendais à voir débarquer un "single".

— Eh non. Il y a un monsieur et une madame Grey. Weenie m'a dit de vous dire qu'au parc, tous les chats sont gris.

— Bien. Pour moi, la parole de Weenie vaut de l'or. Si vous voulez bien me suivre... »

Il a relevé l'abattant du comptoir pour nous faire pénétrer dans l'arrière-boutique. Puis il a posé sur un établi un sac de marin beige jusque-là caché sous une pile de cartons d'expédition pour clubs de golf et en a retiré cinq armes de poing enveloppées dans des chiffons : quatre 357 Magnum et un 9 mm semi-automatique. « Celui-là, je l'ai pris au cas où, a-t-il informé LuEllen.

— On n'en aura pas besoin. » Elle a saisi un des revolvers et dégagé le barillet avant d'y appuyer son œil ; puis elle a posé le pouce sous le logement apparent afin de renvoyer la lumière dans le canon. « On ne voit pas grand-chose, mais ils ont l'air corrects.

— En parfait état de fonctionnement, vous voulez dire. Nettoyés, et pas recherchés par la police. »

Elle les a examinés tous les cinq. Puis elle en a repoussé un vers Cricket en disant : « Combien pour celui-là ?

— Six mille. » Il n'a pas voulu baisser son prix ; en revanche, il nous a remis en bonus deux boîtes de balles, une pour 38 Spécial et une pour 357. En regagnant la porte d'entrée, LuEllen a repéré un casque de tir. Elle lui a donné dix dollars de plus.

« Maintenant, on peut jouer aux gendarmes et aux voleurs », a-t-elle conclu.

La « Boutique Beauté de Lanny Rose » avait l'air en faillite, avec ses pancartes fanées, vert pastel qui, accrochées tout de travers, annonçaient : « Sans rendez-vous ». LuEllen a frappé quand même – et avec quelle énergie ! –, et au bout d'une minute Lanny a passé la tête derrière son panneau « Fermé ». En nous voyant il a brusquement entrouvert la porte et lâché : « Pas la peine de cogner comme ça, vous allez tout défoncer !

— Weenie dit : le monde est plus beau vu à travers des lunettes roses.

— Je t'en foutrai des lunettes, moi. » Il a tout de

même entrebâillé la porte et on est entrés à sa suite dans l'institut de beauté plongé dans l'ombre, pour gagner l'arrière-boutique. Déjà il punaisait au mur une tenture bleu ciel.

« Mettez-vous là. Souriez, mais pas trop. »

Il m'a pris en photo à deux reprises, au Polaroïd et au format passeport. Puis il a recommencé pour LuEllen et déclaré : « Je reviens tout de suite.

— Je viens avec vous. Pour regarder », a-t-elle aussitôt lancé.

La voyant glisser la main dans sa poche, Lanny a dit : « Weenie avait promis que vous ne feriez pas d'histoires.

— Nous n'en avons pas l'intention. Je viens avec vous pour regarder, voilà tout. Pendant ce temps-là, mon ami ira lire un magazine à côté. »

Ils en ont eu pour vingt minutes. Je me suis installé dans un fauteuil spécial et j'ai lu, dans un *Cosmo* vieux de quatre ans, que pour continuer à exciter leur homme, les femmes devaient apprendre les toutes dernières techniques de fellation – décrites par le menu, pour ainsi dire, par un éventail de New-Yorkaises en vue travaillant dans les médias ou la pub. J'étais non seulement convaincu, mais de tout cœur avec elles.

Quand ils sont revenus, Lanny râlait : « Je ne garde *jamais* de copies, et Weenie le sait parfaitement !

— Peut-être, mais je ne lui fais pas confiance. »

Quand on est remontés en voiture, elle m'a tendu quatre documents : deux permis de conduire texans et deux cartes de crédit. « Ça passera, tu crois ?

— Sauf si tu te fais choper, auquel cas on prendra aussitôt tes empreintes. Ces deux personnes existent réellement et les comptes en banque aussi, encore qu'on n'en connaisse pas le solde. On peut se servir de ces cartes en cas d'urgence, mais alors elles ne seront valables que jusqu'au prochain relevé reçu par le véritable titulaire du compte.

— Bobby pourrait nous arranger ça, en nous procurant le découvert autorisé et les dates de relevés, ai-je remarqué.

— C'est une idée. »

Une fois chez Lane, LuEllen s'est embarquée dans une petite discussion philosophique. « Tu sais, Kidd... Un jour tu m'as dit que la notion de vengeance posthume ne tenait pas debout puisque quand on est mort, on ne peut pas savoir qu'on a été vengé. Donc, je me demande bien pourquoi on s'embarque là-dedans. Qu'est-ce que ça peut lui foutre, à Jack, là où il est ?

— Ce n'est pas vraiment pour Jack qu'on agit – et ce depuis le début – mais pour *nous*. Parce que ces types nous ont foutu les boules en le descendant.

— Pas à moi personnellement, en tout cas. Je n'ai vu Jack qu'une fois dans ma vie, après tout. Sympa, mais bon...

— Dans ce cas, disons que *moi* j'ai les boules, et que si tu fais partie du voyage, c'est à cause de moi. De toute façon, je n'ai pas tellement le choix. Je suis mouillé, même si je ne comprends pas comment, et il faut que je découvre ce qui se trame. Je ne voudrais pas que l'autre crâne rasé se pointe un jour chez moi avec son pote et fasse le ménage sans même que je sache pourquoi.

— Alors comme ça, je suis là uniquement à cause de toi... et parce que tu le dis ?

— Exact.

— Tu ne manques pas de culot. Et si je tire ma révérence maintenant ?

— Aucune chance. Je te connais : tu ne supporterais pas de ne jamais connaître le fin mot de l'histoire.

— Tu finirais bien par tout me raconter.

— Pas question. Motus et bouche cousue. Je feindrai l'ignorance totale.

— Mon cul !

— Alors tu en es ? »

Elle a levé les yeux au ciel avec exagération, puis lâché : « Pour le moment. »

On a dîné de plats préparés basses calories (j'en ai engouffré trois, intéressant mélange de cuisines japonaise, suédoise et mexicaine). Puis LuEllen a entraîné Lane à la cave en emportant le revolver.

« Je déteste ces trucs-là, l'a informée Lane quand elle a voulu lui en expliquer le fonctionnement.

— Les armes sont partout, de nos jours. Même si ça ne vous plaît pas, vous avez quand même intérêt à savoir vous en servir.

— Pas de bol. »

Elles étaient à la cave depuis un quart d'heure quand une détonation a résonné dans toute la maison. J'ai bondi sur pied et inspecté les environs par les fenêtres, mais rien ne bougeait. J'ai passé la tête par la porte de la cave. « Ça va pas, non ? »

Pan ! Une deuxième. J'ai failli sauter au plafond.

« C'est fini ! » a crié LuEllen. L'odeur de la poudre a tout de suite remonté l'escalier ; LuEllen a bientôt fait son apparition au pied des marches. « J'ai voulu la laisser tirer un peu, pour qu'elle apprenne à maîtriser le recul.

— Oui, eh bien ça suffit maintenant. Ça fait un bruit d'enfer, en haut.

— Bof, un ou deux coups de feu, ça passe inaperçu. »

Quand le téléphone a sonné, elles étaient toujours à la cave. Une voix d'homme, assez douce, a demandé à parler à Mr. Kidd. « C'est lui-même.

— Lethridge Green à l'appareil. Je suis l'ami d'un ami d'un certain John. Il paraît que vous cherchez quelqu'un pour faire de la surveillance ?

— En effet. À Palo Alto. Mais il faudra peut-être prévoir des déplacements.

— Je prends deux cent cinquante dollars par jour plus les frais.

— Ça ira très bien.

— Combien de temps va durer cette surveillance ?

— Je ne sais pas encore. Mais certainement plus de deux ou trois jours. Ça peut aller de quinze jours à deux ou trois mois.

— Très bien. Tout ça sans poser de questions, je suppose ?

— Exactement.

— Je peux être là dans deux heures, si vous voulez que je commence ce soir.

— Ça nous arrangerait bien. On a un peu peur, sans surveillance.

— Dans ce cas, je viens séance tenante. »

Séance tenante... Ce type s'exprimait avec distinction, pour un garde du corps ; mais avec John, il fallait s'attendre à tout...

Chapitre huit

Juste après avoir parlé avec Green, je suis ressorti pour consulter ma planque en ligne, histoire de voir si Bobby avait trouvé quelque chose sur le type du cimetière. Et en effet, en confrontant la plaque d'immatriculation aux archives de Hertz, il avait remonté de la base de données le numéro de la carte de crédit dont il s'était servi pour louer la voiture, ainsi que les renseignements fournis par son permis de conduire : il s'agissait d'un certain Lester Benson, originaire de Dallas, porteur d'une American Express professionnelle délivrée à AmMath. Il n'avait pas encore rendu le véhicule.

Lester Benson... Ça ne me disait rien.

Pas trace d'un second homme dans les informations pêchées chez Hertz, mais Bobby cherchait du côté des réservations sur les lignes aériennes : s'il repérait celle de Benson de Dallas à San Francisco, il pourrait en déduire l'identité de son voisin de cabine.

Je lui ai laissé un petit mot le chargeant de trouver tout ce qu'il pourrait sur AmMath et de déposer le résultat dans ma boîte aux lettres.

Je suis revenu juste au moment où Lethridge Green frappait à la porte de Lane. On aurait dit un Malcolm X surdimensionné : grand, dégingandé, tendu, avec des lunettes cerclées d'or, des cheveux courts et l'air d'être perpétuellement concentré, aux aguets.

« Lethridge Green ? » Je suis passé devant lui. « Entrez donc.

— Et vous, vous devez être Kidd. » Il m'a emboîté le pas. Il a rapidement examiné la pièce, noté la présence de Lane et de LuEllen sur le canapé et celle du 357 sur une table basse, à portée de main de ma complice. « Je vois que vous êtes armés. Qu'est-ce qui se passe, ici ?

— On a tué mon frère, et cet après-midi on m'a cambriolée..., a commencé Lane.

— Vous avez appelé la police ?

— Oui. Pour elle, ce sont de banals cambrioleurs qui ont profité de ce que j'étais à l'enterrement.

— Mais vous n'êtes pas convaincue ?

— Je sais très bien que c'est faux. En fait, nous connaissons les coupables. Mais pas vraiment leurs mobiles. »

Green a levé l'index. « Avant que j'en apprenne davantage, on devrait appliquer une première mesure de sécurité.

— C'est-à-dire ? » Nous l'avons tous regardé en attendant sa réponse.

« Fermer les rideaux. »

Cela fait, Lane lui a raconté toute l'histoire – ou presque : l'assassinat de son frère à Dallas dans des circonstances suspectes, les obsèques, le cambriolage. Elle a aussi mentionné l'incendie, mais sans préciser que nous étions là. Puis elle est passée à l'intrusion de Bobby dans les archives de Hertz, en lui révélant les deux noms que nous avions découverts : William Hart, livré par Jack lui-même, et Lester Benson. « On a peur qu'ils reviennent, convaincus que mon frère m'a communiqué des informations ou remis des fichiers informatiques.

— Et c'est le cas ? »

Lane m'a consulté du regard. J'ai acquiescé. « Oui. Il m'a fait parvenir des Jaz. Il s'agit d'un support de stockage externe de grande capacité qui...

— Je sais. Qu'est-ce qu'il y avait dessus ?

— Un peu de tout : des notes de service, des jeux vidéo et tout un galimatias qu'on n'a pas encore eu le temps de déchiffrer. En admettant que ce soit possible, ai-je répondu. On ignore de quoi il s'agit, mais il est possible qu'on ait assassiné Jack pour l'empêcher de parler. Et que les circonstances de sa mort aient été le résultat d'un coup monté.

— On se serait arrangé pour que le garde encaisse une balle ? a-t-il demandé, sceptique.

— Le garde en question n'a pas vu qui lui a tiré dessus. Il est tombé dès qu'il a ouvert la porte. L'autre aurait fait feu à quatre reprises et descendu Jack. Sans que le garde se rende compte de quoi que ce soit.

— Pourquoi n'avez-vous pas tout simplement restitué les Jaz ?

— Ça ne servirait probablement à rien, puisque nous sommes au courant de leur existence, et que ça, ça ne s'efface pas comme un vulgaire disque. Par ailleurs, il y a ce réseau Firewall... » Je lui ai exposé le peu de chose que je savais sur le sujet.

« Là, vous commencez à m'inquiéter sérieusement, a remarqué Green. Si l'État est dans le coup, via le F.B.I., la C.I.A. ou je ne sais quel autre sigle à trois lettres... Enfin, je n'ai pas très envie de protéger une bande de terroristes, d'espions ou je ne sais quoi.

— Est-ce qu'on a l'air de terroristes ? Je suis professeur d'université, a précisé Lane.

— Plein de terroristes ont commencé comme ça.

— Eh bien, pas moi, a-t-elle jeté. Moi, j'ai la trouille, c'est tout.

— On ne vous demande pas de vous introduire dans les égouts avec une bombe dans la bouche, ai-je placé. Seulement de faire en sorte qu'il n'arrive rien à cette jeune femme.

— Et c'est tout ? Je dois la protéger contre eux ?

— Oui, c'est tout. Et si ça devient trop lourd pour vous, vous appelez les flics. On l'a déjà fait une fois et les autres se sont tirés. Ce qui en dit long sur eux, non ?

— Pendant combien de temps aurez-vous besoin de moi ?

— Disons un certain temps. Au moins deux ou trois semaines. Lane va devoir se rendre à Dallas. Et d'ici une quinzaine de jours, les autres vont se dire que si elle avait quelque chose en sa possession, ils l'auraient appris d'une manière ou d'une autre. »

Il m'a regardé quelques secondes droit dans les yeux, puis il a hoché la tête. « Vous ne me dites pas tout. Mais pour le reste, si vous m'avez correctement décrit la situation, j'accepte. »

Green est allé chercher sa valise dans sa voiture. Pendant ce temps, je lui ai préparé la chambre d'amis. « Cette nuit, je prends une chambre dans le même hôtel que LuEllen », ai-je déclaré. Comme ça, je suis sûr que le téléphone n'est pas sur écoute. On verra ce que Bobby a dégotté sur AmMath et on se mettra sur la piste de Firewall.

— D'accord. » Lane a effleuré le 357 posé sur la table basse. « Vous savez vous en servir ? s'est enquis Green.

— Je viens de tirer sur une grosse pile d'annuaires dans la cave. LuEllen m'a dit que si le besoin s'en faisait sentir, je n'avais qu'à viser et appuyer sur la détente jusqu'à ce que je n'aie plus de munitions. »

Green a soupiré. « N'importe quoi. »

Je n'aimais pas beaucoup l'idée de les laisser seuls chez Lane. Si on en avait effectivement après eux, ils formaient une cible idéale. En Amérique, pour peu qu'on s'en donne la peine, il est facile de disparaître, au moins provisoirement, et de demeurer parfaitement introuvable. Là, ils étaient un peu trop exposés.

À l'hôtel, il y a eu un bref moment de gêne. On avait déjà passé pas mal de temps ensemble, LuEllen et moi, et il était probable que cela nous arriverait encore ; par ailleurs, elle n'avait personne dans sa vie, et moi pas tant que ça ; mais l'embarras s'est vite dissipé et j'ai pris une chambre séparée. Elle a débarqué au bout de dix minutes avec deux bières. J'étais au téléphone avec un dénommé Rufus Carr, à Atlanta.

« Et Traqueur, ça va ? lui ai-je demandé.

— Il m'a rendu penta-millionnaire.

— Qu'est-ce que ça veut dire ?

— Qu'il m'a déjà rapporté cinq millions, mon gars. » Rufus était un rouquin adipeux qui imitait très mal W.C. Fields. « Ça va changer quand il faudra payer les impôts, remarque.

— Si je comprends bien, ça marche ?

— Un peu, oui ! Je te l'avais dit, d'ailleurs.

— Je n'en doutais pas.

— Tu parles ! Au départ tu étais sûr que je me planterais. Vous me voyiez déjà bouffer de la pizza congelée jusqu'à la fin de mes jours, hein, vous autres ? Eh ben je vais te dire, moi : les pizzas, maintenant, je me les fais livrer à domicile, et avec supplément de garniture, encore. Et j'ai ma table réservée chez Pizza Hut.

— J'ai un service à te demander. Tu pourrais aller "à la pêche" pour moi ?

— Qu'est-ce que tu cherches ?

— Tu as entendu parler de Firewall ?

— Ouais.

— Il y a des rumeurs bizarres. Tu pourrais sélectionner les sites principaux et lancer une traque ?

— Qu'est-ce que j'y gagne ?

— Des clous. Par contre, je m'abstiendrai de foutre le feu chez toi.

— Sympa. Ça peut m'attirer des ennuis ?

— Je ne crois pas. Mais cette histoire est en train de déraper complètement.

— Tu l'as dit. Bon, je sacrifie au devoir patriotique. De toute façon, j'ai que ça à foutre.

— Je peux t'appeler demain ?

— Ouais. Je lance Traqueur sur la piste et je le récupère dans la matinée. »

« C'est quoi, "aller à la pêche" ? m'a demandé LuEllen, qui avait pris place sur le lit avec sa bière.

— Rufus a écrit un programme qui traque les rumeurs pour le compte de sociétés de courtage ; ça leur permet de repérer les spéculateurs à très court terme qui lancent des rumeurs afin de manipuler le marché.

— Et ça marche ?

— Faut croire, puisqu'il se prétend penta-millionnaire. »

Ensuite, j'ai recontacté Bobby. Il avait puisé quelques informations générales sur AmMath, du genre accessible à tout le monde, dans diverses bases de données publiques. Ce qu'il avait à m'apprendre sur Firewall a davantage retenu mon attention.

> *Trouvé un additif à la liste des membres supposés de Firewall : exdeus, fillyjonk, fleece, ladyfingers, neoxellos, omeomi, pixystyx. Des potes m'ont filé deux identités réelles dans ton coin : Fleece, c'est Jason B. Currier, 12548 Baja Viejo, Santa Cruz ; et Omeomi, c'est Clarence Mason, 3432 LaCoste Road, Petaluma.*

Une carte routière était fournie avec la voiture de location ; je suis allé la chercher pour pouvoir évaluer les distances. Résultat : Mason habitait à une heure-une heure et demie au nord de San Francisco, et Currier pratiquement à côté de chez Lane. Tous ces gens faisaient partie du milieu très « Silicon Valley » qui avait poussé comme un champignon magique tout autour de San Francisco.

« On va les voir, a commenté LuEllen.

— Demain matin à la première heure », ai-je renchéri.

Je n'ai pas le sommeil facile ; toute la nuit je me suis débattu dans mon lit, en m'assoupissant une heure ou deux de temps en temps, avec dans l'intervalle un quart d'heure de lucidité totale que je passais à me faire de la bile. Je déteste les grosses organisations pleines d'arrogance qui déplacent les gens comme des pions, les manipulent et leur extorquent ce qu'elles veulent ; mais je ne me donne pas pour autant mission de les pourfendre. Je vais mon petit bonhomme de chemin, c'est tout. Je pêche, je peins, je lézarde au soleil. Je les cambriole de temps à autre, je leur pique des logiciels, des plans, des business plans ; mais avec la plus grande prudence.

Toute cette affaire AmMath, ce n'était pas mon style. J'avais eu de l'amitié pour Jack Morrison – un type bien, pour autant que je sache. Mais je ne l'avais pas très bien connu, en fin de compte. Si ça se trouvait, c'était des conneries, cette histoire de « k » ; il l'avait peut-être inventée pour me mêler à son contrat avec AmMath. Et si ce n'était autre que lui, l'auteur des rumeurs ? Par ailleurs, Lane était elle-même une mordue d'informatique ; peut-être faisait-elle partie de Firewall.

Mais dans le cas contraire, ce « k » avait de quoi

m'inquiéter. Pas le pseudo en soi – dix mille personnes pouvaient se cacher sur le Net derrière cette simple initiale. Même chose pour « Bobby » et « Stanford ». Des Stanford, il y en avait sûrement mille en ligne. Et plus d'un « Fleece », encore qu'« Omeomi » soit plus rare. Non, ce qui me troublait, c'était de rencontrer dans le *même* contexte ces noms que j'avais déjà vus. Dans certains cas, je savais même ce qu'avait fait le possesseur du pseudo, même si j'ignorais sa véritable identité.

Les informaticiens, ou du moins la plupart, avaient la même vision que moi de la grande entreprise, la bureaucratie, la violence institutionnelle. Tout ça ne leur plaisait guère. Alors peut-être existait-il réellement un réseau Firewall, dont certains de ces individus faisaient partie, ce qui faisait de moi un suspect à mon tour...

Pour les malfaiteurs, la parano était un plus ; mais ça compliquait drôlement la vie.

Chapitre neuf

St. John Corbeil

Corbeil était intensément concentré.

Ni en colère, ni ébahi, ni désorienté.

Concentré.

« Je ne sais pas où elle les a eus, mais elle devait savoir qu'ils étaient importants puisqu'elle en a fait des doubles », disait Hart. Sa voix était lointaine, métallique ; en fond, on entendait le bruit de la circulation. Il appelait d'une cabine, à San José.

Un poste de télévision était fixé au mur face au bureau de Corbeil. Le présentateur d'une chaîne d'informations économiques déblatérait sur le NASDAQ et la Bourse de New York. La mention « SON COUPÉ » en lettres vertes lui barrait le visage ; on aurait dit un de ces systèmes dont on équipe les téléviseurs pour interdire l'accès à certaines émissions.

« Si jamais elle a ouvert les..., reprit Corbeil.

— Mais on *sait* qu'elle les a ouverts. Merde, c'est pas clair, cette histoire.

— Alors faites en sorte que ça le devienne, aboya Corbeil. Quel est le problème ?

— Elle avait quatre Jaz qui viennent probablement de chez nous. Les boîtiers sont du même bleu ; son frère a dû les piquer pour faire ses doubles. Mais les quatre autres étaient dans des boîtiers incolores – donc, pas de chez nous. Dans les corbeilles à papier, on a trouvé un reçu d'un magasin de fournitures informatiques montrant qu'elle a acheté trois boîtes de trois Jaz. Ça qui fait neuf disques en tout. On a raflé un jeu de quatre disques à boîtiers incolores, les doubles, donc, et un disque vierge en boîtier également incolore...

— Ce qui signifie qu'il en manque quatre, quantité requise pour faire un jeu de copies supplémentaires », acheva Corbeil, qui avait tout de suite compris où il voulait en venir. « Où ils peuvent être, ceux-là, merde ?

— C'est tout le problème. On n'en sait rien. Je ne vois qu'une seule raison pour qu'elle ait pris la peine d'en faire une double sauvegarde.

— Pour les mettre en sécurité. Elle a dû les planquer quelque part.

— Oui, c'est la conclusion à laquelle on est parvenus de notre côté. Mais pourquoi elle s'est donné tout ce mal, mystère. Le truc, c'est que pour charger un fichier VHM, il faut au moins 500 mégas de RAM. Sinon, la bécane perd les pédales. Or, la sienne n'en a que 384, et son portable 128. Et ni l'une ni l'autre ne contenait quoi que ce soit en provenance des Jaz, on a vérifié. Même pas les fichiers les moins volumineux.

— Où voulez-vous en venir ? Vous croyez qu'elle n'a même pas regardé ?

— En tout cas pas chez elle. Peut-être à la fac où elle enseigne, sauf qu'on surveille sa baraque depuis son retour ou presque, et pour autant qu'on sache, elle n'y est pas allée. La question est donc : si elle ignore ce que contiennent ces disques, pourquoi en a-t-elle fait des copies ? Si elle en a bel et bien fait des copies.

— On peut jeter un œil à son bureau à l'université ?

— J’en doute. Il est juste à côté d’un labo informatique, et il y a tout le temps du monde dans le couloir, le labo lui-même...

— Il faut qu’on récupère ces disques avant qu’elle ait le temps d’en faire quoi que ce soit.

— Oui, mais que faire, à part la surveiller ? On pourrait la kidnapper et lui faire cracher les disques, mais vous savez... Si elle disparaissait, ça commencerait à faire un peu louche, même pour la police de Dallas. En plus, il y a un type avec elle presque en permanence ; peut-être son petit ami, je ne sais pas. On dirait qu’elle ne tient pas trop à rester seule. »

Corbeil réfléchit longuement. Pendant que Hart patientait et que les mimes de la chaîne économique bavardaient en silence face à lui, Corbeil songea que toutes les commentatrices étaient éminemment baisables, mais que leurs informations boursières, en revanche, il n’y croyait pas une seconde. Et ce n’était sans doute pas un hasard. Plutôt une stratégie marketing. Il s’arracha à ces pensées pour revenir à son problème immédiat. « Eh bien, surveillez-la. Mettez-la sur écoute. »

Hart était déçu, cela n’échappa pas à Corbeil. L’homme de main se retint de répliquer : « C’est tout ? », mais manifestement, il en brûlait d’envie. Il se contenta de déclarer : « On ne peut pas rôder éternellement dans son quartier, mais si vous êtes disposé à cracher deux mille dollars, on colle un mouchard sous sa voiture. Au moins on saura où elle va.

— Allez-y. Je vous envoie la somme via American Express. Le temps de trouver l’adresse du bureau le plus proche de vous et d’ici deux heures vous devriez pouvoir toucher l’argent. Combien de temps pour vous procurer le mouchard ?

— Ça devrait pouvoir se faire d’ici demain. Il faut que je passe quelques coups de fil.

— Parfait. Autre chose : à partir de maintenant, faites-moi vos rapports par e-mail. Je me suis créé un nouveau compte appelé, eu... *Arclight*. A-r-c-l-i-g-h-t. Au numéro habituel. Pour commencer, vous me direz que vous les tenez à l'œil, que vous ne les lâchez pas. Et vous me demanderez conseil. Je vous répondrai de les surveiller une semaine de plus, pour voir s'ils établissent des contacts susceptibles de les rattacher à Firewall. On évoquera à ce moment-là la possibilité pratique de confier l'affaire au F.B.I. Pas de dramatisation à outrance, mais mentionnez quand même la sécurité de l'État. Il faut qu'on ait l'air moralement préoccupés par la défense de notre pays.

— Tout ça pour laisser des traces écrites, hein ?

— Tout juste. Faites-moi parvenir un ou deux petits comptes rendus par jour pour faire le point sur la filature. Allez jusqu'à proposer un braquage par un ex-agent du F.B.I., suggestion que je rejetterai.

— Entendu. Je vais charger Benson de vous tenir au courant.

— Lisez ses rapports avant qu'il les envoie. Ce type n'a pas inventé la poudre. »

Une fois qu'il eut raccroché, Corbeil se laissa aller en arrière dans son fauteuil, joignit le bout des doigts en formant une pyramide et médita. Les comptes rendus de Hart auraient plus d'une utilité. Si tout se passait bien, soit qu'ils récupèrent les disques, soit qu'il n'en existe finalement pas de troisième jeu, il les verserait au dossier tels quels.

En revanche, si la situation leur échappait, on pourrait les modifier de manière à mettre en évidence un trafic interne chez AmMath. Il était possible de le faire sans toucher à la date intégrée ; en consultant le détail des communications passées et reçues sur les lignes concernées, on ferait coïncider des appels sortants et entrants...

Et puis, le compte Arclight ayant été ouvert à partir de l'ordinateur placé dans le bureau de Tom Woods, on pourrait faire croire sans trop de mal que Corbeil n'en connaissait pas l'existence ; surtout si Woods n'était plus là pour témoigner.

Corbeil n'aurait besoin de rien d'autre : d'une part, un certain niveau de crédibilité ; de l'autre, le silence des témoins dans la partie adverse.

Et, naturellement, un bon avocat.

Chapitre dix

Comme de toute façon je ne pouvais plus dormir, j'ai tiré LuEllen du lit à six heures et demie et nous sommes partis à la recherche de Clarence Mason. On s'est arrêtés sur la route faire provision de caféine et de cholestérol, puis un embouteillage nous a immobilisés à l'entrée de San Francisco et on a franchi le Golden Gate à huit heures ; après quelques errements, LuEllen a fini par demander dans une station-service le chemin de LaCoste Road. En arrivant à l'adresse indiquée, nous avons découvert une petite maison en bois vert foncé dont l'allée d'accès se résumait à deux ornières parallèles, à l'ancienne. Manifestement, il n'y avait personne.

« Où avais-je la tête ? ai-je lancé en regagnant la voiture. La journée, les gens normaux travaillent. » On a trouvé une cabine, où j'ai branché mon ordinateur portable et contacté Bobby. Il nous a appris que Mason avait un labo photo à Santa Rosa. Nous l'avons trouvé au premier étage d'un immeuble du centre-ville, au-dessus d'un fleuriste, chez « Mason – Retouche photo ».

La porte de son bureau faisait penser à celles des privés dans les films noirs d'antan, avec sa vitre dépolie et les lettres à la feuille d'or annonçant le nom de l'occupant. Mais à l'intérieur, tout n'était que grandes fenêtres, plancher blond et machines high-tech. L'espace était divisé en deux pièces : un grand atelier, derrière un comptoir, au niveau de l'entrée, et un petit bureau vitré, tout au bout, côté fenêtres. L'atelier était occupé par une demi-douzaine de Macintosh haut de gamme, quelques scanners à plat et à films, et plusieurs grosses imprimantes couleur. Quand nous avons poussé le battant, trois femmes étaient absorbées par la contemplation d'un écran d'ordinateur ; l'une d'entre elles s'est redressée, puis est venue vers nous.

« Que puis-je faire pour vous ?

— Nous venons voir Mr. Mason.

— Vous avez rendez-vous ?

— Non, mais c'est assez urgent. » Un blond d'une trentaine d'années, lui aussi posté devant un ordinateur, mais dans le bureau voisin, a levé les yeux. Sans doute Mason en personne. « Vous pourriez lui dire que nous sommes des amis de Bobby ?

— Il faut vraiment qu'on lui parle, a insisté LuEllen en souriant, juste derrière moi.

— Un instant, s'il vous plaît. »

Elle est allée passer la tête par la porte du bureau vitré. J'ai vu le blond hocher la tête. Elle nous a fait signe d'approcher et nous sommes passés de l'autre côté du comptoir. Puis elle a rejoint ses deux collègues, qui examinaient à l'écran un scan représentant une photo de femme jaunie par le temps.

Mason s'est levé, l'air peu amène. « Je ne sais pas si nous parlons bien du même Bobby...

— Connectez-vous, contactez-le et il vous confirmera qu'on vient bien de sa part. »

Il a dégluti. « C'est que... je ne me connecte plus très souvent... On peut savoir qui vous êtes ?

— Vous avez vu la liste des membres de Firewall ? Moi, je suis *k*. »

Il s'est rassis et n'a plus bougé d'une bonne minute,

exception faite de sa pomme d'Adam qui n'arrêtait pas de monter et de descendre. Puis : « J'ai un peu entendu parler de vous... si vous êtes vraiment k. Vous avez travaillé ponctuellement pour une société vinicole, à une époque ? Pour perfectionner leur structure de distribution ?

— En effet.

— Dans ce cas, vous devez connaître mon ami Clark.

— Miller ? Oui. Il habite St. Helena, une maison en séquoia avec sur l'arrière une baignoire en authentique séquoia aussi, et le prénom de sa femme est... Tom.

— Ex-femme. Et c'est elle qui a gardé la maison. » Il a reporté son regard sur LuEllen. « Fermez la porte. » LuEllen obtempéra et nous avons pris place dans les deux fauteuils en bois destinés aux visiteurs. Mason s'est passé les mains dans les cheveux. « Ce réseau Firewall, là... Je ne sais pas du tout de quoi il s'agit ; pourtant, mon nom est sur la liste, et il traîne partout. Ça me rend dingue ! Qu'est-ce qui se passe ? Je m'attends en permanence à voir débarquer le F.B.I. »

J'ai consulté LuEllen, qui a secoué la tête. J'ai repris à l'adresse de Mason : « Merde. Vous n'êtes vraiment au courant de rien ?

— Je vous jure, a-t-il répondu en écartant les bras pour signifier son impuissance. Un matin, je prenais le petit déjeuner en lisant le journal, et dans un article consacré à l'assassinat de Lighter, voilà que je tombe sur mon pseudo – Omeomi. J'ai failli m'étrangler. Je n'avais *jamais* entendu parler de Firewall, moi ! Et maintenant, on fait de moi une espèce de terroriste ou je ne sais quoi.

— Je comprends. Je suis dans le même cas. Et Bobby aussi. Alors on essaie de savoir de quoi il retourne. »

Mason a de nouveau dévisagé LuEllen. « Vous aussi, vous êtes sur la liste ?

— Non, moi je suis seulement une amie. De k et de Bobby. »

Mason a secoué la tête. « Je ne sais pas quoi faire. J'ai bien pensé appeler le F.B.I. en m'identifiant mais... Je ne sais pas. Je doute que ce soit une bonne idée.

— Je ne connais pas votre passé, mais personnellement, j'attendrais un peu avant de mêler les autorités à tout ça.

— Ouais. Moi aussi. » Physiquement, il n'avait rien d'un truand, mais son ton laissait croire qu'il avait plutôt intérêt à ne pas attirer l'attention des fédéraux. Au nom du respect de la vie privée, de l'éthique et de ma nature profonde, je ne lui ai pas demandé ce qu'il faisait, à part de la photo ; mais LuEllen n'avait pas les mêmes scrupules.

« Pourquoi, qu'est-ce qu'ils auraient à reprocher à Omeomi ? D'avoir braqué des banques ? »

Dans certaines occasions elle peut se montrer d'une impertinence qui a le don d'ensorceler les hommes, surtout les plus technoïdes – qui continuent de fantasmer sur les majorettes de leur adolescence. (C'est ce que j'ai entendu dire, en tout cas.) Mason a eu un petit sourire. « Non, non, rien de tout ça. Disons que... je fais des photos un peu spéciales.

— Aha. Quand on me dit ça, je pense généralement au porno.

— Ce n'est pas ça non plus.

— Vous devriez vous revoir, tous les deux, ai-je dit à LuEllen. Vous pourriez échanger des tuyaux.

— Pourquoi, vous aussi vous êtes dans la photo ? a interrogé Mason, un peu plus intéressé. Quel genre ?

— Le genre spécial », a suggéré LuEllen.

Là, il a pouffé, avant de se laisser aller en arrière et de s'étirer. « Y a pas mieux, hein ? »

Après un silence prolongé, j'ai conclu : « Bon... Eh bien, on va y aller.

— Qu'est-ce que vous avez décidé de faire ? Rendre visite à tous les individus qui figurent sur la liste ?

— Tout juste. À nous deux, Bobby et moi, on en connaît quelques-uns. Aucun ne fait partie de Firewall. Là-dessus, Bobby vous a identifiés, vous et un autre type... Par des amis communs, je suppose. On n'est pas encore allés le voir, mais votre version colle avec la nôtre.

— Qu'allez-vous faire si vous finissez par les localiser, ces prétendus membres de Firewall ?

— Je ne sais pas encore. Bobby penche pour les dénoncer. En tout cas, si ce sont eux qui ont fait descendre Lighter.

— Bonne idée. Trouvez-les et foutez-leur les flics au cul. »

Currier habitait un appartement à Santa Cruz. Là encore, porte close. Malheureusement, Bobby n'avait pu savoir où il travaillait. Je suis allé trouver la gardienne en me faisant passer pour un vieux copain, de passage dans la région pour la journée.

« Il est en vacances au Mexique, m'a-t-elle informé.

— Ah bon ? Depuis quand ?

— La semaine dernière. Pour trois semaines, à ce qu'il m'a dit. Quel dommage que vous vous soyez manqués ! »

— Qu'est-ce qu'on fait maintenant ? m'a demandé LuEllen tandis que nous rebroussions chemin.

— On recontacte Rufus. Ils ont trois heures d'avance sur nous, là-bas. Voyons si son Traqueur a bien fonctionné.

— Quelle est ton impression, pour Currier ?

— Peut-être en cavale. Étant sur la liste, il a peut-être des raisons pour ça.

— Comme toi, quoi !

— Moi et les autres. »

Effectivement, le Traqueur avait bien fonctionné. « Une grande partie du trafic provenait de dix ordinateurs personnels situés dans des universités, donc facilement pénétrables, m'a appris Rufus. Apparemment, “on” a recherché des ordinateurs connectés, puis on y a implanté un message-rumeur via un virus capable de la disséminer dans les forums de discussion d'AOL, entre autres. Or, dans les jours qui ont précédé l'apparition de la rumeur, la quasi-totalité de ces dix sites montre un trafic accru avec un certain serveur de Laurel, dans le Maryland.

— Combien de temps avant que la rumeur ne commence à se répandre ?

— À peu près une semaine. Je ne peux pas remonter plus loin, de toute façon. Après, l'univers devient un peu trop vaste pour le Traqueur.

— Environ une semaine...

— C'est ce qu'il semblerait, oui. Ça t'avance à quelque chose ?

— Il faut que je réfléchisse », ai-je répondu.

Bobby m'a trouvé des infos sur AmMath et sur son P.-D.G.

St. John Corbeil était un malin : il avait quitté l'armée (en l'occurrence la marine) avec le grade de commandant pour entrer à la National Security Agency, où il était resté cinq ans. À faire quoi ? Mystère, d'après Bobby, à part décrocher un diplôme supérieur en conception de logiciels. Là-dessus, il avait démissionné et fondé à Dallas sa propre boîte de produits high-tech destinés à la cryptographie. Il y avait emmené avec lui une demi-douzaine d'ingénieurs en cryptographie, mathématique et informatique. Il s'en était bien sorti : ses produits étaient arrivés sur le marché juste au moment où l'Internet avait explosé. Avec ses dix pour cent d'AmMath et son salaire de P.-D.G., Corbeil était un homme plutôt riche.

« J'y comprends rien, à ces histoires de cryptage, m'a dit LuEllen.

— Je t'explique : supposons que tu veuilles m'envoyer par l'Internet un message qui dit : “Viens, on va s'introduire chez Bill Gates et lui piquer son chien.” Si on a le droit d'employer un cryptage fort, tu peux chiffrer ton message grâce à un logiciel approprié – il te suffirait de cliquer sur un bouton – et personne ne pourra le lire. Je dis bien *personne*. À moins d'avoir la clé. Même avec des ordinateurs super haut de gamme.

— Tandis qu'avec le Clipper...

— Avec le Clipper, il y aurait deux clés. Moi j'en détiendrais une, et l'État une autre. Tu enverrais ton message, je pourrais le lire, mais l'État aussi. En admettant qu'il l'intercepte.

— Et en débarquant chez Bill Gates, on trouverait un tas de flics qui nous attendraient de pied ferme.

— Et on aurait l'air malin.

— Ouais. Surtout que, moi, j'aurais apporté de la pâtée pour chien. »

Jack avait été propriétaire d'une petite maison à Santa Cruz, tout près de chez Currier. Après sa mort, le F.B.I. avait obtenu un mandat de perquisition et Lane leur avait dit où trouver les clés. Le lendemain de l'enterrement, elle les a appelés pour demander l'autorisation d'y pénétrer. Pas d'objections. De toute façon, ils avaient déjà tout retourné et saisi ce qui était en rapport avec l'informatique, plus les factures de téléphone et la correspondance personnelle de Jack, entre autres. Pendant que LuEllen et moi nous renseignions sur les membres de Firewall, Lane et Green étaient allés y faire un peu de ménage. (C'était l'expression qu'elle avait employée : faire un peu de ménage.) Elle voulait dire par là : jeter tout ce qui ne pouvait être ni revendu ni donné. Tout ce qui avait composé l'existence de son frère : affiches, notes, lettres, photos non identifiables, etc. Jack étant sans enfant, tout revenait à Lane ; il n'y aurait personne pour s'interroger, un jour, sur ce lointain ancêtre ; personne pour passer en revue, en 2050 ou 2100, ce qu'il avait laissé derrière lui.

À leur retour, Green m'avait dit : « Quelqu'un est passé avant nous. La serrure de la porte de derrière a été forcée.

— Sûrement les types d'AmMath. Peut-être qu'ils sont satisfaits, maintenant qu'ils ont les disques.

— Qu'avez-vous découvert sur Firewall ? m'a demandé Lane.

— Rien du tout. Je lui ai résumé la situation.

— Ce type qui est parti au Mexique, là..., est intervenu Green. Il a pu filer pour diverses raisons. Vous partez du principe qu'il a pris peur en voyant son nom sur la liste, comme Mason ; mais si ça se trouve, il est en fuite parce qu'il fait bel et bien partie du réseau.

— J'ai émis cette hypothèse avant vous, a coupé LuEllen. Kidd n'est pas convaincu. Il a sa petite idée.

— À savoir ?

— À savoir que Firewall n'existe pas, ai-je asséné. Que tout ça n'est qu'un tissu de conneries. »

Sur quoi on s'est embarqués dans une de ces discussions qui tournent en rond et se mordent la queue, où l'on se sent sur le point de mettre le doigt sur le fond du problème, pour se rendre compte qu'on a beau échafauder des hypothèses, il manque toujours une pièce essentielle au puzzle. C'est Lane qui a commencé :

« Si Firewall est une pure invention, quel est l'objectif visé ?

— Masquer le véritable motif de l'assassinat de Lighter ? ai-je hasardé.

— Il n'y avait rien à masquer : la police a conclu à une banale agression. Ça ne l'a pas entièrement satisfaite, mais je ne sache pas qu'on ait lancé une enquête de grande envergure... jusqu'à cette histoire de Firewall.

— Le Clipper II était foutu. *Est* foutu. Si ça se trouve, ils se sont dit que si un de ses concepteurs se faisait descendre par des hackers, il y aurait un phénomène de lame de fond.

— Eh bien, "ils" peuvent toujours attendre, a commenté Lane. Le F.B.I. veut peut-être garder le Clipper II, mais il est trop tard. Tout le monde le sait. Et ça n'est pas une question de choix ; ni d'ailleurs une question légale. Vouloir interdire le cryptage de très haute sécurité pour le remplacer par le Clipper II, ça revient à supprimer le nombre pi ou la preuve que la terre est ronde. C'est trop tard, un point c'est tout.

— Dans ce cas, d'où sort cette liste de noms, tout à coup ? Moi, Bobby, Jack, Omeomi et tous les autres ? Parce qu'il existe *réellement* un lien entre nous. En un sens, on constitue bel et bien une espèce de conjuration, à nous tous, dans la mesure où un tas d'entre nous ont effectivement conspiré les uns avec les autres.

— Je l'ignore ; je ne sais pas d'où sort ce Firewall. Je ne sais pas quel rôle il joue. Mais il semble bien qu'il en joue un. Si c'est une invention, elle repose *quand même* sur quelque chose. Je ne sais pas ce qui se trame, mais Jack en est mort, et Lighter aussi.

— Il peut s'agir d'une simple coïncidence.

— Allons, allons... » Elle a compté sur ses doigts. « Jack avait un lien avec le Clipper II, AmMath et Firewall. Firewall a eu la peau de Lighter, qui était lié à la fois au Clipper II et à AmMath.

— Sauf qu'on n'arrive pas à mettre la main sur une

seule personne qui soit réellement liée à Firewall. Pas *une* seule.

— Est-ce que Jack connaissait ce Lighter ? a voulu savoir Green.

— Pas qu'on sache, ai-je répondu.

— C'est peut-être à vérifier. »

Je me suis tourné vers LuEllen, qui n'avait rien dit depuis le début. « Qu'est-ce que tu en penses ?

— Trois possibilités.

— Vas-y.

— Un : chercher du côté d'AmMath. Deux : continuer à creuser l'affaire Firewall. Trois : se tirer vite fait. »

Lane était pour la solution AmMath, à cause de son frère, bien sûr. Green, lui, s'en foutait ; son boulot consistait à protéger Lane, ce qu'il ferait quoi qu'il advienne. LuEllen penchait pour la troisième possibilité : la porte de sortie. « Contre la bureaucratie, on ne peut pas se battre. On se transforme aussitôt en cible désignée. En note de service. Autant essayer de marchander avec le fisc. »

Moi, je ne pouvais me résoudre à baisser les bras sans rien tenter de plus. Les noms continuaient à circuler, et si les flics se décidaient à traquer les identités réelles, ils auraient vite fait de les découvrir ; on se retrouverait dans la merde sans même savoir pourquoi, sans comprendre ce qui nous arrivait.

« Il faut absolument que j'en sache davantage sur ce réseau, ai-je repris. Ne serait-ce que pour me couvrir. Si AmMath est dans le coup, j'irai fouiner de ce côté-là aussi.

— Et Jack ? On dirait que ça ne vous intéresse plus.

— Si, mais nous devons nous montrer prudents. Il semble qu'AmMath ne soit pas une simple société privée décidée à ne pas se laisser marcher sur les pieds.

Et si Jack était tombé sur une magouille très grave dont nous aurions intérêt à nous tenir à l'écart ?

— C'est-à-dire ?

— Dans ce cas, le seul moyen de se défendre, ce serait par le biais de la politique. On déniche des traces papier, on leur colle le sénateur local au train, ses services mènent une enquête interne, trouvent un coupable et le désavouent publiquement. Par contre, si Jack s'est fait descendre par une... organisation, là, ça va être plus dur. »

La meilleure chose à faire, me suis-je dit, était de passer en revue les informations dénichées par le Traqueur dans le Maryland. Avec un peu de chance, on trouverait à l'origine de la « conspiration Firewall » un hacker de quatorze ans qu'on remettrait entre les mains du shérif local avant d'humilier la presse et de rentrer bien tranquillement chez nous.

« Tu rêves, a constaté LuEllen.

— Pas tant que ça. En tout cas, ça vaut mieux que de s'introduire chez AmMath par le soupirail de la cave.

— Et Lane ? s'est enquis Green.

— Appelez les flics de Dallas et avertissez-les que vous venez chercher les ordinateurs de Jack, ainsi que tout ce qu'ils ont saisi et dont ils ne veulent plus. Mais dites que vous devez d'abord vider sa maison ici.

— Et vous, pendant ce temps-là, qu'est-ce que vous ferez, dans le Maryland ?

— On va fureter un peu par-ci, par-là. Vous voyez le genre. »

On a décollé le soir même. Mais avant de partir, pendant qu'on faisait nos valises, je me suis connecté à Bobby pour lui annoncer qu'on s'installait temporairement à Washington. Il nous a réservé des places en classe affaires et loué une voiture sous une des fausses identités que LuEllen avait utilisées à New York, plus sûre que les deux de San Francisco (et assorties de cartes de crédit nettement plus fiables). Par ailleurs, il nous avait trouvé des renseignements supplémentaires sur Corbeil et sur AmMath.

Corbeil était peut-être un gros malin, mais c'était aussi un malade mental. Il s'occupait beaucoup trop des vilains socialistes sans Dieu, des bureaucrates idiots, des impôts pénalisants, des agitateurs noirs, du péril jaune, de la menace rouge, de la Conspiration juive et du Nouvel ordre mondial. On l'avait même entendu déclarer que Hitler n'avait pas pris que de mauvaises initiatives.

Je ne m'étais jamais beaucoup intéressé à la politique, mais à une époque de ma vie, j'avais pondu des formulaires de sondages personnalisables pour que les hommes politiques de second plan puissent réaliser leurs propres sondages téléphoniques. Au bout d'un moment, j'avais revendu la boîte, mais j'avais eu le temps d'apprendre à connaître ma clientèle. Marrants, ces gens-là ; et ni plus ni moins corrompus que les instits, la presse écrite, les flics ou les médecins. En revanche, je n'ai pas eu besoin de les fréquenter très longtemps pour me rendre compte qu'il y avait autant de tarés à droite qu'à gauche, et qu'à long terme, les élus de gauche étaient sans doute les plus dangereux. Cela dit, en raisonnant à court terme, si vous voyez un type en haut d'un clocher avec à la main un fusil d'assaut semi-automatique de fabrication chinoise, il y a des chances pour que ce soit un petit camarade à Corbeil, qui voit partout des hélicoptères noirs et des chars socialistes massés à la frontière canadienne avec dans l'idée d'empoisonner le sang et la sève vitale de l'Amérique.

Oui, un gros malin complètement cinglé. Et sûrement à prendre très au sérieux.

Bobby en avait encore appris de belles sur le style de vie de Corbeil tel que rapporté par les « city magazines » locaux. Il touchait un salaire assez modeste, pour un P.-D.G., mais il ne fallait pas oublier qu'il possédait une grosse part des actions d'AmMath. Il aimait les voitures de sport et les blondes. Il prenait bien soin de se faire toujours voir au bras du mannequin le plus en vue de Dallas. L'une d'entre elles avait même fait la double page centrale de *Playboy*. Bobby nous l'a fournie.

« Je me demande pourquoi ces nanas se rasent les poils pubiens en bande étroite », a constaté LuEllen.

On a médité un instant sur ce mystère, puis j'ai répondu : « Peut-être parce qu'elles portent des sous-vêtements plus sexy que certaines...

— Tu crois ? »

Il y en a long comme ça, je t'envoie le tout dès que j'ai fait le tri. Pas encore isolé les lignes téléphoniques correspondant aux ordinateurs chez AmMath. Je te recontacte.

Et sur les Jaz, tu as quelque chose ?

Oui. J'ai ouvert les gros fichiers. Des photos en très haute résolution. Toutes représentant le même parking. Comprends pas.

Tu peux les convertir en JPG et les déposer dans ma boîte ?

Oui.

En plus, merci de faire des copies des disques et de les envoyer en express à notre hôtel de Washington.

O.K.

Pendant le vol, nous avons discuté de la marche à suivre. Nous ne savions pas ce que fabriquait AmMath, du moins pas en détail, ni pourquoi Jack avait été tué – si son assassinat ne s'était pas déroulé comme le prétendaient les gens de la boîte. Et j'avais toujours tendance à croire que Firewall n'était qu'un fantôme.

« Va falloir que je passe un bon bout de temps sur ces Jaz, ai-je déclaré.

— Il n'y en a jamais que quatre...

— De deux gigas chacun, quand même. Sur un seul d'entre eux on pourrait faire entrer deux mille romans de bonne taille. Huit mille Tom Clancy.

— Aïe.

— Tu l'as dit. » J'ai fermé les yeux et levé l'index pour signaler que je calculais mentalement. Ça n'a pas traîné. « Si on découpait le contenu des disques en tranches de la taille d'un gros Tom Clancy, et si on regardait chaque tranche pendant une minute en y consacrant quarante heures par semaine, il faudrait plus de trois semaines pour en survoler la totalité.

— À raison d'une minute par tranche ?

— Une minute, pas plus.

— T'as la bosse des maths, dis donc.

— Ce n'est pas tout. Le problème majeur, c'est qu'on ne saurait pas démêler le bon grain de l'ivraie. »

On a médité là-dessus. Puis LuEllen a repris : « J'entrevois le bout du tunnel.

— Ah bon ?

— Ouais. Jack a cherché moins d'une semaine, et apparemment, il a trouvé, *lui*.

— À moins qu'on l'ait tué rien que pour avoir voulu mettre la main dessus... »

À une heure de l'atterrissage, par désœuvrement j'ai sorti mon jeu de tarot et étalé les cartes à deux ou trois reprises. LuEllen m'a regardé faire un moment, avec un mélange de scepticisme et d'inquiétude, avant de lancer : « Alors ?

— Rien. C'est tout embrouillé.

— Attends, je vais couper, moi. » J'ai battu les cartes avant de les lui remettre. Elle a sorti le diable. Le diable représentait les forces du mal, mais pas incarnées *en dehors* de soi. Le plus souvent, il était à *l'intérieur* et pesait de tout son poids sur nous en nous faisant agir à sa guise, sans même qu'on en ait conscience.

« C'est mauvais signe, a-t-elle constaté. Il n'y a qu'à voir ta tête. »

Chapitre onze

Dans toute ma vie, j'avais dû passer six mois à Washington. Au risque de paraître ringard, j'avoue que je m'y plaisais. Souvent perçue comme une concentration de cerveaux serrés telles des sardines à l'huile dans un centre-ville élitiste, la capitale offre aussi quelques promenades agréables, sans oublier les musées. En outre, la Virginie rurale ne manque pas d'intérêt pour peu qu'on apprécie les paysages genre centre de l'Italie – la Campanie, par exemple.

Nous avons atterri tard et aussitôt loué une voiture avec carte de la région. Car nous ne serions pas basés à Washington même : d'après Rufus, le serveur de fichiers que nous recherchions se trouvait à Laurel, c'est-à-dire plus près de Baltimore – et pas loin non plus, ai-je noté en étudiant la carte, de Fort Meade, quartier général de la National Security Agency.

J'avais été plusieurs fois en contact avec la N.S.A. pendant mon passage à l'armée ; deux choses m'y avaient toujours impressionné : le niveau de compétence... et l'arrogance. Je n'avais plus eu affaire à cette agence depuis une vingtaine d'années, mais elle déployait une impressionnante activité dans le secteur informatique et les échanges étaient constants entre ses services et le privé.

Des rumeurs circulaient : bientôt, la N.S.A. serait

complètement dépassée. À une époque bénie, les fonctionnaires spéciaux savaient intercepter n'importe quelle conversation téléphonique, n'importe quelle émission radio, et ce dans le monde entier ; les propos tenus dans son bureau même par le Grand Timonier pouvaient être rapportés une heure après au président des États-Unis ; et on savait détourner, en temps réel, les écoutes vers le renseignement militaire.

Cette époque était révolue. Car, depuis, une multitude de codes inviolables avaient envahi la planète. Toute université digne de ce nom pouvait en voir surgir un en l'espace de quelques jours dans son département Mathématiques. Pour ne rien arranger, les échanges militaires et diplomatiques cruciaux ne circulaient plus par la voie des airs, mais via des fibres optiques souterraines. Et même quand on réussissait à intercepter ces messages, ils étaient indéchiffrables car soumis à des codes de cryptage de très haute sécurité.

Pour résumer, la N.S.A. était en train de devenir sourde. Et on prétendait qu'elle n'avait pas trouvé la parade. Ce n'était plus qu'un ramassis de bureaucrates vieillissants qui se préoccupaient avant tout de garder leur job et s'éloignaient progressivement de Washington, centre nerveux du renseignement américain.

LuEllen et moi sommes descendus dans un hôtel standard près de Laurel, dans le Maryland. Nous avons pris des chambres séparées sous deux identités distinctes – très utile en cas de pépin. Dans la cambriole, on peut toujours avoir besoin d'un trou où aller se terrer en vitesse.

Le lendemain matin, après le café et les *pancakes* (plus le *New York Times* pour moi et le *Wall Street Journal* pour elle), on s'est mis en quête du fameux serveur. Sa ligne téléphonique à haut débit aboutissait dans une banlieue industrielle, et plus précisément à un centre administratif appelé Carter-Byrd, au numéro 2233. Nous avons localisé cette adresse à un quart d'heure du motel ; l'ensemble se composait de deux rangées de quatre immeubles jaunes à un étage qui, situés dans une impasse, se faisaient face au fond d'une série de parkings modestes.

Le Carter-Byrd Center abritait des sociétés de services : des cabinets d'experts-comptables ou de conseillers financiers, des éditions juridiques, une agence immobilière et plusieurs cabinets juridiques. La plupart occupaient un étage entier, voire toute une aile. La société que nous cherchions, Bloch Technology, comptait parmi les plus petites ; elle partageait avec d'autres entreprises de même taille un ensemble de bureaux dans le dernier bâtiment à droite.

Tailleur bleu marine et escarpins assortis, c'est une LuEllen transformée en businesswoman qui a positionné la caméra miniature cachée dans sa mallette ; puis elle m'a planté un petit baiser très sensuel sur la bouche (les missions de ce genre avaient le don de l'exciter) et s'est dirigée vers le n° 2233 pour repérage préliminaire. J'ai attendu dans la voiture.

Recherchant prétendument une autre société que Bloch parmi toutes celles qui avaient leur siège au Carter-Byrd, elle devait feindre de s'être trompée de bâtiment. Nous avions calculé qu'ainsi, elle réussirait sans doute à passer deux ou trois minutes derrière les portes vitrées du hall d'entrée.

Au bout d'un quart d'heure, j'étais prêt à aller la récupérer. Mais juste à ce moment-là, elle a réapparu en compagnie d'un type en chemise blanche à manches courtes qui lui a désigné le premier bâtiment de la rangée, un peu plus haut. Elle a hoché la tête et ils ont échangé quelques mots ; puis elle a ri et, après lui avoir tapoté le bras, elle est revenue vers moi. Je me suis tassé sur le siège passager. Le type l'a suivie du regard, et ce n'était pas ses épaules qu'il contemplait fixement.

Quand elle m'a rejoint, je me suis encore tassé de dix centimètres. Elle s'est mise au volant et a pris la direction indiquée. Au bout d'un instant, elle m'a informé que le type était rentré dans le bâtiment.

Je me suis redressé. « Tu y as mis le temps, dis donc.

— J'ai frappé et... Ah, au fait : il y a un code, et le clavier n'est pas sous alarme. Bref, j'ai demandé le cabinet d'expertise comptable Clayton, et on a causé un peu. Ces informaticiens sont des types étonnants. Ils ont de ces bécanes !

— Sans blague.

— Sans blague. Celui-là en avait cinq. On aurait dit des climatiseurs. Ils sont tous alignés dans la pièce du fond.

— Il y a donc deux pièces ?

— Trois. Un bureau banal, une salle informatique et une pièce de repos avec un futon par terre et un petit frigo plein de Coca.

— Il est tout seul, là-dedans ?

— J'ai vu deux bureaux, dont un qui ne semble pas en service actuellement. Ou alors à mi-temps. J'ai relevé le numéro de téléphone. »

Comme elle m'avait énervé à discuter, comme ça, tranquillement, avec ce type, j'ai répliqué : « On a intérêt à réduire au maximum les traces d'effraction. Parce que si on foire quelque part, il se rappellera votre petite conversation. Ainsi que ton visage.

— J'ai estimé que c'était un risque à prendre. Et tu sais quoi ? Pas de société de surveillance. Les toilettes sont au premier. J'y suis allée. Il y a un faux plafond, mais de l'autre côté c'est crado. Si on s'introduit par là et qu'ensuite ils se mettent en tête d'aller nettoyer, ça ne passera pas inaperçu.

— Alors qu'est-ce qu'on fait ?

— Je suis en train d'y réfléchir.

— Très bien. » J'ai consulté ma montre. « On va

acheter du déodorant, et ensuite, quartier libre pour le reste de la journée. Comme ça, tu pourras réfléchir à loisir. »

Dans un drugstore, j'ai acheté du déodorant féminin en pulvérisateur miniature, plus deux Coca que nous avons bus en retournant au Carter-Byrd. Cette fois, c'est LuEllen qui s'est tassée sur son siège pendant que j'entrais ; j'avais pris son attaché-case, histoire de justifier ma présence.

L'intérieur du bâtiment se présentait essentiellement sous la forme d'une longue enfilade de bureaux ouvrant sur un couloir central qui le traversait de part en part. Personne. J'ai pris à gauche et discrètement secoué le pulvérisateur de déodorant sorti de ma poche. Bloch Technologies, troisième porte à gauche. J'ai repéré de loin le clavier à code, en arrivant à sa hauteur, après avoir regardé d'un côté puis de l'autre, je l'ai copieusement arrosé de déodorant. J'ai chassé l'odeur comme j'ai pu en agitant la main, puis rebroussé chemin. Durée totale de l'opération : moins d'une minute. Nombre d'individus croisés : zéro.

« Nous disions donc : quartier libre », ai-je conclu.

Nous avons passé le temps au mieux ; j'ai conduit LuEllen au green le plus proche, où elle a frappé quelques balles – d'ailleurs excellentes – avec un fer nº 5 plus vieux qu'elle et un bois de 3 plus petit que son poing. J'ai fait quelques croquis d'elle en train de s'entraîner. Ensuite, on est allés au cinéma, mais avant, j'ai rappelé Bobby. Il avait déniché une « curiosité », selon ses propres termes : une brusque recrudescence de cyber-rumeurs prétendant que Firewall fomentait une attaque de grande ampleur. Il connaissait l'existence de Rufus et de son Traqueur ; je lui ai suggéré de l'appeler pour lui demander de remonter à la source des plus récentes manifestations de la rumeur. J'ai ajouté une petite question personnelle qui m'est venue en tête au moment de me déconnecter. Bobby a répondu :

Je m'y mets tout de suite.
O.K.
Rappelle ce soir.
Ça marche. J'ai une autre idée, tout à coup : regarde du côté des compagnies aériennes. Vois si JM a voyagé dans les quelques jours qui ont précédé sa mort.
D'ac. Je vérifie aussi sa carte d'essence pré-payée. Par ailleurs : JPEG dans ta boîte.
Merci.

J'ai téléchargé le JPEG en question (les fichiers JPEG sont des images compressées) et je l'ai mis de côté pour plus tard. Après le film (nul), LuEllen m'a demandé de m'arrêter dans un magasin de sport où elle a acheté une bobine de fil de pêche monofilament, de couleur noire. De retour au motel, on a regardé ce qu'elle avait filmé le matin chez Bloch : cinq serveurs Dell sur des établis en plastique massif, équipés d'un moniteur et d'un clavier disposé sur le côté. Puis on a dîné lentement dans un restaurant rapide. Mes nerfs commençaient à me lâcher, comme toujours dans ces cas-là. Puis on est allés chercher le sac de LuEllen à l'hôtel et, à sept heures, à la nuit tombée, on est retournés au Carter-Byrd.

Le bâtiment 2233 comprenait une quarantaine de bureaux. Sept ou huit fenêtres étaient encore éclairées. (Les Américains, ça travaille tout le temps.) Mais pas celles de Bloch. Seul m'inquiétait le futon.

On s'est garés tout au bout du parking. LuEllen a attaché le fil de pêche au volant, puis l'a fait sortir par la vitre avant de le dévider sur toute la largeur de la pelouse en direction de la porte de l'immeuble. S'étant assurée que personne ne venait dans le hall, en un tournemain elle a noué l'extrémité à la poignée, puis coupé le fil au ras de la bobine et regagné tranquillement la voiture. Une fois réinstallée sur son siège, elle a tendu sa ligne au maximum ; désormais elle s'étendait, parfaitement invisible, de nous à la porte.

« Maintenant, si un passant veut circuler sur ce trottoir, il sera obligé de contourner le fil, sous peine de se garrotter tout seul, ai-je constaté.

— Mais non. Si quelqu'un vient, je sectionne la ligne ; en se détendant d'un coup, elle reviendra s'affaler sur la pelouse, où personne ne la verra.

— Tu as déjà employé ce truc-là ?

— Non, je l'ai lu quelque part. »

On a dû attendre vingt minutes dans le parking avant que la porte ne s'ouvre. La suite s'est déroulée exactement comme prévu : le type s'est dirigé droit vers sa voiture après avoir poussé la porte vitrée, que LuEllen a retenue au moyen du fil comme elle se refermait.

« On se magne, a-t-elle grommelé. Je ne sais pas si le fil va tenir ; la porte est plus lourde que je ne pensais.

— Attends un peu ! » Je ne voulais pas que le type me voie descendre de voiture. J'ai attendu qu'il ait atteint le sommet de la côte pour traverser la pelouse au pas de course. LuEllen avait immobilisé le battant juste avant qu'il ne touche le chambranle. Je l'ai tiré, puis j'ai dégagé le fil noué autour de la poignée. La voie était libre.

Dans l'après-midi, LuEllen avait entré le numéro de téléphone de chez Bloch dans la mémoire de son mobile. C'était le moment de le composer. Le couloir était désert. Je me suis approché de la porte, LuEllen sur les talons, et j'ai fait mine de frapper ; de l'autre côté, on entendait le téléphone sonner. Dans le vide.

Tandis que je feignais de frapper à nouveau, LuEllen a éteint son téléphone et braqué sur le clavier à code une petite torche électrique à lumière noire ; il paraît que ça se trouve facilement et que les ados en sont particulièrement friands. Les cristaux du déodorant ont aussitôt émis une lueur fluorescente – sauf sur les trois touches où il avait déjà été éliminé.

« Quatre-six-sept, a dit LuEllen. Malheureusement, sur ces systèmes les codes sont à quatre chiffres. Donc, il y en a un qui se répète. »

Toujours personne dans le couloir. J'ai pris mon petit carnet et noté les combinaisons possibles à mesure qu'elles se présentaient à mon esprit, en les récitant à voix haute. Le problème, avec ces claviers, c'est que leurs dix touches permettent dix mille combinaisons différentes. On pouvait *aussi* tout casser, mais ça manquait un peu de finesse, comme méthode. De plus, certains systèmes de fermeture (mais pas celui-ci) étaient équipés d'une alarme ou se bloquaient au bout de x combinaisons incorrectes, après quoi on ne pouvait plus ouvrir qu'avec la clé.

En revanche, si on avait les quatre chiffres dans le désordre... Ah, là, il ne restait plus que vingt-quatre possibilités. Si l'un de ces chiffres se répétait, comme c'était le cas ici, sans qu'on sache lequel, ce nombre passait à trente-six. Cela dit, la plupart des gens faisaient figurer le plus petit chiffre en tête – quatre, dans le cas qui nous préoccupait. On a donc commencé par quatre-quatre-six-sept, pour passer ensuite à quatre-quatre-sept-six, puis quatre-six-quatre-sept, et ainsi de suite. On a eu de la chance : on a trouvé la bonne combinaison à la huitième tentative. On s'est retrouvés dans un bureau plongé dans l'ombre.

« Les gants », a soufflé LuEllen.

On a enfilé des gants en plastique, puis suivi le mince faisceau de nos torches jusque dans la pièce où étaient entreposés les serveurs Dell. On aurait dit cinq nains attendant en rang le petit déjeuner. Pas de fenêtres. Un bon point. Le futon était roulé dans un coin de la troisième pièce. Une couverture duveteuse y était roulée en boule. Toujours à la lumière de sa lampe, LuEllen a trouvé un rouleau de ruban adhésif dans le premier bureau et rapporté la couverture bleue dans la salle informatique. On l'a scotchée au mur de manière qu'elle recouvre la porte, puis LuEllen s'est glissée dessous pour regagner l'autre bureau, en refermant le battant derrière elle. J'ai soigneusement remis le tissu en place et actionné l'interrupteur.

« Allumé », ai-je annoncé. Puis j'ai éteint et LuEllen est revenue par le même chemin.

« On ne voit presque rien, a-t-elle déclaré. Juste un point lumineux dans le coin droit... »

On a redisposé la couverture afin d'y remédier. Ensuite, je me suis mis au travail sur les bécanes. Un serveur, ce n'est rien d'autre qu'un ordinateur spécialisé, optimisé pour la gestion de réseau et le stockage des données. Une machine domestique récente pouvait parfaitement suffire à en installer un petit, du moment qu'on disposait des logiciels appropriés. Le but de notre opération, ce jour-là, n'était pas de fouiller dans le contenu de ces serveurs, mais de nous y ménager un accès. Il m'a fallu vingt minutes de furetage dans les programmes et les manuels de maintenance pour y parvenir. Les PC tournaient sous une version d'UNIX-serveur disponible dans le commerce, où je me suis introduit en cinq minutes via un compte de maintenance externe. Une fois dans la place, j'ai casé au sein du code un petit programme d'accès de mon cru ; ce n'était pas la première fois que je procédais ainsi. Après vérification, j'ai désactivé l'accès local, puis éteint la lumière, détaché la couverture et décollé tous les bouts de scotch.

Pendant que je travaillais, LuEllen avait consulté la paperasserie trouvée dans le premier bureau. « Un tas de merde, m'a-t-elle informé. Des déclarations fiscales, des relevés bancaires, des pubs... »

Une des déclarations désignait un certain Toby Bloch comme propriétaire de 100 % des actions Bloch Technologies. « C'est à lui que tu as parlé ? ai-je demandé à LuEllen avant de rouler la couverture bleue et de la relancer sur le futon, plus ou moins dans sa position d'origine.

— Oui, c'est lui. Toby.

— Bien. Jolie petite affaire qu'il a là... »

On a tout remis en place et plaqué l'oreille contre la porte : pas un bruit. On est ressortis et remontés en voiture. Ce n'était pas plus difficile que ça.

En revanche, il y avait des problèmes au Q.G. Pas question de me connecter au serveur avant minuit : trop de risques que l'authentique opérateur système soit en ligne en même temps. J'ai préféré rappeler d'abord Bobby. Il aurait peut-être du nouveau sur Jack ou sur Firewall.

Et il s'est avéré que oui.

> Regarde les infos. Firewall a lancé un DDS contre le fisc. Pagaïe terrible. Origine géographique probable : la Suisse. Le style rappelle les Allemands.
>
> ***J'y vais. Rien sur JM ?***
>
> Vol pour Baltimore-Washington International le lundi avant l'incident, retour le soir même. Location chez Hertz, 96 kilomètres au compteur. Pas plus de détails. Vol même destination le jeudi après-midi, retour le vendredi matin. Pas de location de voiture, pas d'hôtel sur relevé carte bancaire.

Merci. Je vais regarder les infos.
Affaire *très* dangereuse.
On verra.

LuEllen a interrompu mes réflexions. « Alors ?

— Alors Jack Monison était ici le soir où Lighter a été tué.

— Aïe.

— Comme tu dis. Mais il y a l'éternel refrain de Lane sur sa haine des armes à feu. J'ai tendance à y croire. Je ne vois pas Jack tirer sur qui que ce soit.

— Et cette histoire de fisc, c'est quoi ?

— Aucune idée.

— Bobby a l'air de s'en faire davantage pour ça que pour Jack.

— C'est que Jack, lui, est déjà mort. »

J'ai consulté les éditions en ligne du *Times* et du *Washington Post* mais on n'y mentionnait aucune cyber-agression contre les services fiscaux. Le site de C.N.N. en parlait, mais comme toujours sur cette chaîne, on aurait dit que les infos avaient été mélangées puis reconstituées par un attardé paranoïaque. Je suis passé au site du *Wall Street Journal*, qui contenait un court article sur le sujet.

> ***Une offensive informatique prenant la forme d'un « déni de service » (DDS) et visant l'administration fiscale a entraîné une perturbation majeure dans le traitement des déclarations de revenus, nous a confirmé cet après-midi même un porte-parole du ministère des Finances.***
>
> ***Cette agression a commencé dans la matinée et se poursuit à l'heure actuelle. Le groupement d'individus qui en est l'auteur se donne le nom de « Firewall ».***

Les attaques informatiques par « déni de service » consistent à inonder la cible de transactions en apparence légitimes afin de saturer les capacités de traitement de l'ordinateur visé.

Si, de source officielle, on affirme que l'offensive est limitée, un haut fonctionnaire des impôts ayant demandé à conserver l'anonymat prétend au contraire que les dégâts sont considérables. D'après lui, « des dizaines de milliers de déclarations fiscales » seraient concernées et l'offensive continuerait à gagner de l'ampleur.

Un porte-parole du F.B.I. a déclaré qu'une grande partie des appels émanaient de laboratoires informatiques situés dans des universités de taille moyenne. « Apparemment, un individu ou un groupe d'individus a introduit, à l'intérieur de ces ordinateurs accessibles à tous, de petits programmes agressifs conçus pour se déclencher tous en même temps. Nous entrons en contact avec les établissements en question au fur et à mesure que nous les identifions, en leur demandant de se déconnecter le temps que nous désactivions les programmes hostiles. La plupart ignoraient totalement que leurs ordinateurs avaient été asservis », a ajouté Larry Conners, porte-parole du F.B.I.

Celui-ci affirme par ailleurs que lesdits programmes ne sont pas très élaborés ; mais de son côté, le représentant officiel de l'administration fiscale reconnaît qu'on a profité de la nécessaire ouverture sur l'extérieur de ces ordinateurs (qui reçoivent les déclarations en ligne). Les agresseurs envoient des centaines de déclarations présentant toutes les apparences de l'authenticité mais qui, à l'examen détaillé, révèlent d'infimes erreurs ; en conséquence de quoi les

ordinateurs du fisc tentent de les retourner à l'envoyeur. Le volume est rapidement devenu tel que les machines n'ont plus pu absorber l'afflux d'opérations à accomplir.

« Considérés individuellement, ces assauts n'entraîneraient pas de sérieux problèmes, conclut notre source au fisc. Malheureusement ils sont répétés, voire incessants, et proviennent de sources extrêmement variées. »

D'après Mr. Conners, l'offensive a pu partir de Suisse ; les programmes responsables ayant peut-être été introduits dans les machines il y a plus d'un mois...

« Puisqu'on dit que ça manque de raffinement...

— Une fourmi rouge non plus, ça n'est pas tellement raffiné, ai-je contré. Pourtant, si tu en as tout à coup mille dans ton short, je n'aimerais pas être à ta place. Et si le F.B.I. se chope vraiment les boules, s'il décide de frapper un grand coup en s'en prenant aux noms qui figurent sur cette fameuse liste... qui sait où ça finira.

— Ce n'est pas la première offensive de ce genre. J'ai déjà lu quelque chose là-dessus dans *Newsweek.*

— Cette fois, il y a une énorme différence : jusqu'ici, les hackers s'en prenaient au secteur privé. Ce que les politiques déploraient tout haut en songeant tout bas : "Qu'est-ce qu'on en a à foutre du privé ? Avec tout le fric qu'ils gagnent, ces gars-là..." Alors qu'aujourd'hui, c'est avec leur fric à *eux* que les hackers jouent.

— Je vois.

— Ouais. Eh bien, eux aussi. »

Le JPEG de Bobby représentait effectivement un parking bondé de camionnettes et vu de très haut. Trois hommes en complet veston le traversaient, mallette à la main. L'un regardait vers l'objectif. La résolution n'était pas suffisante pour qu'on distingue clairement les visages. Et Bobby avait précisé que toutes les photos étaient identiques.

« Qui c'est ? a demandé LuEllen.

— Aucune idée.

— Si cette photo a de l'importance... C'est peut-être parce que ces trois-là ne doivent pas êtres vus ensemble. Comme les gangsters et les flics.

— Ou les Chinois et les Américains, ai-je renchéri. Regarde celui-là... Il a un petit air asiatique, non ?

— Dans la forme du visage, peut-être... À moins que ce ne soit une femme.

— Hmm. Je ne vois vraiment pas. » Et j'étais sincère.

En fin de soirée je me suis introduit dans le serveur de Bloch Tech. Il y avait tellement de choses, dans un serveur – même petit –, qu'on ne pouvait pas opérer un tri en temps réel comme on feuillette un livre. Ça revenait plutôt à feuilleter une bibliothèque entière. Même problème qu'avec les Jaz de Jack.

J'ai lancé une recherche sur d'éventuelles références à Firewall ; j'en ai trouvé des centaines dans des e-mails archivés et des messages postés sur des sites Web. Six comptes courrier, en particulier, abritaient un grand nombre de messages mentionnant Firewall. Je suis entré dans les fichiers administrateur, je les ai identifiés avant de copier les noms et adresses correspondants. Fait curieux, ils avaient tous été ouverts récemment (dans les quinze derniers jours), et leurs titulaires avaient tous payé les trois mois d'abonnement minimum par chèque, et non par carte de crédit.

« La barbe. Sûrement des faux noms. » J'ai sauvegardé les identités en question pour les envoyer plus tard à Bobby et lui confier une petite enquête.

Puisque j'avais sous la main les fichiers administrateur, j'ai lancé une recherche sur le nom de Jack Morrison ; en vain. Puis, mû par une impulsion, j'ai recherché Terrence Lighter ; bingo ! Il avait bien eu un compte sur ce serveur ; mieux encore, sa boîte aux lettres électronique contenait des dizaines de messages. Quelques-uns étaient cryptés. Je les ai sautés. Pour la plupart, les autres émanaient de collectionneurs et négociants en appareillage scientifique ancien ou bien leur étaient destinés. De toute évidence, c'était son hobby.

Mais il y avait aussi le message suivant, en clair et daté de deux dimanches plus tôt :

> Mr. Morrison,
> Rendez-vous dans mon bureau demain à 8 h 30 avec les fichiers. Merci.
> T.L. Lighter.

Chapitre douze

À trois heures du matin – minuit sur la côte ouest –, j'ai appelé Lane. C'est Green qui a répondu.

« On a un mec aux fesses.

— Comment ça ?

— On nous surveille. Pas de très près, mais quand même. De temps en temps j'ai l'impression d'être parano, sauf que ces derniers temps je vois un peu trop souvent la même voiture – verte, une Toyota je crois – rôder dans les parages en évitant les abords immédiats, et chaque fois le conducteur regarde vers nous.

— Qu'est-ce que vous en pensez ?

— Qu'il faut ficher le camp. Je me sentirais nettement mieux si on se débarrassait de ce type. On est comme des papillons épinglés sous verre, si on reste ici.

— Très bien. On a encore deux ou trois choses à faire dans le coin, mais après-demain on file à Dallas. Disons dans trois jours maximum. En attendant vous pourriez les surprendre un peu, par exemple en abandonnant votre voiture à l'aéroport et en sautant dans un avion.

— Et s'ils ont des complices à Dallas ?

— Faites le détour par Seattle.

— D'accord. J'en parle à Lane.

— Elle va bien ?

— Un peu nerveuse. Mais tenez, je vous la passe. »

Lane a pris l'appareil. Je lui appris que Jack était venu à Washington le jour de la mort de Lighter ; il avait peut-être fait une découverte chez AmMath et voulu le mettre au courant. Elle n'a pas tout de suite saisi les implications du second déplacement effectué par Jack.

« Je savais bien qu'il se passait des choses, a-t-elle commenté. Si Jack était en contact avec ce type, et que là-dessus il s'est fait assassiner, il faut qu'on en parle à quelqu'un. On tient la preuve que quelque chose se tramait chez AmMath.

— Non, ça ne prouve rien de précis. Par contre, son second voyage pose problème.

— Je ne vois pas pourquoi, puisque...

— On va l'accuser d'avoir tué Lighter. »

Ça ne l'a fait taire que quelques secondes. « Mais *nous* on sait que c'est faux. Qu'il en était incapable.

— Les flics du Texas tiennent une arme volée à San José il y a des années. Ils ont aussi des témoins à charge, dont un qui a pris une balle dans la poitrine. Alors s'ils se donnent la peine ne serait-ce que de fureter un peu, ils découvriront qu'il s'est rendu à Baltimore ce jour-là après le travail, et qu'il est rentré le lendemain matin. Et que son contact à la N.S.A. a justement été assassiné ce jour-là, sans qu'il en ait touché mot à qui que ce soit. »

Ça lui a donné à réfléchir. « D'accord, quand on présente les choses de cette façon, je reconnais que les apparences sont contre nous. Mais si ça se trouve, il n'était même pas au courant de...

— Ce n'est pas tout. Si on décide de passer l'info au F.B.I., il va falloir dire d'où on la tient.

— On peut ruser. Parler d'un appel téléphonique anonyme qu'on aurait reçu de Dallas.

— On trouvera quelque chose. Mais pas tout de

suite. Attendons que les faits soient moins accablants pour Jack. Ou qu'on en ait d'autres pour étayer notre propre thèse. »

« Et vos brûlures, ça va ? ai-je demandé.

— Les plus graves pèlent, comme un coup de soleil. Les autres sont presque guéries. Je n'ai plus très mal. Mais qu'est-ce que ça démange !

— Vous avez eu d'autres contacts avec les flics de Dallas ?

— Oui, l'inspecteur-chef a appelé aujourd'hui ; il veut que je vienne. J'ai répondu que ce ne serait pas possible avant deux ou trois jours et je lui ai reparlé d'AmMath.

— Vous avez assez de liquide ?

— Ça ira. Et vous ?

— Aussi. Mais une fois à Dallas, demandez à Green de tout payer avec sa carte de crédit et remboursez-le en liquide. Lui, ils ne le connaissent pas ; ils ne pourront pas le pister en suivant ses paiements par carte. Et prenez votre téléphone portable.

— Naturellement. Et vous, vous allez où ?

— On a encore quelques recherches à mener ici ; ensuite, on vous retrouve à Dallas. Surveillez votre téléphone. »

J'avais toujours eu des problèmes pour dormir. Mon cycle veille/sommeil étant d'environ vingt-cinq heures, j'avais tendance à me décaler progressivement jusqu'à dormir toute la journée et travailler la nuit. Mais en continuant à me décaler. Dans tous les cas il me fallait mes sept heures de sommeil ; sinon, je me réveillais grincheux.

Grincheux, je l'étais certainement ce matin-là à huit heures quand LuEllen a fait courir ses doigts tout froids le long de mon épine dorsale. J'ai failli sauter au plafond, ce qu'elle a trouvé hilarant.

« Un jour tu vas me coller une crise cardiaque. » Je râlais, non sans une certaine agressivité. Je détestais qu'elle me prenne ainsi par surprise. « Comment tu es entrée ?

— Ta serrure est merdique.

— Génial. Vraiment super. Et moi, je risque la rupture d'anévrisme parce que tu ne veux pas petit déjeuner toute seule ?

— Mais non. J'avais de très mauvaises nouvelles à t'annoncer. Cela dit, tu es tellement désagréable que je vais les garder pour moi. » Elle a croisé les bras.

« Qu'est-ce qui se passe ?

— Demande-le-moi gentiment.

— Dis-moi ce qui se passe où je te dévore toute crue.

— Le F.B.I. a fait une descente chez Bobby. »

« *Quoi ?* » J'en suis resté baba. « Comment tu le sais ? Qui a appelé ?

— On l'a annoncé à la télé. Ils ont débarqué chez lui hier soir. Il comparaît aujourd'hui même à La Nouvelle-Orléans devant le tribunal des flagrants délits. On prétend qu'il est mêlé à l'attaque contre le site des services fiscaux, qui n'est toujours pas finie.

— Oh, merde. » J'ai attrapé maladroitement la télécommande sur la table de chevet et mis C.N.N. « Tu as apporté le téléphone qui ne craint rien ?

— Ouais. »

C.N.N. passait une pub pour... elle-même. Quand les infos sont revenues, c'était le bulletin météo. Je me suis levé d'un bond pour aller chercher mon petit carnet et j'ai composé le numéro de John Smith à Longstreet, sur le téléphone « sûr » de LuEllen. Il a répondu dès la première sonnerie, parfaitement réveillé.

« Ici le mec du Nord, me suis-je présenté. C'est vrai, ce qu'on raconte ?

— On ne sait pas. Je ne crois pas, mais le type en question, quelle que soit son identité, va être traduit en justice dans deux heures ; on saura à ce moment-là. En tout cas, “il” n’est plus en ligne. Toutes ses lignes sont coupées.

— Ça ne peut être que par lui. Si le F.B.I. lui avait effectivement mis la main dessus, il les aurait laissées ouvertes pour espionner ses communications entrantes.

— Autre chose : s’ils avaient vraiment fait une descente chez lui, ce n’est pas à La Nouvelle-Orléans qu’il comparaîtrait mais à Jackson.

— Je ne sais pas où il habite, mais je suis content de te l’entendre dire. »

On a discuté une minute en piochant dans les détails fournis par un bulletin d’informations que nous n’avions vu ni l’un ni l’autre. « Je te rappelle », ai-je conclu.

« C’est très emmerdant pour nous ? a voulu savoir LuEllen.

— Tout dépend si les mecs du F.B.I. ont chopé le vrai Bobby ; ensuite, ça dépend de ce qu’ils ont sur lui. Par ailleurs, il faudrait savoir si Bobby est disposé ou non à négocier. Je ne l’ai jamais rencontré en personne, mais s’il veut conclure un marché avec eux, des tas de gens sont en danger, dont moi. Par exemple, il est au courant pour Anshiser... Et pour Longstreet. Sans parler de Modoc et Redmond.

— Tu devrais peut-être reprendre tes billes. Rentrer chez toi, et, une fois là-bas, faire ta valise, non ?

— J’y penserai. Mais je ne me crois pas très doué pour la cavale.

— Et pour dix ans de pénitencier, tu serais doué ?

— Il doit bien y avoir d’autres solutions. Non ? »

On a échangé un regard. Finalement, j’étais mouillé jusqu’au cou. Moi qui me considérais comme un solitaire allant son petit bonhomme de chemin en toute indépendance... En fait, Bobby en savait long sur moi (y compris mon adresse), LuEllen et John Smith aussi ; plus, maintenant, Lane. En tout, ça faisait vingt ou trente personnes. Si le F.B.I. réussissait à les réunir toutes en un même lieu, j'étais cuit.

« Tu peux faire ta tête de mule, a repris LuEllen. Mais moi, je me réserve le droit de foutre le camp à tout moment ; et tu le sais.

— Quand tu veux. » Il n'avait jamais été question d'autre chose entre nous ; de son côté, elle s'était toujours montrée très discrète sur sa véritable identité, son passé, son lieu de résidence. Nul ne savait grand-chose sur elle. Même pas moi.

On a regardé la télévision une demi-heure, puis je suis allé faire ma toilette. Une seule info concernant Bobby : il avait été arrêté, il était membre du réseau Firewall et coordonnait l'offensive contre l'administration fiscale. Celle-ci se poursuivait, et le gouvernement envisageait de repousser la date limite de dépôt des déclarations. Quant aux députés, ils couinaient comme cochons qu'on pique aux fesses.

« Tu avais raison ; ça les a mis dans tous leurs états », a constaté LuEllen.

On est sortis prendre le petit déjeuner – sans échanger trois mots. Je n'arrêtais pas de me demander ce qu'il fallait faire et j'en revenais toujours au même point : avertir la police. Mais comment retenir son attention, surtout que a) elle croyait savoir ce qui se passait et b) pour elle, les méchants, c'étaient nous.

« Ne plus avoir Bobby pour fouiner, c'est... Je ne sais pas. C'est comme se retrouver aveugle, tout d'un coup, ai-je déclaré en revenant à l'hôtel.

— « De quels renseignements on avait encore besoin ?

— Tout ce qui peut lancer la bureaucratie sur une autre piste, puisqu'on passe le monde entier au peigne fin pour nous retrouver alors qu'on n'a rien fait. Du moins, rien de ce dont on nous accuse. Donc, il faut que quelqu'un les mette au parfum.

— Pas moi.

— Bien sûr que non. Toi, tu n'es pas en danger. Il me faudrait un interlocuteur chez eux. Avec l'aide de Bobby, ça n'aurait pas été trop difficile. »

J'ai revêtu la tenue adéquate et je suis allé courir un peu, le téléphone mobile inconfortablement attaché dans mon short. De son côté, LuEllen est allée faire les magasins. J'ai couvert cinq kilomètres à une allure soutenue ; l'exercice m'a fait du bien après toutes ces heures passées dans des voitures, des avions et des pièces exiguës. En revenant, je suis à nouveau passé sous la douche. J'étais en train de me sécher quand John a appelé.

« Ce n'est pas lui. » Il avait l'air en pleine effervescence, ce qui ne lui ressemblait guère. « Le mec qu'ils ont arrêté est blanc. On vient de le montrer entrant dans le palais de justice entre deux flics.

— Hmm. Je vois. J'espère qu'il n'est rien arrivé à notre ami.

— Moi aussi. Il ne peut pas foutre le camp. Du moins pas physiquement. Il faut qu'il reste... sur le coup.

— S'il t'appelle, dis-lui que j'ai besoin de lui.

— Ça marche. »

J'ai baissé le son de la télévision et je me suis connecté au Net. Je voulais me renseigner un peu sur la N.S.A., dénicher quelques noms. Je n'ai récolté que des merdes. Mais j'avais créé plusieurs boîtes aux lettres, çà et là, sous des identités différentes, alors quand j'ai compris que je ne trouverais rien d'exploitable sur le Net, j'ai consulté celle que je possédais chez AOL. J'y ai trouvé un message : un numéro à six chiffres commençant par 800.

« Ça, c'est le téléphone de Bobby », ai-je fait tout haut. Il connaissait quelques-unes de mes adresses électroniques. J'ai ouvert une autre boîte aux lettres : encore sept chiffres. Une troisième : vide. J'ai pris ordinateur portable et adaptateur acoustique et je suis sorti.

J'ai appelé depuis une station-service située à trois kilomètres de l'hôtel, en employant l'adaptateur. Très utiles, ces machins, quand on se déplace : quel que soit le pays, le style de réseau téléphonique ou le voltage des lignes, du moment qu'on obtient une tonalité de la part du fournisseur d'accès d'origine, on peut se connecter. J'ai composé le numéro en respectant l'ancien protocole et entré « k » à l'apparition du point d'interrogation.

> Ce n'était pas moi.
>
> ***Sans blague. Dis-moi un peu ce qu'a fait notre amie après l'affaire du Mississipi, pour voir ?***

Deux secondes de blanc, comme s'il réfléchissait. Évidemment, je voulais m'assurer que c'était bien Bobby que j'avais en ligne ; mais c'est qu'il était malin, le Bobby.

> ***Elle a fait merveille.***

« Merveille », « Marvel »... C'était bien la réponse que j'attendais.

> ***Il me faudrait le nom de plusieurs personnes bossant pour la N.S.A. et avec qui je puisse discuter en privé de Firewall. Le serveur du Maryland dessert des abonnés appartenant à la N.S.A. C'est peut-être de là que viennent les rumeurs.***

Vaudrait mieux en discuter avec le F.B.I. La N.S.A. pourrait effacer le contenu du serveur.

J'aimerais mieux parler avec quelqu'un de la boîte. Au F.B.I., ils sont armés.

O.K. Je cherche des noms à la N.S.A.

Au F.B.I. aussi, tant que tu y es.

Faisable.

Tu seras toujours à ce numéro ?

Non. Maintenant, j'en change à chaque communication et je coupe au bout de 2 minutes. Je te laisserai un nouveau n° comme pour cette fois. Je dépose les infos N.S.A. dans ta boîte de S.F.

Avant de me déconnecter, je lui ai transmis les paramètres lui permettant de se faire passer pour l'administrateur système auprès du serveur de Bloch Technologies, en lui suggérant de jeter un coup d'œil à la liste des abonnés.

Compte sur moi. Faut que j'y aille maintenant.

Fais gaffe à toi.

Toi aussi.

Quand je suis revenu, LuEllen m'attendait. Je l'ai mise au courant. « Alors qu'est-ce qu'on fait ? a-t-elle voulu savoir.

— On attend. On voit si Bobby nous dégotte quelqu'un à contacter.

— Quelqu'un que tu iras trouver en personne ?

— Oui. Si on entrait en contact par le Net, ou par téléphone, il pourrait croire à un vulgaire ado jouant au dangereux pirate. Tandis qu'en allant le voir, on joue cartes sur table.

— Tu prends des risques.

— Ouais... Par ailleurs, j'ai réfléchi : Bobby pense

qu'on devrait plutôt s'adresser au F.B.I. parce que la N.S.A. peut faire disparaître les données du serveur. Alors s'il nous dégotte des noms chez les fédéraux, on a peut-être intérêt à leur envoyer un petit mot, à eux aussi.

— On va y réfléchir. »

On est retournés taper dans des balles de golf, et même au cinéma – avec aussi peu de chance que la fois précédente. (Depuis quelque temps sortaient toute une série de films avec d'anciennes vedettes du cinéma d'action qu'on faisait jouer au côté de jeunes femmes beaucoup, *beaucoup* plus jeunes ; je trouvais ça assez bizarre.) Et de temps en temps, on consultait mes diverses boîtes aux lettres. À deux heures, celle de San Francisco, survivante des temps anciens du réseau Well, a affiché trois paragraphes de texte.

Le contact que Bobby me recommandait à la N.S.A. était une femme. Cadre au département sécurité, Rosalind Welsh était suffisamment haut placée dans la hiérarchie pour pouvoir s'adresser directement aux niveaux supérieurs, mais pas assez pour être flanquée d'un garde du corps. En outre, elle venait de divorcer, et son fils était à l'université. L'ex-mari était également cadre à la N.S.A., mais résidait depuis peu à une adresse différente, tandis que Mrs. Welsh habitait toujours à Glen Burnie, avec le même numéro de téléphone. Ce qui, globalement, signifiait qu'elle vivait seule.

Suivaient cinq noms d'agents du F.B.I. et le numéro de téléphone perso du directeur. Voilà qui nous vaudrait quelque attention s'il nous prenait l'envie de le composer...

Pour finir, Bobby ajoutait :

J'ai comparé la liste des trois mille clients du

serveur Bloch à celle du personnel de la N.S.A. 1 844 noms en commun.

Étonnant. Donc, Firewall, c'est la N.S.A.

Possible.

Sors du serveur. Il se peut que j'aille trouver le F.B.I.

O.K.

Si je devais m'entretenir personnellement avec Rosalind Welsh, il fallait que je me rende méconnaissable. LuEllen m'a conseillé un masque, puisque Halloween approchait : je n'aurais que l'embarras du choix, certains étaient criants de vérité. Pour se le procurer, nous avons fait la route jusqu'à Philadelphie et jeté notre dévolu sur un Bill Clinton en caoutchouc moulé qui ferait parfaitement l'affaire, sauf que j'avais du mal à m'exprimer par la fente des lèvres ; nous avons agrandi l'ouverture à coups de petits ciseaux, puis complété la tenue par un pistolet à eau en plastique trouvé dans un magasin de jouets et une casquette de base-ball.

Pourquoi Philadelphie ? Parce que ce n'était qu'à deux heures de voiture et que LuEllen y avait des contacts – dont un spécialiste en armes à feu que j'avais rencontré une fois et qui, depuis, s'était reconverti dans les téléphones. Il nous a refilé un mobile non fiché pour 300 dollars. On est rentrés à Baltimore un peu avant sept heures du soir. Glen Burnie étant situé dans la banlieue sud de la ville, à sept heures et demie nous entamions les repérages autour de chez Rosalind Welsh.

« Il y a de la lumière. Elle est là, a constaté LuEllen.

— On passe deux ou trois fois devant en voiture, puis je vais frapper à la porte.

— Tu vas lui foutre la trouille de sa vie. Et il y a peut-être quelqu'un chez elle.

— Le garage a une fenêtre. Je regarderai d'abord combien il contient de voitures.

— C'est pas l'idéal.

— L'idéal, ça n'existe pas. »

Finalement, nous n'avons pas eu besoin d'en arriver là. Comme nous passions devant chez elle pour la troisième fois, en cherchant où LuEllen m'attendrait dans la voiture, Rosalind Welsh est sortie par la porte principale. Après quelques étirements dans l'allée, elle s'est engagée à petites foulées dans la rue. Nous l'avons doublée à faible allure, pour que je puisse me faire une idée. La cinquantaine, elle courait avec sérieux, en voûtant les épaules, comme les gens qui ne pratiquent pas depuis longtemps mais sont bien décidés à perdre leur embonpoint de fonctionnaire.

« On va faire ça dans la rue, ai-je déclaré. Arrête-toi un peu plus loin et dépose-moi devant une maison pas éclairée. Je vais me pencher par la vitre comme pour te dire au revoir, et l'arrêter quand elle arrivera à ma hauteur.

— Elle verra la voiture. Et peut-être même le numéro.

— Alors entre dans une allée, comme ça, on sera perpendiculaire à elle. Quand je l'aborderai, je l'orienterai dans la direction opposée, pour que tu puisses ressortir et disparaître au coin de la rue. Après, je lui demanderai de reprendre son jogging en sens inverse.

— Ça ne me plaît pas.

— C'est toujours mieux que d'aller sonner à sa porte.

— Et si elle se met à crier ?

— Je pars en courant. »

La seule chose qui m'ennuyait, dans mes activités... disons, « spéciales », c'était de devoir impliquer des innocents, parfois au point de les mettre en danger. La plupart du temps, quand je travaillais, je me bornais à prélever des informations dans tel endroit pour les redéposer dans tel autre. L'argument était mince, et je le savais, mais en règle générale, je pouvais dire à ma décharge que mes activités illicites profitaient à la population dans son ensemble car elles favorisaient la concurrence, préservaient des emplois, et ainsi de suite. Mais de loin en loin – et je le regrettais – j'y mêlais un innocent. Ou en l'occurrence, une innocente, comme cette fonctionnaire empâtée qui s'efforçait résolument d'éliminer ses kilos superflus dans une rue résidentielle bien tranquille. Quel que soit le résultat de ma démarche, j'allais lui flanquer la trouille de sa vie. Je n'aurais jamais fait ça sans le problème personnel que me posait Firewall.

J'ai rabattu le masque sur mon visage, coiffé ma casquette et dégainé mon faux pistolet. LuEllen a une nouvelle fois dépassé Rosalind Welsh avant de s'engager dans une allée, quelques dizaines de mètres plus loin. Je suis descendu de voiture et, comme prévu, j'ai feint de dire au revoir à la conductrice en me penchant par la portière. « Elle est à trente mètres, vingt-cinq, vingt, quinze, referme la portière et vas-y. »

J'ai obéi et je me suis retourné vers le trottoir pour faire face à Rosalind Welsh, qui se trouvait alors à sept ou huit mètres de moi et m'a souri machinalement. Malgré le relief caoutchouteux du masque contre mes lèvres, j'ai lancé : « Mrs. Welsh ! Arrêtez-vous. J'ai une arme pointée sur vous. Ne criez pas, arrêtez-vous, c'est tout, et je ne vous ferai aucun mal. »

Tout en parlant je me suis avancé pour lui barrer le passage. Elle a tenté de faire demi-tour, mais je suis intervenu sur un ton impérieux : « Ne criez pas, je ne vous veux pas de mal. J'ai à vous parler, c'est tout. »

Elle a regardé autour d'elle. Je me suis placé entre elle et la voiture. « Je dois vous demander de vous retourner. La voiture va ressortir de l'allée et il ne faut pas que voyiez ses plaques d'immatriculation. Sinon... enfin bref. Il vaut mieux que vous ne les voyiez pas. Alors tournez-vous et regardez droit devant vous ; quand vous serez de dos à la voiture, je viendrai me tenir face à vous. »

Je m'efforçais de m'exprimer calmement, en évitant de paraître menaçant ; je voulais juste lui expliquer ce qui se passait, lui donner des éléments auxquels se raccrocher. Elle m'a tourné le dos et je suis allé me poster devant elle. « Ne regardez pas la voiture. » LuEllen a fait marche arrière, puis disparu au coin de la rue.

« Je fais partie des gens sur qui vous faites actuellement circuler des rumeurs, à la N.S.A. ; vous nous présentez comme membres d'un réseau appelé Firewall, mes amis et moi. Réseau bidon, évidemment. Alors, nous avons mené notre propre enquête. Vous-même, connaissez-vous l'origine de ces rumeurs ?

— Je regrette, monsieur ; nous sommes très peu actifs dans l'enquête Firewall. Voyez plutôt le F.B.I... » Elle était terrorisée, susceptible de se sauver à toutes jambes d'une seconde à l'autre. Sinon, elle ne m'aurait pas appelé « monsieur ».

« Les rumeurs concernant Firewall émanent d'un fournisseur d'accès Internet appelé Bloch Technologies, situé à Laurel. C'est un serveur privé dont la quasi-totalité des clients appartiennent à la N.S.A. Nous pensons que cette dernière et Firewall sont une seule et même entité, et nous apprêtons à en informer le F.B.I. dès ce soir. »

Tout à coup, elle avait moins peur ; je le voyais à son regard. Elle commençait à me trouver intéressant. « Et vous croyez que la N.S.A. s'en prendrait au fisc ?

— Non. Je pense que les coupables sont une bande de crétins européens qui se sont rangés sous la bannière "Firewall" parce qu'on en parlait partout et que ça sonnait bien.

— Vous avez entendu parler d'un certain Bobby ? » m'a-t-elle alors demandé.

J'ai hésité, mais mon hésitation même répondait à sa question. « J'en conclus que oui, a-t-elle commenté.

— En effet.

— Le F.B.I. et notre propre département Sécurité l'interrogent en ce moment même. » Ses propos contenaient une menace implicite. Elle s'enhardissait.

Là encore, j'ai hésité. Mais de toute façon, ils sauraient bientôt la vérité. « Ça m'étonnerait fort. C'est lui qui m'a donné votre nom pas plus tard que cet après-midi. »

Elle a haussé les sourcils. « Vous plaisantez ?

— Malheureusement non. Le type que vous avez arrêté s'appelle peut-être Bobby, mais ce n'est pas *Bobby*.

— Et Terrence Lighter ? » a-t-elle lancé.

Il fallait encore prendre une décision ; pas facile non plus, mais tant pis. « Jack Morrison, ça vous dit quelque chose ?

— Oui. »

Pas très loquace. « Dans ce cas, vous savez qu'il a prétendument été abattu par un vigile dans les locaux d'une société avec laquelle vous contractez, AmMath, à Dallas.

— Il a bien été abattu par un vigile, aucun doute là-dessus. »

J'ai dressé l'index. « Nous n'en sommes pas si persuadés. En fait, nous pensons plutôt qu'il a été tué par les mêmes individus que Lighter. Consultez donc ses e-mails sortants ; vous trouverez son compte sur le serveur de Bloch. Ensuite, repérez les déplacements de Morrison. Il est venu voir Lighter à deux reprises la semaine dernière ; la seconde fois, le soir même où Lighter a été assassiné. Ces deux meurtres vont ensemble, je vous dis ; et ils ont été coordonnés via un fournisseur d'accès qui dessert votre agence. »

Elle a secoué la tête. « Qu'est-ce qui me prouve que vous dites vrai ?

— Vous n'êtes pas obligée de me croire sur parole. Vous êtes du département Sécurité, après tout ; faites votre boulot. »

Un regard par-dessus mon épaule. Il y avait deux ou trois minutes que nous parlions, pas plus ; pourtant, j'avais l'impression que la conversation durait depuis une éternité. « Il faut que j'y aille maintenant. Je vous appellerai pour voir si vous avancez dans l'enquête. Cela nous éviterait de nous en charger nous-mêmes. Mais si vous ne faites rien, nous serons obligés d'intervenir ; et là, il pourrait y avoir de la casse. Nous appellerons le F.B.I. ce soir à propos de Bloch Technology. »

J'ai reculé d'un pas. Elle m'a demandé : « Vous m'auriez tiré dessus, si j'avais crié ? »

J'ai baissé les yeux sur ma fausse arme, puis secoué la tête. Je la lui ai lancée et elle l'a rattrapée. Déjà je m'éloignais à petites foulées. « Il n'est pas "chargé". Vous vous rendez compte, s'il avait fui dans mon pantalon ? »

Parvenu à l'angle de la rue, j'ai constaté que Rosalind Welsh n'avait pas bougé. Elle m'a lancé : « Ravie d'avoir fait votre connaissance, Bill ! »

Décidément, elle avait du cran.

« Alors, tu vas appeler le F.B.I. ? m'a demandé LuEllen en redémarrant.

— Absolument. Si on lâche les deux factions de fonctionnaires rivaux sur cette histoire de serveur, on a deux fois moins de chances que l'affaire soit étouffée. »

On s'est arrêtés à une cabine et j'ai consulté la liste d'agents du F.B.I. que m'avait procurée Bobby, et qui comportait leur numéro de téléphone personnel. Les deux premiers n'étaient pas chez eux. Le troisième, un certain Don Sobel, a décroché à la première sonnerie, la bouche pleine ; en fond, j'entendais la télévision.

« Monsieur Sobel, ai-je commencé. Je suis membre d'une communauté d'informaticiens. J'appelle pour vous dire que le réseau Firewall, dont on prétend qu'il a lancé une offensive contre le fisc, est une pure invention de la National Security Agency et que...

— Qui est à l'appareil ? » Au ton de sa voix, j'ai compris qu'il croyait à un plaisantin.

« Vous n'êtes pas le seul que j'appelle, ai-je poursuivi. Alors si vous tenez à votre poste, je vous conseille de mettre par écrit le nom que je vais vous donner : Bloch Technology. Ça s'écrit B-L-O-C-H. Une société qui possède un serveur Internet à Laurel, dans le Maryland, au Centre d'affaires Byrd-Carter...

— Minute, minute ! Je note. »

J'ai ré-épelé le nom. Puis : « Ce serveur est la source des rumeurs sur Firewall. En consultant la liste de ses clients, vous verrez qu'ils sont presque tous de la N.S.A. Vous constaterez également que les premières mentions de Firewall proviennent toutes de cet ordinateur précis, et remontent à plusieurs jours avant que le nom n'ait été communiqué au grand public. Ces rumeurs ont été concoctées par une société sous contrat avec la N.S.A. appelée AmMath, implantée à Dallas, Texas. Ça s'écrit A-M-M-A-T-H. Elle est également impliquée dans le meurtre d'un cadre de la N.S.A. nommé Terrence Lighter. L-I-G-H-T-E-R. Vous suivez ?

— Vous disiez, Lighter, c'est ça ? »

J'ai à nouveau épelé le nom. Puis : « Le département Sécurité de la N.S.A. fait route en ce moment même vers le serveur de Bloch Tech. Si le F.B.I. n'est pas là pour observer ce qui se passe, bientôt, il n'y aura peut-être plus rien à observer. Vous pouvez appeler un cadre du département Sécurité à la N.S.A. appelée Rosalind Welsh... » Là encore, j'ai épelé, puis ajouté son numéro de téléphone. « ... et l'interroger à propos de ce serveur.

— Et pour ce qui est de...

— Au revoir. » J'ai raccroché et on est repartis.

« Maintenant, ai-je commenté, il va *forcément* se passer quelque chose. »

Chapitre treize

L'assaut lancé par les hackers contre les services fiscaux était relativement simple ; en soi, le programme aurait pu être écrit par un sale gosse ; mais ces Européens étaient organisés comme un véritable état-major allemand. Ils avaient dû passer des semaines à forcer l'accès des ordinateurs de multiples petites universités, plus quelques gros commerçants en ligne.

Avant de me pencher sur le problème, j'aurais jugé ce forfait quasi impossible, sauf à entrer par effraction dans les locaux des entreprises concernées pour s'approprier les codes. Faux : j'ai découvert qu'en réalité, certains gros négociants dépensaient des fortunes pour assurer la sécurité de leurs transactions en liquide et par cartes de crédit, d'une part, et d'autre part pour protéger leurs catalogues et leurs livres de comptes contre les intrusions. En revanche, pour les machines gérant les contacts clientèles courants et qui, automatisées, se contentaient d'informer les clients, via des e-mails standard, que leur commande avait bien été expédiée, on n'avait pas jugé nécessaire de prendre des mesures de protection.

Ce qui en faisait des cibles idéales pour les hackers : comme elles étaient optimisées pour le courrier électronique, une fois dedans, ils n'avaient aucun mal à les reconfigurer pour qu'elles expédient à la place leurs fameuses fausses déclarations fiscales. Au plus fort de l'attaque, elles en avaient envoyé des milliers par heure.

Comme si ça ne suffisait pas, les pirates avaient poussé le vice jusqu'à les détourner vers les boîtes aux lettres électroniques des clients avant de la faire « rebondir » vers les services fiscaux. Chaque fois que le site de vente en ligne adressait un e-mail accusant réception d'une commande, le programme pirate y attachait une fausse déclaration fiscale – qui ne s'affichait pas sur l'écran du client. Ce dernier ne visualisait qu'un reçu ou autre message tout à fait légitime, accompagné d'un autre annonçant : « Pour la bonne tenue de nos comptes ainsi que votre sécurité personnelle, merci d'accuser réception de ce message en cliquant sur le lien ci-dessous. »

Le client qui se conformait à cette requête envoyait bien un message, mais pas au commerçant : il renvoyait en fait la fausse déclaration au fisc. Et quand l'administration cherchait à remonter à l'origine des messages elle trouvait, aux quatre coins du pays, des milliers de particuliers qui, bien sûr, niaient être au courant de quoi que ce soit.

L'attaque se poursuivait encore lorsque, le lendemain, LuEllen et moi sommes montés à bord de notre voiture de location pour rejoindre en plein midi, c'est-à-dire à l'heure de pointe, l'Interstate 10. Nous avions choisi cette dernière parce qu'en se dépêchant, on pouvait changer de cellule-réseau toutes les quatre ou cinq minutes, donc prendre moins de risques en téléphonant.

« Ça m'emmerde de sacrifier un téléphone en parfait état de marche, a rouspété LuEllen.

— On l'a acheté pour ça. » J'ai essayé de joindre Rosalind Welsh à la N.S.A. avec un de nos nouveaux téléphones non repérables, mais en vain.

« Pas là, ai-je constaté en raccrochant.

— Qu'est-ce que ça veut dire, à ton avis ? »

Après un instant de réflexion, j'ai répondu : « Je lui avais dit que je l'appellerais. Cela dit, on est dimanche, et elle croit peut-être que je n'ai que son numéro personnel. Je te parie qu'elle monte la garde chez elle à côté de son téléphone.

— Avec autour d'elle un tas d'agents du F.B.I.

— Possible, en effet. »

J'ai donc appelé chez Rosalind Welsh ; elle a répondu à la cinquième sonnerie. À la quatrième, j'ai dit à LuEllen : « Si ça se trouve, ils n'en ont rien à foutre. » J'étais sur le point de raccrocher quand j'ai entendu quelqu'un décrocher maladroitement le combiné avant de dire : « Allô ?

— Ici Bill Clinton. On s'est vus hier soir. Vous êtes allée à Laurel ?

— En effet. Vous m'appelez depuis un mobile ?

— Oui.

— Alors il va falloir être prudent. Nous avons examiné le compte en question, mais sans rien trouver qui corresponde à ce que vous nous aviez décrit entre la personne d'ici et celle de Dallas.

— Tout était encore là hier soir...

— Nous avons des raisons de penser que les fichiers ont effectivement pu être modifiés. Est-ce vous qui avez créé un compte administrateur intitulé « B.D. Short » sur le serveur de Laurel ? Pour votre usage personnel ?

— Non.

— Dans ce cas, quelqu'un d'autre s'est employé à faire disparaître les fichiers.

— Je vous ai dit de qui il s'agissait.

— Nous enquêtons de ce côté-là aussi. Mais nous aimerions que vous restiez en contact avec nous ; par ailleurs, nous voudrions vous faire parvenir un dossier et vous montrer deux photographies. Vous pouvez recevoir une transmission dans des délais très brefs, si je me connecte maintenant ?

— Un instant. » Je n'étais pas préparé à ça. Elle se montrait plus coopérative que prévu. J'ai pris mon ordinateur portable sur la banquette arrière. « Je me connecte de mon côté, l'ai-je informée.

— En toute franchise, je dois vous dire que je n'ai guère apprécié votre façon d'établir le contact, hier. Vous m'avez fait peur !

— Navré. » Le câble de liaison entre le modem et le téléphone était roulé en boule ; je l'ai emmêlé encore plus en essayant d'ôter l'élastique qui le maintenait tout en parlant au téléphone. La pelote est tombée entre mes jambes et j'ai dû me pencher pour la récupérer. À ce moment-là, mon angle de vision étant différent, j'ai repéré un hélicoptère qui, à un peu plus d'un kilomètre, faisait du surplace au-dessus d'une rangée d'immeubles. J'ai défait l'élastique, relié ordinateur et téléphone, puis lancé mon programme de communication. En quelques secondes j'étais prêt.

« Allez-y, ai-je annoncé.

— Le fichier pèse environ cent k, il vous faudra une à deux minutes pour le télécharger. Si vous êtes prêt, j'y vais... »

En entendant la tonalité, j'ai appuyé sur la touche « Entrée » ; le téléchargement a commencé presque aussitôt. « Qu'est-ce qui se passe ? a voulu savoir LuEllen.

— Ils nous envoient deux photos ; ils veulent qu'on y jette un coup d'œil.

— Je les trouve *très* coopératifs, décidément, a-t-elle commenté avec une ironie teintée d'amertume qui faisait écho à mes propres impressions.

— Ouais, d'ailleurs... » Je me suis interrompu en

voyant par ma vitre un deuxième hélico avancer parallèlement à nous, à une distance de sept ou huit cents mètres. « Merde !

— Quoi ? » Le ton de ma voix ne lui a pas échappé. J'ai vite débranché le câble et éteint mon mobile.

« On s'est fait avoir. Ils cherchaient à localiser notre appel, et il se peut qu'ils y soient parvenus. Tu vois cet hélico, là ? Eh bien, il y en a un autre sur notre droite.

— Merde, Kidd ! Qu'est-ce qu'on fait ?

— Rien pour le moment. Continue à rouler à la même vitesse, au cas où ils ne nous auraient pas encore repérés.

— L'hélico de devant revient.

— L'autre aussi. » On approchait d'une bretelle de sortie ; des panneaux annonçaient un centre commercial. D'ailleurs, je l'apercevais déjà ; très étendu, il s'accompagnait d'un parking couvert réservé à la clientèle. « Prends cette sortie, là ! »

Elle a donné un coup de volant vers la droite. « Et après ?

— À gauche. Le parking couvert du centre commercial, là. S'ils nous ont repérés, on ne pourra plus leur échapper tant qu'ils nous auront dans leur champ de vision. »

Il faisait frais, ce jour-là ; je portais un sweat-shirt léger par-dessus ma chemise de golf. De plus, j'avais un blouson à l'arrière. J'ai enlevé le sweat-shirt, avec lequel j'ai entrepris de frotter toutes les surfaces que nous avions pu toucher, tout en gardant un œil sur les hélicos. Celui qui, peu de temps avant, se trouvait encore sur notre droite approchait rapidement.

« Je crois qu'ils nous ont localisés. Prends la rampe d'accès au parking. »

LuEllen a brûlé un feu rouge, bifurqué assez rudement sur la droite et emprunté à contresens une voie d'accès à sens unique ; puis elle s'est engouffrée dans le parking. « On a aussi dû laisser des traces à l'arrière, a-t-elle déclaré. Et sur la radio. »

J'avais aperçu une place de parking dont le fond, côté mur, était un peu en contrebas par rapport à l'avant. « Gare-toi là, mais en marche arrière.

— Pourquoi ?

— Fais ce que je te dis, bon sang ! »

Je suis passé par-dessus mon dossier pour aller tout essuyer à l'arrière, puis j'ai fourré le portable dans mon attaché-case et, pendant que LuEllen manœuvrait, j'ai sorti mon bon vieil outil multilames. Quand elle a coupé le contact je lui ai ordonné : « Ouvre le coffre et descends de voiture sans toucher à rien. »

Elle a obtempéré en rabattant ses manches sur ses mains et en essuyant tout au fur et à mesure. Je suis sorti à mon tour. J'ai essuyé les poignées, puis fait le tour de la voiture avant de m'accroupir entre l'arrière du véhicule et la barrière marquant le fond de l'emplacement. Là, j'ai ressorti l'outil de ma poche et déplié une longue lame crantée, très pointue. Après deux timides tentatives à mains nues, j'ai enlevé une de mes chaussures et, en y glissant la main, je m'en suis servi pour donner un grand coup de couteau en plein dans le réservoir d'essence. Une fois le trou percé, je n'ai guère eu de mal à l'agrandir jusqu'au diamètre d'une pièce de monnaie. Il s'en est écoulé un flot régulier d'essence qui a vite formé une mare sous la voiture. Je me suis redressé.

À cet instant LuEllen m'a lancé : « Kidd ! J'entends l'hélico !

— Tu as ton briquet sur toi ?

— Ça va pas ? Tu vas tout faire sauter ! » Elle a quand même sorti son briquet Bic de son sac. J'ai approché la flamme d'un mince ruisselet d'essence. Le feu a pris tout de suite. Nous sommes partis en courant.

Nous avons parcouru ainsi une quinzaine de mètres ; parvenus à distance respectable de la voiture, nous avons ralenti l'allure. Il y avait des gens un peu plus loin, mais ils ne faisaient pas attention à nous. À présent, j'entendais l'hélico, moi aussi ; le battement régulier de ses pales semblait venir de partout à la fois. Puis le feu a jailli par-dessus le muret de séparation et j'ai entendu crier. Une seconde plus tard nous étions dans le centre commercial proprement dit.

Il ressemblait à tous ceux de son espèce. Il fallait soit en ressortir en vitesse, soit y trouver une cachette. J'ai soumis cette alternative à LuEllen.

« Par là, a-t-elle répliqué.

— Où ça ?

— La sortie du fond. »

Nous avons traversé le centre commercial sur toute sa largeur et gagné la porte de derrière. « Cherche des yeux quelqu'un, de préférence une femme, en train de descendre de voiture. Allez, cherche ! »

Des gens qui descendent de voiture dans un parking, ce n'est pas ça qui manque. Pourtant, quand on en a besoin, tout à coup, impossible d'en trouver. Un certain remue-ménage régnait à l'autre bout du centre. Quelques personnes couraient, mais pas trop près de nous. Pendant que je regardais dans cette direction, LuEllen m'a dit : « Là-bas ! »

J'ai suivi son regard. Une femme descendait d'un break Dodge rouge foncé. Elle portait une veste longue bleu sarcelle et tenait un sac à main. En passant derrière son véhicule, elle s'est tournée à demi pour braquer une télécommande. Les phares ont clignoté.

« Celle-là, a conclu LuEllen. Maintenant, fais ce que je te dis. *Scrupuleusement...* »

Je suis donc entré en courant dans le centre commercial, pour m'arrêter à la moitié de sa longueur, devant un magasin de lingerie féminine. La femme en bleu a suivi le même chemin que moi, avec quelques secondes de décalage. Je me suis dirigé vers elle en tenant mon attaché-case ouvert contre ma poitrine pour pouvoir fouiller dedans. LuEllen venait sur ses talons, en réglant son pas sur le sien. Comme nous arrivions à hauteur l'un de l'autre, je lui ai brusquement barré le passage avant de m'immobiliser, toujours le nez dans ma mallette. Elle a bien failli me rentrer dedans. Elle a levé les deux mains pour me repousser. J'ai lâché « Ah, zut ! Excusez-moi ! », mais elle était déjà repartie.

Au moment où l'inconnue s'était légèrement déportée pour m'éviter avant de heurter mon bras, LuEllen avait plongé la main dans la poche de sa veste pour lui prendre ses clés. La femme s'est éloignée. Ma complice m'a adressé un signe de tête, puis s'est dirigée vers la sortie. Je ne la lâchais pas d'un pouce.

« On a quand même intérêt à se dépêcher. » Déjà nous traversions le parking pour rejoindre la voiture de l'inconnue. LuEllen était tendue. On entendait toujours un hélicoptère, mais il devait se trouver de l'autre côté du bâtiment géant. Il y avait aussi des sirènes, et j'ai craint un moment que les flics ne bouclent le centre commercial ; mais c'étaient seulement les pompiers qui venaient de l'extérieur.

On est montés dans le break, LuEllen au volant. Depuis le feu rouge marquant la sortie, on voyait l'accès au parking, d'où s'échappaient des flammes. Deux gros hélicos s'étaient posés sur une zone dégagée et il y avait bien deux cents badauds pour contempler l'incendie.

« S'ils trouvent des empreintes, ils auront de la chance, ai-je constaté.

— Tu crois qu'on en a laissé ?

— Non, je ne pense pas. Mais il était inutile de courir le risque. En plus, le feu aura détourné l'attention générale.

— Et cette femme, tu crois qu'elle a vu ton visage ?

— Probable. Au moins vaguement. »

On a conduit jusqu'à l'aéroport en essayant de ne toucher à rien. On a quand même tout essuyé, puis abandonné le véhicule sur un emplacement réservé, avec derrière le pare-brise une feuille de carnet arrachée portant la mention : *voiture volée*. On a pris un taxi pour rentrer au motel.

Là, LuEllen a profité de moi. Elle a tendance à faire ça quand les choses se corsent sur un coup. Elle est allée sniffer deux lignes de coke dans sa chambre, puis elle est revenue les yeux tout bleus et les pupilles minuscules.

« T'as besoin d'exercice », a-t-elle annoncé en ôtant sa chemise.

LuEllen est une femme séduisante. Et c'est une vieille copine. Il aurait été grossier de refuser.

Après le premier round au lit, comme je suivais du doigt les plus intéressantes de ses courbes, elle m'a demandé : « Comment ils ont fait, à ton avis ?

— Apparemment, ils avaient très envie de nous mettre la main dessus. Mais il faut dire qu'on est pile à l'endroit où est entreposé le gros de leur matériel. Ils ont dû réquisitionner plusieurs paires d'hélicos sur Baltimore, et sans doute sur Washington, et opérer par radiodétection – il faut te dire que les téléphones mobiles émettent des ondes radio, donc que...

— Je sais, je sais.

— Ensuite, grâce au matériel de détection des appels téléphoniques dont dispose la N.S.A., ils ont dû isoler la cellule-réseau où se trouvait notre téléphone, y envoyer les hélicos les plus proches et leur retransmettre notre signal en temps réel. De cette manière ils pouvaient nous localiser avec précision ; par ailleurs, notre vitesse leur a permis de déduire que nous roulions sur l'Interstate. Après quoi il a suffi que nous passions à la cellule voisine pour leur indiquer notre direction ; et ils ont déduit notre emplacement de l'instant exact où on est passés de l'une à l'autre. À partir de là, avec le matériel de détection qu'ils possèdent, ce n'était plus qu'une question de temps. Voilà pourquoi ils voulaient qu'on télécharge ces photos. Pour maintenir un signal actif dans les deux sens ; et pendant ce temps, ils espéraient qu'on ne ferait pas attention au reste.

— Pas bête.

— Tu l'as dit. On s'est fait avoir en beauté. Enfin non : *je* me suis fait avoir. J'avais oublié à qui on avait affaire. Si je m'étais un peu creusé la cervelle, on aurait pris le train pour New York. Jamais ils n'auraient eu l'idée de nous chercher de ce côté-là, et à l'heure du déjeuner on les aurait appelés de Manhattan. Au lieu de ça... » J'ai eu un geste d'impuissance. « On a tout fait foirer. Chez Hertz, ils vont détester Nancy M. Hoff.

— Elle leur a laissé une flaque de plastique en guise de bagnole, a pouffé LuEllen.

— Espérons. »

Elle a soupiré, puis roulé sur le côté. « Ça m'a bien plu, tout ça – la cavale et la partie de jambes en l'air. Mais va falloir être plus malins, dorénavant.

— On n'a plus rien à faire ici. Puisque, d'après Welsh, quelqu'un a nettoyé le serveur de Laurel, le même quelqu'un va peut-être finir le boulot.

— Alors on y va ?

— Tu veux rentrer chez toi ?

— Je préfère te suivre. »

Après un instant de réflexion, j'ai proposé : « Alors ce sera le Texas. Histoire de se rendre compte.

— J'y suis déjà allée. Pas mal. J'aime bien comment les gens s'habillent, là-bas.

— Tu es la bienvenue. »

En fin d'après-midi, nous avons réglé la note, repris un taxi pour l'aéroport et embarqué à bord d'un avion à destination de New York. On a passé la nuit à Manhattan – mais dans la même chambre, cette fois-ci. Le lundi matin, avant de repartir pour l'aéroport de LaGuardia, j'ai appelé Welsh à son bureau depuis une cabine téléphonique. C'est sa secrétaire qui m'a répondu. Rosalind était en réunion.

« Ici Bill Clinton. Dites-lui que si elle veut me parler une dernière fois, c'est maintenant ou jamais ; vous avez dix secondes pour me la passer. Après, je disparais. »

Cinq secondes plus tard, Welsh décrochait. « J'espère pour vous que ce n'est pas une plaisanterie.

— Au contraire, c'est une menace. Si vous nous prenez encore en chasse, si vous nous mettez en danger, on fout en l'air les beaux ordinateurs tout neufs que vous n'arrêtez pas de vous payer, à la N.S.A.

— Vos menaces ne nous inquiètent pas vraiment, Bill. Nous sommes sur vos talons.

— Ah oui ? Et vous avez trouvé beaucoup d'empreintes, dans la voiture ? Écoutez-moi, ma vieille. Je vous le dis, moi : dès qu'on se sent menacés, on vous plombe. Vous voulez une petite démonstration de ce que nous savons faire ? Nous n'aurions qu'à publier votre annuaire interne sur l'Internet, pour que tous les gens qui réprouvent vos manigances puissent vous le dire à n'importe quelle heure du jour ou de la nuit. Ça suffirait à vous convaincre ? »

J'ai senti sa détermination vaciller. « Ça m'étonnerait que vous ayez les moyens de...

— Ah oui ? Et comment ai-je réussi à vous joindre, à votre avis ? Faut faire travailler les neurones, ma petite dame !

— Je ne vous le conseille pas.

— D'accord, mais en échange vous inspectez les ordinateurs que je vous ai indiqués, vous cherchez le rapport entre Lighter, Jack Morrison, AmMath et le Clipper. Et vous nous foutez la paix. »

J'ai raccroché. Cinq minutes plus tard, sur le chemin de l'aéroport, un des téléphones mobiles de LuEllen a sonné. Le chauffeur, qui psalmodiait tout seul en arabe, ne semblait pas nous prêter attention. LuEllen a pêché l'appareil dans son sac, dit « Allô ? » et écouté un moment avant de me passer l'appareil. « C'est Green. »

Il appelait d'une station-service à San Francisco. « Je ne comprenais pas comment ils nous pistaient en permanence sans jamais s'approcher à moins de trois ou quatre cents mètres, alors j'ai demandé à mon frère, qui est garagiste, de monter la bagnole sur le pont. Et devinez quoi ?

— Il y avait un émetteur.

— Il y a *toujours* un émetteur. Mais je l'ai déplacé dans l'habitacle et j'y ai scotché un gros aimant en alliage alnico. Une fois à l'aéroport, je le planquerai dans une voiture en partance. Avec ça, ils devraient être largués un moment... Puis on se fera un Seattle-Houston et on gagnera Dallas en voiture.

— Parfait. On est en chemin aussi. On y sera ce soir.

— Nous, on passera probablement la nuit à Houston. Alors à demain. »

Nous avons encore échangé quelques mots, puis il a raccroché.

Peu après nous décollions, et sept heures plus tard nous étions à Dallas.

Chapitre quatorze

St. John Corbeil

Corbeil était en sueur. Malgré la climatisation, il sentait sa peau moite sous le col de sa chemise, ce qui lui déplaisait souverainement car il ne s'agissait pas de la bonne suée bien saine dont on se couvrait en faisant des haltères, par exemple ; plutôt d'une transpiration nerveuse, comme quand on se faisait coincer par un cadre à la N.S.A. bien décidé à poser des questions déplacées pendant qu'un quelconque pédé du F.B.I. tripotait en souriant son bracelet en tissu-éponge.

Strunk – tel était le nom du fonctionnaire, Karl Strunk – s'interrogeait sur le fournisseur d'accès Internet de Bloch Tech, sur l'irruption du réseau Firewall ainsi que sur la mort de Lighter et de Morrison. Corbeil avait réussi à ruser, à faire l'idiot. Il lui en coûtait terriblement de feindre l'ignorance, dans quelque domaine que ce soit, mais là, c'était indispensable.

La discussion avait été très serrée. Comment étaient-ils remontés jusqu'à Bloch Tech ? Comment avaient-ils ensuite fait le lien avec Firewall ? S'il s'était attendu à ça...

Après avoir frappé un coup à la porte, Hart entra dans le bureau de Corbeil.

« Alors ? Ça sent mauvais ?

— Je ne sais pas encore. En tout cas, il se passe des choses. Ils sont au courant pour Bloch Tech, et ils soupçonnent un lien entre Lighter et Morrison. Heureusement, ils ignorent lequel. C'est bien ce qui m'intrigue, d'ailleurs... Comment ont-ils pu deviner qu'il y avait un rapport entre les deux sans savoir de quoi il s'agit ? » Il se reprit. Un peu plus et il laissait sa voix trahir l'affolement, comme un vulgaire rond-de-cuir à cravate rayée qui a perdu sa boîte de trombones.

« On avait prévu le coup avec cette histoire de billets d'avion achetés par Morrison, répliqua Hart. Ils les ont trouvés ?

— Vous pensez bien que je n'ai pas posé la question. Mais il est probable que oui. J'ai lourdement insisté sur le fait que nous exercions en permanence une surveillance étroite sur toutes nos activités, et que nous craignions d'avoir été victimes du réseau Firewall. J'ai laissé entendre que ses membres avaient pu s'introduire chez Bloch Tech, sachant que c'était le plus gros F.A.I. de Glen Burnie : ils en auraient déduit qu'un grand nombre d'employés de la N.S.A. y étaient abonnés. J'ai ajouté qu'ils étaient allés fureter sur ce serveur dans l'espoir d'y glaner quelque chose d'utile.

— Qu'est-ce qu'il vous a répondu ?

— Il n'a pas paru surpris. Je revenais sans cesse à l'offensive contre le fisc. Il n'avait pas l'air de bien comprendre pourquoi.

— J'avoue que moi non plus. »

Corbeil sourit. « Génial, non ? Ils vont trouver des gens qui se donnent collectivement le nom de Firewall... et qui n'auront *strictement* rien à voir avec nous ! Les petits cons qui infestent l'Internet de nos jours s'attribuent systématiquement tous les dégâts commis ici ou là, c'est bien connu. Ils trouvent ça glorieux.

— Quand même, ce serait bien d'avoir une... vision d'ensemble. »

Corbeil acquiesça. « Je vais voir ça avec Fort Meade, en exploitant le réseau des anciens copains de la N.S.A. Faire en sorte qu'on éclaire un peu notre lanterne.

— De mon côté, je peux passer quelques coups de fil, fit Hart. Charger quelques personnes d'ouvrir l'œil, en précisant bien que si ça se gâte, je retire mes billes pendant qu'il est encore temps. Ça donnera peut-être quelque chose, qui sait ?

— Bonne idée. Et dites à Woods de surveiller les ordinateurs, au cas où nos petits copains de Fort Meade y auraient accès par une porte dérobée. »

Hart parti, Corbeil donna une demi-douzaine de coups de téléphone et réussit à se faire inviter au siège de la N.S.A. pour parler d'AmMath et de Firewall. Une fois qu'il serait dans la place, personne ne trouverait bizarre qu'il en profite pour rendre visite à ses vieux copains, pratique courante quand on voulait se tenir au fait des derniers racontars. Ayant fait fortune dans le privé, il ne manquait pas de perspectives d'embauche à faire miroiter...

Quelque part, quelqu'un exploitait un filon riche en informations ; s'il ne découvrait pas l'identité de ce « quelqu'un », il pouvait lui en cuire.

Ensuite, il passa une demi-heure en ligne, à déplacer des sommes d'argent entre différents comptes ouverts dans des paradis fiscaux, par l'intermédiaire d'une feuille de calcul cryptée ; il puisait dans ses « apports » pour effectuer des versements sur les comptes qui, à terme, alimenteraient ses « investissements ». Il s'était fixé un chiffre en lisant un jour dans le *Wall Street Journal* que le P.-D. G. d'un très important fonds d'arbitrage s'était réservé vingt-cinq millions de dollars pour son usage personnel, en gardant le reste de sa fortune pour jouer : vingt-cinq millions, disait le financier en question, c'était largement suffisant pour couvrir tous les besoins matériels possibles et imaginables...

Corbeil avait fait sien cet objectif. Quand il posséderait cette somme, il mettrait fin à l'opération « Vieil homme de la mer », neutraliserait toute connexion avec Woods, Hart et Benson, puis se trouverait autre chose à faire sous des horizons plus cléments. Ibiza, par exemple...

Il y songea un moment, puis ses pensées se tournèrent vers ses trois complices. S'il arrivait quelque chose aux deux derniers et que Woods s'évanouisse dans la nature avec une grosse somme d'argent, les autorités en tireraient des conclusions. Par ailleurs, si le projet Clipper capotait, ce qui semblait plus que plausible, Corbeil n'aurait qu'à liquider, donc à se trouver une nouvelle activité...

Mais cela n'arriverait pas avant deux ans. Il n'avait pas encore atteint la moitié des fameux vingt-cinq millions.

Sur ce, Hart revint. « J'ai parlé à des types que je connais ; ils vont laisser traîner une oreille par-ci, par-là. Mais pour l'instant, rien. Quand on parle de nous, c'est seulement pour annoncer que le Clipper est foutu.

— Sans blague. Écoutez, j'ai bien réfléchi. Soit quelqu'un détient et distille des informations sur nous, soit Lane Ward sait des choses que nous ignorons. Elle a peut-être hérité d'autres documents sans qu'on le sache. Si ça se trouve, Morrison s'est introduit plus d'une fois dans nos fichiers. Ou alors ils travaillaient main dans la main...

— Possible. Mais si vous avez vu juste et qu'elle a tout refilé à la N.S.A., je ne vois pas pourquoi ils sont autant dans le brouillard. Comment expliquer qu'ils se contentent de poser des questions ? Manifestement, ils ne savent pas grand-chose. Ou alors elle nous met en condition parce qu'elle se prépare à nous faire une proposition...

— Ça m'étonnerait. Ah, si vous n'aviez pas perdu sa trace...

— Écoutez... La substitution qu'ils ont opérée ce jour-là, c'est un truc de pro. Depuis quand les profs de fac savent-ils repérer un micro-émetteur gros comme un glaçon et s'en débarrasser aussi sec ? Je vous le dis, moi... »

Mais Corbeil le fit taire d'un geste impatient. « On en a déjà parlé ; le fait est que pour le moment Lane Ward reste introuvable. Puisque, d'après la police, elle va revenir ranger la maison et récupérer le matériel et les effets personnels de son frère, et que d'autre part vous avez trouvé des facturettes chez elle, on peut peut-être retrouver sa trace grâce à ses paiements par carte.

— Je m'en occupe », acquiesça Hart.

Corbeil se laissa aller en arrière dans son fauteuil. « Quelqu'un met le nez dans nos affaires, William. Peut-être la N.S.A., mais je n'y crois guère. Strunk sait deux ou trois petites choses, mais il lui manque beaucoup d'éléments. Ses questions n'obéissaient à aucune logique apparente. Il ne détient que des bribes, en fait. Des pièces éparses de notre puzzle.

— Faut retrouver Lane Ward.

— La retrouver et en tirer le maximum. »

Chapitre quinze

À Dallas, il faisait une chaleur d'enfer, vraiment inhabituelle pour la saison. Même les journaux se lamentaient. Au moment où nous entrions dans le bâtiment abritant les bureaux de location de voitures, situé à trois bons kilomètres de l'aéroport, une rousse traînant une grosse valise se présentait au comptoir Hertz pour contester sa facture. Elle n'avait fait que traverser le parking à pied (tout au plus cinquante mètres), mais son chemisier était trempé de sueur.

Nous avons donc loué un véhicule climatisé – avec un des jeux de papiers d'identité appartenant à LuEllen – et pris deux chambres dans un Ramada Inn. Ensuite, nous nous sommes rendus dans ce qu'on appelle la partie « historique » de la ville, qui n'était finalement qu'un quartier commerçant ponctué de bars pour yuppies, planté au milieu d'entrepôts plus tout jeunes.

L'un d'eux, particulièrement vaste, hébergeait à présent TrendDirect ; on avait agrémenté de vitrines modernes, teintées en noir, ses murs en brique rouge à double crépissage. Le bâtiment s'étendait sur tout un pâté de maisons. Le rez-de-chaussée était partiellement occupé par un imposant hall d'entrée tout en brique ancienne et marbre récent, séparé de la rue par une grande baie vitrée ; dans les hauteurs s'entrecroisaient d'énormes poutres. Sur un côté j'ai repéré l'accueil, un demi-cercle en marbre derrière lequel était assis le gardien. Derrière lui, deux autres têtes ; on n'était pas plus renseignés sur le système de sécurité.

À l'exception de cet espace, l'avant du bâtiment était entièrement consacré au commerce de détail : quelques boutiques à la spécialité imprécise, un magasin de vêtements du soir pour hommes, un autre qui vendait des affiches, des cartes et autres objets pour collectionneurs dans le domaine sportif, puis un café et, à l'angle, un gril.

TrendDirect, société de publicité par correspondance, occupait les premier, deuxième, troisième et quatrième étages, plus le fond du rez-de-chaussée. Le cinquième et le sixième abritaient un cabinet d'avocats et le septième, une agence de pub. Aux huitième et neuvième : AmMath.

LuEllen affichait son fameux air de défi. « Neuf étages, a-t-elle annoncé comme nous croisions en voiture dans les parages de l'immeuble.

— Neuf étages...

— Tu l'as dit. »

L'avant de l'immeuble donnait sur une avenue, mais face à une place aménagée en pelouse, et sans beaucoup de passage. Les deux rues latérales étaient étroites et bordées de murs, eux aussi percés de vitrines opaques. De chaque côté, trois puits de jour s'enfonçaient dans le sol.

Quant à l'arrière du bâtiment, il donnait sur une rue bien plus large, bien plus animée et bien plus sale qui puait les gaz d'échappement et le liquide de refroidissement pour camions. Une demi-douzaine de places de stationnement réservées aux livraisons s'alignaient devant une baie de déchargement, chacune face à son rideau de fer vertical. Une autre porte, en acier et sans panneau vitré, s'ouvrait entre deux de ces vastes accès.

Enfin, une porte de garage, également en acier, juste assez large pour laisser passer une camionnette, s'ouvrait au coin de l'immeuble. Une caméra vidéo couvrait l'ensemble.

« Qu'est-ce que tu en dis ? ai-je demandé à LuEllen, qui regardait vers le haut à travers le pare-brise.

— J'aimerais bien voir le toit.

— Écoute, euh... Il se trouve que j'ai un peu le vertige.

— Ça ne va pas être du gâteau. Il y a certainement un gardien à l'entrée vingt-quatre heures sur vingt-quatre, et la nuit, d'autres doivent patrouiller dans tous les coins puisque Jack est censé en avoir descendu un pendant sa tournée d'inspection. On devrait pouvoir fracturer un des accès sur l'arrière, mais qui dit qu'après ça on pourra monter dans les étages ? Difficile de savoir comment c'est là-dedans.

— Il doit bien y avoir un moyen.

— Sûrement. Le seul fait de savoir que ce bâtiment abrite des activités classées "secret défense" m'incite doublement à la prudence. Par contre, si on entre par le haut... Regarde, l'immeuble d'en face contient des bureaux. Tourne ici, je vais te montrer. »

Elle avait raison : c'était encore un antique entrepôt rénové, avec au rez-de-chaussée des boutiques tapageuses à enseigne au néon et des bureaux dans les étages.

« À mon avis, ici on n'a pas trop mis l'accent sur la sécurité. Pas de hall d'entrée, aspect général un peu miteux... Sans doute une juxtaposition de bureaux appartenant à des sociétés différentes. On peut s'y introduire de jour, se cacher et monter sur le toit la nuit venue. Je compte onze étages, donc deux de plus que chez TrendDirect », a constaté LuEllen. Son regard allait et venait d'un immeuble à l'autre. « Les rues sont étroites, dans le coin... Je parie qu'il y a moins de quinze mètres entre les deux corniches. On fait passer une corde d'escalade entre les deux et on se laisse glisser ; le toit de TrendDirect n'est sûrement pas surveillé. En tout cas, ça m'étonnerait.

— On ne pourrait pas plutôt se procurer de fausses identités et entrer au nez et à la barbe des vigiles ? ai-je suggéré. Ou les clés des portes de derrière ?

— Si, c'est aussi une possibilité.

— Ou alors on y va en repérage. » Dans notre jargon, cela signifiait se rendre sur les lieux sous un prétexte fallacieux, par exemple à l'occasion d'une livraison imaginaire. LuEllen avait déjà fait ça vingt fois. Personnellement, je pratiquais beaucoup les visites guidées et autres journées portes ouvertes. La plupart des grandes sociétés faisaient ça, et quand on savait où chercher, on glanait à cette occasion des renseignements précieux.

« C'est une troisième possibilité », a-t-elle reconnu. Mais je sentais bien que l'idée de passer par le toit lui plaisait à cause de la poussée d'adrénaline qu'elle ressentirait en se propulsant dans les airs à travers la rue à trois heures du matin. Nous avons encore observé l'immeuble un quart d'heure ; LuEllen a pris deux pellicules de diapos.

Elle est aussi allée jeter un œil dans un des puits de jour. Elle est revenue en secouant la tête. « À quoi ça rime, ces murs de brique en verre sur toute la hauteur d'un étage ? a-t-elle protesté. Comment veut-on que les gens qui bossent là derrière *respirent*, bon sang ? C'est inhumain !

— Tu donnes dans la revendication sociale, maintenant ?

— Cela dit, ça fait des parois inviolables. Manifestement, on s'est donné beaucoup de mal pour assurer au bâtiment une sécurité maximum. Et je viens d'avoir une autre idée.

— Laquelle ?

— À ton avis, il est fréquent que le personnel de surveillance soit armé dans ce genre d'endroit ? Comme le vieux qui s'est fait descendre en même temps que Jack, par exemple ?

— Non, ai-je répondu après réflexion.

— Donc, cette boîte, c'est du sérieux. Personnellement, je refuserais le boulot ; à moins d'avoir un contact très bien renseigné à l'intérieur.

— Hmm. » On a tous les deux médité sur la question en s'éloignant de l'immeuble. Nous ne connaissions la ville ni l'un ni l'autre, faute d'y avoir suffisamment séjourné ; il s'est bientôt avéré que si le quartier avait été baptisé « historique », c'était moins pour ses bâtiments anciens qu'à cause de l'assassinat de Kennedy. Tout d'abord, nous sommes passés devant le mémorial sans savoir de quoi il s'agissait, mais bientôt LuEllen a aperçu une plaque « Dealy Plaza », ce qui lui a rappelé l'événement.

« Tu gardes des souvenirs de Kennedy, toi ? m'a-t-elle demandé en contemplant le monument au passage.

— Par moments, il me semble que oui. Mais je me souviens surtout de ce que m'en a dit ma famille.

— Moi, je ne l'ai jamais vu qu'à la télé, dans les rediffusions. J'ai l'impression qu'il était pas mal, comme président. »

En rentrant au motel, on s'est arrêtés à une cabine pour se connecter à Bobby. Sachant qu'on aurait peut-être envie d'y faire un tour, il s'était renseigné sur AmMath. J'ai tapé :

> ***TrendDirect a l'air d'être un gros morceau. Quelles sont les possibilités d'accès par le réseau ?***
>
> Pas trouvé, mais Corbeil a une ligne à haut débit chez lui.

Excellent. Adresse ?

Corbeil habitait au nord de la ville un petit immeuble chicos, tout en brique et en verre, en bordure d'un terrain de golf, qui faisait partie d'un ensemble résidentiel appelé Lago Verde. La ligne à haut débit signifiait probablement qu'il travaillait souvent chez lui en se connectant à distance au système informatique de sa société.

« C'est ici qu'il faut aller en repérage, a constaté LuEllen comme nous passions devant le portail d'entrée. Je te parie ce que tu veux que les mesures de sécurité se limitent à cette clôture, là, et peut-être quelques gars qui patrouillent la nuit dans des voiturettes de golf.

— Bon, alors allons-y.

— Minute. D'abord, on recontacte Bobby. Il nous faut les coordonnées exactes de Corbeil, dans les moindres détails, et le nom d'une femme seule, locataire de l'immeuble. Ce serait bien s'il pouvait aussi nous rencarder sur les ascenseurs. Ça se fait réviser régulièrement ces trucs-là, non ?

— Je crois, oui. »

Bobby nous a appris que d'après l'annuaire et la compagnie d'électricité, Corbeil occupait les septième et huitième étages d'un bâtiment qui en comptait huit, « Les Poinsettias ». Tous les appartements de la résidence étaient en duplex ; c'était ainsi que le premier et le deuxième, le troisième et le quatrième, le cinquième et le sixième et le septième et le huitième, respectivement, ne comportaient qu'un locataire chacun. Bobby n'avait pas réussi à savoir ce qui se trouvait au rez-de-chaussée, ni ce qu'il en était des ascenseurs. Il existait une base de données pour chaque État de l'Union, mais il fallait connaître le numéro de série – impossible de mener une recherche par adresse.

En revanche, il a repéré une certaine Annebelle Enager vivant seule aux « Primevères ».

C'est un début, a commenté LuEllen.

— Alors, repérage ?

— Vite fait bien fait. »

Ce qu'on ne voit jamais dans les films, c'est qu'un cambrioleur, ça passe la moitié de son temps dans les magasins. Nous, on est d'abord allés acheter un petit pinceau et des pots de peinture à l'eau rouge et noire dans une boutique pour enfants. Puis, dans un magasin de fournitures de bureau, LuEllen a choisi un flacon de mastic au caoutchouc, un rouleau de ruban adhésif isolant, un cutter et un distributeur de tickets de caisse avec son rouleau de papier. Le système utilisé voulait que le papier passe sur un axe dans la partie supérieure de l'appareil, un peu comme se déroule le papier toilettes, avant de sortir sur une surface plane où le client signait sa facturette, puis de réintégrer le boîtier par l'intermédiaire d'un axe récepteur.

Ensuite, on a loué chez Hertz une camionnette blanche qu'on est allés garer sur le parking quasi désert d'un multiplexe de trente-six salles ; là, grâce au matériel acquis plus tôt, j'ai peint un logo d'entreprise sur les côtés du véhicule : *Les roses de Rose*.

« Très joli, a apprécié LuEllen. Tu as raté ta vocation. Tu aurais dû être peintre d'enseignes.

— Je ne sais pas si je me serais épanoui artistiquement. » J'avais représenté deux roses rouges entrelacées, les tiges figurant en noir au-dessus de la raison sociale en lettres rouges. Restait à espérer que les gens ne compareraient pas les deux côtés de trop près : ils n'étaient pas exactement identiques.

Pendant que j'étais occupé à cette tâche, assise sur le pare-chocs arrière LuEllen a évidé le distributeur de tickets à coups de tournevis, puis découpé au cutter un petit trou rond dans sa coque en plastique. Désormais, elle avait tout juste la place d'y loger son caméscope miniature, qu'elle a fixé au moyen de l'adhésif ; quant au mastic, il lui a servi à coller un ticket sur la face avant du boîtier.

« On est prêts ? a-t-elle demandé comme je mettais la touche finale à mes roses.

— Moi oui.

— Alors c'est parti. »

À dire vrai, je n'ai pas eu grand-chose à faire. C'est elle qui a pris le volant, et quand on s'est arrêtés devant le portail, c'est encore elle qui a parlé au vigile, lequel lui a indiqué une direction avant de la laisser entrer. Moi, j'ai attendu à quelques dizaines de mètres de là, dans la voiture.

Elle a passé exactement vingt-deux minutes dans la résidence, c'est-à-dire dix de plus que dans mes estimations les plus larges. En ressortant, elle a adressé un signe de la main au garde, puis tourné à gauche ; cinq minutes plus tard on se retrouvait sur un talus jonché de détritus, sous un pont autoroutier. Armée d'une bonbonne d'eau et d'un rouleau d'essuie-mains, elle avait déjà entrepris d'effacer *Les roses de Rose*.

« Aucun problème, m'a-t-elle annoncé gaiement quand je me suis approché. Au besoin, j'ai même décroché un rencard !

— Avec qui ?

— Un dénommé Ralph Carnelli. Il bosse dans un bureau, là-bas. Le genre cadre moyen ; je ne sais pas très bien ce qu'il fait. »

Une fois dans le périmètre de la résidence, elle avait commencé par repérer les Poinsettias ; le rez-de-chaussée et l'entresol abritaient un parking. Elle n'avait pu en voir davantage. Puis, en marge du golf, elle avait aperçu le club-house : une réception, des bureaux à l'étage et un salon doublé d'un gymnase réservé aux résidents.

« Je me suis perdue. J'ai erré de-ci, de-là...

— Ce qui se comprend, dans un complexe de cette taille.

— Tu l'as dit. À un moment j'ai pris un escalier et je suis tombée sur Ralph qui m'a ramenée à l'accueil. J'y ai déposé les fleurs pour Annebelle et on a bavardé un peu. Il m'a draguée, je lui ai ciré les pompes... J'ai refusé de prendre son numéro de téléphone, mais il a noté le mien.

— Il est sympa ?

— Pas mal physiquement, quarante-deux ans, divorcé. Baraqué.

— Avec la jupe que tu portes et ton cul en dessous, pas étonnant qu'il succombe.

— N'est-ce pas. Et tu sais quoi ? » Une pause, le temps de faire son petit effet.

« Non, quoi ?

— Le club-house est ouvert la nuit. Vingt-quatre heures sur vingt-quatre. Quant à la porte entre les locaux proprement dits et les bureaux de la direction, c'est le genre à s'ouvrir avec une carte de crédit glissée entre le battant et le chambranle. Au fond du bureau de Ralph, une grande armoire-classeur à rangement horizontal, en bois, avec sur chaque tiroir les noms de quatre bâtiments composant le complexe résidentiel.

— Les plans d'architecte, tu crois ?

— Sûrement. Mais je n'ai pas pu m'approcher. Dans ce bureau-là, je crois qu'on s'occupe de l'entretien.

— Bon, alors ce soir on saute la clôture du golf, on observe le bâtiment et quand on voit que c'est ouvert, on entre.

— Tu l'as dit. »

À huit heures, nous avons reçu un appel de Green ; ils étaient à Houston, ils se mettraient en route pour

Dallas dès qu'il ferait jour. Après ça, nous nous sommes repassé les films que LuEllen avait pris à Lago Verde jusqu'à ce que je me repère aussi bien qu'elle dans les lieux.

Nous avons pénétré dans la résidence à dix heures, équipés en tout et pour tout d'une grosse couverture militaire dégottée dans un surplus, d'un couteau de table piqué dans un snack et d'une minilampe électrique. Nous nous sommes garés dans une rue résidentielle proche après avoir repéré un arbre bien placé en bordure du green ; ce dernier était ceint d'un grillage de trois mètres de haut, mais sans fils électrifiés au sommet. Nous étions tous les deux en jeans, tennis noires et blouson rouge foncé – couleur aussi discrète que le noir tant qu'on ne vous braque pas un projecteur dessus. Et dans ce cas, on a l'air moins suspect qu'en noir.

L'arbre était à mi-chemin entre deux réverbères, dans un tronçon de l'avenue jalonné de commerces. En face, un magasin de peinture et de papier peint qui fermait à huit heures ; à côté, un vendeur de chaînes hi-fi haut de gamme qui, lui, restait ouvert jusqu'à neuf. À dix heures, une fois la circulation raréfiée, nous avons traversé la rue à petites foulées, puis LuEllen a balancé la couverture militaire au faîte de la clôture, je lui ai fait la courte échelle et elle est passée de l'autre côté. Ensuite, j'ai grimpé à mon tour et pivoté à plat ventre sur la couverture ; puis je me suis laissé tomber à l'intérieur. Nous nous sommes accroupis un moment derrière l'arbre pour observer les voitures qui passaient. Aucune n'a ralenti. Nous avons encore attendu dix minutes, en nous cachant, avant de nous engager sur le golf.

Il faisait de plus en plus sombre à mesure que nous nous éloignions de la rue. Jusque-là je ne m'étais pas vraiment représenté Dallas comme une ville plantée d'arbres, mais en fait, il y en avait des milliards. D'en haut, on aurait dit une vraie forêt. Ils étaient concentrés sur les golfs et c'étaient surtout des épineux. Nous avons traversé un fairway, en avançant très lentement ; je me suis enfoncé dans un fourré plein de piquants, dont je suis aussitôt ressorti pour emboîter le pas à LuEllen ; puis nous nous sommes dirigés à tâtons vers la résidence éclairée, à trois cents mètres de là.

À cinquante mètres du club-house nous avons étalé la couverture sur un bout de pelouse et nous nous sommes accroupis. On apercevait de la lumière à l'avant comme à l'arrière du bâtiment. Mais les fenêtres du premier étage étaient obscures.

Sur l'arrière s'ouvrait une succession de baies vitrées laissant entrevoir, à l'intérieur, une rangée de distributeurs automatiques (barres chocolatées et boissons non alcoolisées), contre un mur ; au centre de la pièce, un ensemble de fauteuils club, genre terminal des premières classes dans les aéroports. Une demi-douzaine de personnes occupaient le salon, dont deux qui sortaient manifestement du gymnase : elles chaussaient leurs tennis. Les trois autres bavardaient dans les fauteuils.

« Va falloir prendre patience », a conclu LuEllen.

Finalement, on a dû poireauter trois heures. Le petit groupe s'était embarqué dans une conversation animée qui a duré une heure et demie – autant dire une éternité ; quand il s'est dispersé, deux nouveaux arrivants ont pris leur place. D'autres personnes se dirigeaient vers le gymnase ou, au contraire, en ressortaient. Les allées et venues se sont faites plus rares après minuit, mais chaque fois qu'on envisageait de se lancer, quelqu'un se pointait. Enfin, à une heure et quart, comme on n'avait plus vu personne depuis un quart d'heure, LuEllen a dit :

« On tente le coup. »

Abandonnant la couverture, nous sommes partis dans le noir en direction de la porte d'entrée. Arrivés à vingt mètres, c'est-à-dire à la lisière du golf, nous avons rencontré une haie de buissons montant à hauteur d'épaules. Après cela, on serait à découvert. On ne pourrait plus reculer. On s'est immobilisés le temps d'inspecter les environs. Puis LuEllen m'a effleuré le bras : il était temps de se jeter à l'eau.

Lentement, au coude à coude, on a rejoint le bâtiment ; puis on est entrés. Pas d'autre bruit qu'un gargouillis de réfrigérateur émanant d'un des distributeurs de boissons fraîches. On a fait une brève pause, puis LuEllen a sorti de sa poche le couteau de table. À la porte de communication avec les bureaux, elle a passé la lame entre battant et chambranle. Ça s'est ouvert et on a monté l'escalier.

La porte du bureau de Ralph était pourvue d'une serrure tout aussi sommaire. Elle a subi le même sort. LuEllen a ouvert la marche. J'ai refermé derrière nous, elle a allumé la minilampe torche. L'armoire-classeur horizontale ne fermait pas à clé. Nous avons trouvé les bleus des Poinsettias à leur place, c'est-à-dire dans le tiroir portant le nom de la résidence ainsi que celui des « Clématites », des « Marguerites » et des « Roses trémières ». Les plans formaient une liasse de deux centimètres d'épaisseur sur quelque chose comme quatre-vingt-dix centimètres de long et soixante-quinze de large.

« On embarque le tout ? a demandé LuEllen.

— Je crois qu'il vaut mieux. J'espère que personne n'en aura besoin entre-temps.

— Ça m'étonnerait. C'est drôlement poussiéreux. »

Nous avons tout remis en place et on est ressortis. Comme nous traversions l'esplanade dallée pour gagner le parking, nous avons vu venir dans notre direction un autre couple, également équipé d'une couverture ; ce n'était pas la nôtre. Nous sommes passés très au large, mais ça ne les a pas empêchés de nous faire un petit signe. LuEllen leur a répondu de même. « Tu te rends compte, Kidd ? Tout le quartier donne ses rendez-vous galants sur ce golf. Je me demande par quel miracle on n'a pas trébuché sur un couple d'amoureux.

— Ça joue en notre faveur. »

Mais nous n'avons rencontré personne sur le chemin du retour. Nous avons repassé la clôture, rejoint tranquillement la voiture et redémarré sans problème.

Chapitre seize

LuEllen a tendance à se battre contre ses oreillers, pour se retrouver dans des positions étranges. Quand je me suis réveillé le lendemain matin, son derrière tout nu dépassait d'un tourbillon de draps. C'était un spectacle superbe ; on aurait dit une pêche toute fraîche, ronde, ferme et délicatement rosée. J'avoue volontiers une tendresse immodérée pour cette partie de l'anatomie féminine ; j'ai légèrement flatté ses fesses. Ou peut-être *caressé*.

« Pose un doigt sur moi et je t'arrache le cœur à mains nues, a-t-elle aussitôt grogné.

— Mais c'est si joli !

— La ferme.

— Non. C'est l'heure de se lever. »

Elle s'est redressée en prenant appui sur les coudes pour jeter un regard au réveil. « Tu déconnes ? » Elle s'est laissée retomber lourdement. « Il me faut encore une heure de sommeil. »

Je suis allé à la fenêtre passer la tête entre les rideaux. « Belle journée. Ciel bleu, pas un nuage.

— On est à Dallas, crétin. C'est normal pour la région. Et maintenant, casse-toi. »

Décidément, elle n'était pas du matin. Je me suis

lavé en fredonnant. Et en repensant aux fesses de LuEllen. D'accord, d'accord : je n'avais pas seulement un petit faible pour elles – il m'arrivait d'y penser sans arrêt. Tout à coup, cela m'a fait penser à Clancy.

Clancy, c'était ma copine de St. Paul, celle avec qui je construisais un ordinateur. Intelligente, intéressante, sexy. Trop jeune pour moi (j'avais huit ans de plus), malheureusement ; la différence d'âge me gênait (Clancy, elle, s'en moquait). Et nous n'en avions pas encore fini l'un avec l'autre ; tout n'avait pas été dit.

Clancy à St. Paul, LuEllen à Dallas... Hum.

Quand on n'aurait plus rien à faire ici, il était probable que ma complice s'envolerait vers d'autres cieux, comme d'habitude. (Elle avait tendance à hiverner sous des latitudes tempérées, genre le Mexique, le Venezuela ou les îles, au côté des riches oisifs.) Tandis que moi, je retournerais à St. Paul et à ses congères de six pieds de haut infestées de loups, où j'aurais bien mérité le réconfort d'une Clancy. À qui j'essaierais sans doute de cacher l'épisode LuEllen. Étant donné mon expérience dans ce domaine, ma tentative serait sans doute couronnée de succès. Le problème, c'était qu'entre LuEllen et moi, il n'y avait pas que le sexe. C'était une *amie*, et au lit, c'était notre *amitié* qui s'exprimait. J'ai médité dans ce sens en me rasant. Décidément, si je voulais garder les pieds au chaud pendant l'hiver, il allait falloir que je m'invente des justifications salement hypocrites.

LuEllen était encore au lit quand je suis ressorti de la salle de bains ; je suis descendu prendre un petit déjeuner composé d'œufs au bacon et de pain grillé tout en lisant le journal. Firewall n'avait toujours pas renoncé à son offensive et le fisc ne savait comment parer ses assauts sans que cela coûte des milliards. En Allemagne, la police avait fait une descente chez un gamin dont le pseudo sur le Net signifiait « fromage » (d'après *U.S.A. Today)*, mais comme à ce moment-là il était aux toilettes, en vertu de je ne sais quel principe on ne pouvait pas l'arrêter – il n'avait pas été pris en flagrant délit. Cela n'empêchait pas *U.S.A. Today* de tout lui mettre sur le dos.

Quand je suis remonté, LuEllen était habillée. « Green a appelé. Lane et lui prennent des chambres au Radisson Hotel de Denton, à trente bornes d'ici.

— Pourquoi Denton ?

— Parce que Green joue au golf et que c'est un coin à golf.

— Ce jeu à la con.

— Tu n'as pas le droit de critiquer, tu n'y connais rien.

— Mais si, ça consiste à courir derrière une petite balle blanche dans des prairies à vaches.

— Regarde un peu le style des gens qui y jouent et tu me diras si c'est si con que ça. Quand on a un brin de cervelle, on se rend tout de suite compte qu'il y a autre chose derrière, même quand on ne pratique pas soi-même. »

J'ai haussé les sourcils. Je décelais une nuance passionnée dans son discours, et c'était rare, chez cette cynique invétérée.

« Eh ben dis donc... ai-je commenté.

— Va te faire foutre. »

C'est elle qui a pris le volant. De mon côté, sur le siège passager, j'essayais d'étudier les plans de Lago Verde sans attraper mal au cœur. J'ai fini par abandonner, non sans avoir repéré un élément intéressant.

« L'appartement de Corbeil est équipé d'une alarme silencieuse dont le panneau de commande se trouve dans un placard.

— Tu peux suivre les lignes électriques qui en ressortent ?

— Malheureusement non. Elles aboutissent à la même boîte de dérivation que les lignes issues des autres pièces, après quoi elles descendent toutes ensemble vers le rez-de-chaussée.

— Certainement pour aboutir dans le bureau des vigiles, ou à la réception du club-house. Voire les deux.

— Au club-house, ça permettrait une réaction plus rapide.

— Ouais, mais si on préfère alerter la grosse artillerie, c'est-à-dire des pros, on fait aboutir son alarme au-dehors. »

L'hôtel Radisson se dressait sur une hauteur du côté ouest de l'autoroute. Il nous a fallu un moment pour trouver la bonne sortie, mais on a fini par y arriver et frapper à la porte de Lane. C'est Green qui est venu ouvrir. Chemisette de golf et pantalon à pinces, il avait une main dans sa poche. Il l'a sortie en nous voyant.

« Ah, c'est vous. »

Allongée sur le lit, Lane regardait un film sur le câble. LuEllen, qui était entrée sur mes talons, a lancé un coup d'œil et déclaré : « C'est *Emma !* Je ne savais pas que ça passait. »

Elle est allée s'affaler à côté de Lane.

« Va falloir s'introduire chez ce Corbeil, ai-je annoncé. D'ailleurs on a...

— Chut ! a coupé Lane. Ils vont s'embrasser. Il y en a pour une minute. » Emma et son ami se tenaient sous un grand chêne. Lane et LuEllen étaient complètement absorbées.

« Il va falloir qu'on...

— Chut ! Tais-toi ! Une minute ! » m'a intimé LuEllen, un doigt levé.

Je me suis approché. « Dis donc, qu'est-ce qu'elle a un long cou, cette bonne femme.

— Toutes les femmes, à l'époque.

— Mais ça n'a pas été fait à l'époque ! Ça date de...

— TU VAS LA FERMER, OUI ! » a braillé LuEllen.

J'ai regardé Green, qui a haussé les épaules. On est allés s'asseoir dans un coin et on l'a bouclée.

Emma et son copain ont fini par se marier et le film a récapitulé le destin de tous les autres personnages. Lane a soupiré et éteint le poste. « Ah, *Emma*... J'adore ce film.

— Moi aussi, a répliqué LuEllen. Mais vous savez quoi ? Je trouve que le personnage de Frank est raté. Il aurait fallu qu'il soit plus séduisant au début et moins à la fin, pour qu'on comprenne qu'Emma soit attirée par lui puis...

— Moi, je ne le trouve pas séduisant du tout, a coupé Lane ; à mon avis, il n'arrive pas à la cheville de...

— Hé, est-ce qu'on pourrait revenir à nos affaires ? suis-je intervenu.

— Pas trop tôt », a dit Green.

On les a mis au courant de nos derniers exploits, mais sans fournir de détails qui puissent éventuellement être utilisés contre nous en cas de procès. Toutefois, sachant que tôt ou tard on serait obligés de leur faire confiance, j'ai ajouté : « On envisage sérieusement de s'introduire chez Corbeil. Il a une ligne haut débit, on pense qu'il s'en sert pour se ménager un accès rapide aux ordinateurs de sa boîte. J'ai bon espoir de la pirater, ce qui nous ouvrirait une porte sur leur réseau informatique.

— On a étudié la photo que vous nous avez envoyée, a placé Lane, mais on ne voit vraiment pas l'intérêt ; si on savait qui sont ces gens, peut-être...

— En effet, il n'y a pas grand-chose à en tirer. Jack avait dû trouver dans les bécanes des données qui complétaient les photos. Reste à savoir de quoi il s'agissait.

— Euh... J'ai eu quelques petits problèmes, là-bas, en Californie ; alors si je me faisais prendre chez ce Corbeil, je risquerais gros, cette fois, est intervenu Green, qui avait presque l'air de s'excuser.

— De toute façon, vous ne pourriez même pas arriver jusque-là. Ce n'est pas le genre de quartier où un Noir peut se balader sans se faire remarquer. En revanche, on aura besoin de quelqu'un pour faire le guet.

— Ça, on peut s'en charger. On est renseignés sur son domicile ?

— On a ça, ai-je répondu en effleurant les bleus. J'ai repéré deux-trois petites choses intéressantes. On devrait se plonger dedans et voir si on peut en tirer autre chose. »

On a donc étalé les plans sur les lits comme un vulgaire journal du dimanche. Au bout d'un moment LuEllen a dit : « Regardez ça. » Elle avait le doigt posé sur une case vierge.

« Eh bien ? C'est une case vierge, s'est étonné Green.

— C'est un coffre-fort, l'a-t-elle détrompé.

— Ah ?

— Je parie tout ce que tu veux. Passez-moi les plans concernant ce mur... et celui d'en face. Au fait, où est la liste des matériaux utilisés ? »

Plus tard Lane et LuEllen sont sorties acheter du Coca ; Green et moi avons continué à examiner les plans.

« Vous avez l'air de vous y connaître », m'a-t-il dit au bout d'un temps. Ça ressemblait à une constatation, mais derrière, j'ai pressenti une question.

« Je fais ça depuis un certain temps maintenant – je veux dire : ce *genre* de chose.

— Je suis un peu au courant, pour l'histoire de Longstreet. »

J'ai levé les yeux. Ça remontait loin. Un jour, on s'était politiquement emparés d'une bourgade, dans le delta du Mississippi, via un certain nombre de cambriolages judicieusement choisis, quelques moments difficiles dans un chenil et, pour moi, plusieurs semaines d'hôpital et de rééducation.

« J'aimerais bien qu'on oublie cet épisode, ai-je fini par lâcher.

— Rares sont ceux qui s'en souviennent. Mais mes amis si, et ils me conseillent de m'engager à fond avec vous. Paraît que c'est important.

— Je ne vois pas très bien quelle importance ça peut avoir en dehors de notre petit groupe. Je ne voudrais pas vous induire en erreur.

— Ne vous en faites pas pour ça. » Il s'est levé, étiré, puis il est allé regarder le golf par la baie vitrée. « Ce qui m'inquiète, par contre, c'est que je commence à m'ennuyer. Difficile de rester sur le pied de guerre quand on est confiné dans une chambre d'hôtel.

— Vous jouez au golf ?

— Évidemment, quelle question !

— Alors emmenez LuEllen frapper quelques balles. Elle aussi a des fourmis dans les pieds. Moi, je planche encore un peu sur les bleus en gardant Lane à l'œil.

— C'est pas de refus. » Après une brève hésitation il a ajouté : « À propos de Lane, je crois qu'elle a un petit faible pour vous.

— Ah ?

— Ouais. Un petit.

— J'aurais plutôt cru... Vous qui ne vous quittez pas depuis une semaine...

— Je ne suis pas issu de la bonne couche socio-économique, a-t-il déclaré en secouant la tête.

— Pourquoi, elle est raciste ?

— Non, non. Mais elle a un doctorat et moi, je n'ai même pas terminé mes études secondaires. Les diplômes, pour elle, c'est important. Les études, tout ça...

— Ah. Je ne sais trop quoi vous dire. » Et en effet, je ne voyais pas du tout.

On a bossé encore un peu sur les plans, et quand LuEllen est revenue, je lui ai annoncé : « On passe par le garage. Je sais comment monter jusqu'à l'étage de Corbeil, mais après ça, je ne garantis plus rien. Si on choisit la méthode douce, je n'ai pas d'idée. Il va falloir crocheter la serrure, ou je ne sais quoi. En tout cas, pas au crochet électrique. Il y a trois autres appartements, là-haut.

— Comment on va arriver jusqu'au septième ? Si on ne sait pas combien de temps on va passer sur place, il me semble préférable de ne pas démonter l'ascenseur. »

Je lui ai exposé mes intentions. « Ça implique de retourner en repérage, peut-être même plusieurs fois. Et de se procurer du matériel.

— J'avais pensé tenter le coup samedi soir. D'après l'article trouvé par Bobby, Corbeil sort beaucoup. Ah, Dallas by night...

— Vers dix heures, tu crois ?

— En admettant qu'on puisse entrer, oui.

— Si seulement je pouvais jeter un coup d'œil à sa porte d'entrée... »

Pendant trois jours, Green et LuEllen ont fait leurs trente-six trous quotidiens au golf du Radisson. De notre côté, Lane et moi on passait le temps comme on pouvait, ensemble ou non. J'ai pas mal dessiné, tandis qu'elle communiquait par le Net avec sa société de Palo Alto.

LuEllen était une vraie championne. « Personnellement, je suis loin d'être mauvais, m'a avoué Green un soir, mais elle... C'est une grande. Avec quelques années de moins et un peu d'entraînement, elle serait sûrement en tête du classement féminin.

— Sauf que je ne sais pas putter, a-t-elle contré.

— Avec un peu de patience, vous y arriveriez. Le problème, c'est que vous ne regardez pas bien où vous... » Suivait une interminable et complexe discussion sur les différentes techniques de putting, les mérites comparés du chipping et du pitching, que sais-je encore, qui avait le don de nous endormir sur place, Lane et moi.

Les soirées étaient plus animées. LuEllen et moi observions l'appartement de Corbeil depuis le terrain de golf pendant que Green et Lane faisaient des rondes avec une CB pour repérer d'éventuelles patrouilles de police. On s'était acheté des talkies-walkies Motorola (qui devaient être utilisés par les chasseurs car ils étaient assortis à leurs tenues de camouflage) pour que Green et Lane puissent nous contacter instantanément s'il se passait quelque chose d'anormal. Nous avons trouvé un meilleur point d'entrée dans le golf, à la jointure défectueuse de deux pans de clôture à angle droit. Pour les éventuels passants venant d'un côté, on était parfaitement invisibles ; dans l'autre sens, on avait l'air d'avoir tourné au coin de la rue une seconde plus tôt. Quant aux deux directions restantes, évidemment, pas moyen de passer inaperçus ; heureusement, les passages de voitures étaient suffisamment espacés.

Le mercredi soir, on est allés en repérage dans le garage. L'entrée était située en bout de façade, et joliment paysagée, ce qui nous facilitait la tâche : en venant du golf, on pouvait s'en approcher sans se faire voir. La porte était métallique et l'accès autorisé par l'introduction d'une carte magnétique. Si j'avais pu en tenir une l'espace de quinze secondes, j'aurais su sans mal en dupliquer le signal (les composants nécessaires sont en vente dans tout bon magasin d'électricité) ; seulement voilà : comment s'en procurer une ? Ce n'était pas insurmontable, mais j'entrevoyais une meilleure solution.

Les portes restaient ouvertes le temps de laisser passer le véhicule entrant, et quelques secondes de plus. Elles étaient commandées par une simple cellule photoélectrique : la carte magnétique ouvrait la porte, puis, si un véhicule obstruait l'une ou l'autre des cellules, voire les deux, cette même porte restait en position haute. Il nous suffirait donc de placer un obstacle devant une cellule au moment où une voiture pénétrerait dans le garage.

Et, une fois à l'intérieur, de foncer au monte-charge.

Le jeudi, nous avons reçu de Bobby tout un tas de photos de Corbeil ; nous avons mémorisé ses traits avant de les effacer du disque dur. Le soir, LuEllen s'est trouvé un arbre où grimper ; de là-haut, elle pourrait voir par les baies vitrées du premier étage.

« Si Corbeil a la même porte d'entrée, on aura affaire à un battant en bois massif à cadre métallique, m'a-t-elle informé en redescendant. Je n'ai pas pu voir les verrous, mais je te parie que ce n'est pas de la tarte. »

Le vendredi soir on est allé se coucher dans l'herbe sous les fenêtres de Corbeil ; à moins de vingt mètres, on entendait un couple faire l'amour sur une couverture. Ça a duré une éternité ; ensuite on a eu droit à une discussion fervente concernant un certain Dave et une certaine Rhonda, manifestement les conjoints respectifs. Puis ils ont remis ça.

« Ils doivent être plus jeunes que nous, ai-je soufflé à LuEllen.

— Parle pour toi. Ou alors tu t'occupes de Lane la journée, pendant que je suis au golf.

— Comment oses-tu ! Est-ce que tu veux dire par là que... »

Et ainsi de suite.

À neuf heures, une limousine blanche est venue se garer devant l'immeuble. Une jeune femme en est descendue. Une très jolie jeune femme blonde, avec un cou de cygne comme Gwyneth Paltrow dans *Emma*. Pour la tenue, c'était le genre top model. Sa robe noire avait dû coûter le prix d'un petit appartement, et avec un centimètre carré de tissu en moins, on aurait pu l'accuser d'incitation au viol.

Huit minutes plus tard les lumières se sont éteintes chez Corbeil ; presque aussitôt, tandis que l'improbable couple progressait vers l'orgasme à grand renfort de grognements et autres gémissements, la blonde a réapparu, St. John Corbeil sur les talons. Il se déplaçait avec une raideur toute militaire ; quand il marchait, on aurait dit qu'il serrait une balle de golf entre ses cuisses. Il n'était pas très grand, mais à voir son crâne étroit et ses épaules larges, quelque chose me disait qu'il avait dû faire de la lutte au lycée.

LuEllen, qui avait les jumelles, les a observés avec la concentration muette dont seules sont capables les femmes qui se sentent brusquement reléguées au rang de satellite. En tout cas, c'est ce que je me suis dit sur le moment.

Une fois Corbeil et sa compagne partis, on s'est remis en mode « poireautage intensif », jusqu'à ce que le couple adultère se déclare rassasié. Les deux amants se sont séparés après un dernier baiser, une ultime étreinte ; on a attendu qu'ils s'en aillent, puis on s'est engagés à notre tour sur le green. À mi-chemin, dans l'obscurité totale, LuEllen m'a annoncé qu'elle allait devoir « s'absenter quelque temps ».

On a signalé notre départ à Lane et Green, puis

regagné l'hôtel. LuEllen a donné une série de coups de téléphone – en composant les numéros de mémoire. Il lui fallait du matériel spécifique et elle cherchait qui pourrait le lui fournir dans le coin. Elle a trouvé son homme juste avant minuit et discuté cinq bonnes minutes avec lui. Puis elle a reposé l'écouteur.

« Alors, tu as ce qu'il te faut ?

— Ouais. Mais il y a un léger changement de programme. Fini, la méthode douce ; on met la gomme. Objectif : le coffre.

— Il va se douter de quelque chose.

— Possible. Mais pas certain. »

Elle s'est expliquée en se changeant pour enfiler un jeans et un blouson noir. « Je prends le tas de ferraille qui nous tient lieu de bagnole.

— Où vas-tu ?

— Faire un tour. Chez un de mes amis.

— Tu reviens quand ?

— Tard cette nuit, voire demain matin. Oh, et puis après tout, je n'ai aucune raison de te le cacher : je vais à Shreveport.

— Je t'emmène, si tu veux.

— Merci, mais je préfère y aller seule. L'ami en question est réglo la plupart du temps, mais parfois un peu nerveux.

— Comment ça, “la plupart du temps” ?

— Disons... Quand il a bien pris ses médicaments... »

Chapitre dix-sept

Cette nuit-là, je l'ai passée dans la chambre de LuEllen ; incapable de dormir en attendant son retour, j'ai dépensé vingt-sept dollars en télé payante. LuEllen connaissait des tas de gens trempant dans des affaires douteuses (pas tous des amis) ; et les endroits qu'elle fréquentait à l'occasion n'étaient pas tous recommandables pour une femme seule après le coucher du soleil. Ce n'est pas du sexisme de ma part, mais la réalité des enclaves à beaufs où elle achetait ses outils de travail.

Quand je ne regardais pas un film sur le câble, je me penchais sur les schémas de l'immeuble, pour suivre du doigt les lignes électriques entrantes et sortantes. Deux circuits m'embêtaient : l'un correspondait probablement à une caméra de surveillance balayant la majeure partie du parking sans qu'on sache comment elle était orientée, si elle se contentait de filmer en temps réel ou si tout était enregistré ; l'autre, une ligne jalonnée d'interrupteurs remontant dans la cage d'ascenseur, signalait à coup sûr les voyants lumineux indicateurs d'étage. Si je me trompais, s'il s'agissait par exemple d'une alimentation desservant un détecteur de mouvement, cela nous compliquerait singulièrement la tâche. Mais le sac que LuEllen emportait en « repérages » contenait des jumelles à visée nocturne, en plus de sa caméra ; une fois dans la cage d'ascenseur, nous pourrions nous en servir pour repérer d'éventuels dispositifs de sécurité.

Car nous emprunterions la cage proprement dite, en nous hissant au moyen de ses câbles et de notre matériel d'escalade. Quand on est bien équipé, c'est moins difficile que ça en a l'air. Avec les ascenseurs à clé, la seule autre solution était de voler une clé, justement, ou alors de mettre l'ensemble hors d'usage en détruisant les circuits derrière le panneau de commande. Ce qui prendrait du temps, ferait du bruit et alerterait quiconque voudrait se servir de l'ascenseur après nous. Alors que l'escalade, c'était facile et discret.

En tout, LuEllen s'est absentée plus de sept heures. Dès que je l'ai entendue arriver dans le couloir, j'ai ouvert la porte avant elle. Elle tenait un grand sac de voyage comme celui que j'emporte à la pêche. Quand elle l'a laissé tomber par terre, il a fait un bruit métallique.

« On dirait que tu trimballes du matériel de construction, ai-je remarqué.

— Plutôt de *dé*construction. J'espère qu'il y a des trucs intéressants, dans ce coffre, parce que ces outils m'ont coûté les yeux de la tête. » L'œil vif, elle s'exprimait avec rapidité et précision, en détachant bien chaque mot ; un vrai débit de mitraillette. Je la sentais impatiente, décidée, prête à tout. En un mot...

« Je vois qu'on s'est un peu poudré le nez.

— Un tout petit peu. Et il en reste pour demain. Ou plutôt pour aujourd'hui.

— Tu fais chier.

— Allez, quoi... »

Finalement, j'ai fermé les yeux. Comme toujours, d'ailleurs. LuEllen prenait un peu de coke de temps en temps – et de temps en temps, elle dépassait la dose. Personnellement, je détestais cette merde. Il m'arrivait de fumer un peu d'herbe le soir, après avoir passé la journée sur l'eau quand j'allais pêcher, et je n'avais rien contre un comprimé d'amphés quand ça se justifiait ; mais la cocaïne, l'héroïne, la méthadone, tout ça... c'était mortellement dangereux. Quand la drogue elle-même ne vous tuait pas, c'étaient les dealers qui s'en chargeaient.

On est restés au lit jusqu'à midi passé. LuEllen avait tourné et viré toute la nuit à cause de la coke. Elle aurait sûrement un coup de fatigue dans la journée. À deux heures de l'après-midi je me suis réveillé et, encore tout groggy, je suis allé regarder par la fenêtre. Encore une belle journée de grand ciel bleu. Je suis passé sous la douche, et quand je suis revenu LuEllen essayait péniblement de se lever. Pas trop tôt.

« Ça va ? lui ai-je demandé.

— Non. » Elle était encore en train de « redescendre ».

« Va donc te mettre sous la douche.

— Ouais. »

Elle en est ressortie à peine mieux réveillée. Je l'ai mise dans la voiture avec son matos et on est partis se restaurer. C'est là qu'elle a commencé à ressusciter. Ensuite on est allés se garer en face de chez Corbeil pour observer le hall d'accueil. Les films de LuEllen le montraient : il n'y avait qu'un seul vigile, surveillant un seul écran.

« Regarde, m'a-t-elle dit. Tu vois où il est debout ? » On avait beau se trouver à deux cents mètres, je le distinguais à travers les portes vitrées.

« Oui, et alors ?

— L'écran est juste à sa gauche. Tu vas voir. » Elle a pris son téléphone portable dans sa poche et composé un numéro. Aussitôt le garde s'est redressé, a fait deux pas sur sa droite et décroché le téléphone.

« Allô ? Ici le pape », a dit LuEllen avant de raccrocher.

Derrière sa porte vitrée, le type a secoué la tête, reposé le combiné et regagné son poste. Nous l'avions peut-être dérangé dans sa lecture.

« Donc ?

— Donc, quand il répond au téléphone, il ne voit plus son écran. De toute façon, si l'écran affiche des images provenant de caméras différentes, il y a peu de chances pour qu'on y apparaisse.

— Il va falloir dix secondes pour entrer et aller au monte-charge.

— Moui.

— Sans savoir s'il nous a vus sur son écran ou pas.

— C'est ça le plus excitant. »

On est rentrés au Radisson, où Green et LuEllen sont allés tout droit s'entraîner sur le practice. Moi, je suis retourné à mes schémas. En regardant par-dessus mon épaule sans cesser de grignoter une carotte, Lane a émis une suggestion : certaines pièces occupant un coin de l'appartement pouvaient correspondre à un logement pour employée de maison. Sur les plans, l'architecte avait regroupé l'ensemble sous le nom de « suite-invités » mais il se pouvait qu'elle ait raison. On en a débattu un moment, et j'ai fini par étaler devant nous le schéma des circuits électriques. Les pièces en question ne comportant pas d'alimentation pour cuisinière électrique ou sèche-linge, par exemple, nous en avons déduit qu'il devait effectivement s'agir de chambres d'amis.

« Il va falloir qu'on appelle, ai-je conclu. Tous les quarts d'heure. »

On s'y est mis dès la tombée de la nuit. Après quatre sonneries, on tombait invariablement sur la messagerie de Corbeil. Je sentais monter l'adrénaline ; LuEllen est allée faire un tour sur le practice fermé, histoire de sniffer un peu de coke. À dix heures on s'est mis en route, elle et moi dans une voiture, Green et Lane dans l'autre.

J'ai déposé LuEllen au coin de rue qui nous servait de point d'entrée ; elle a disparu en un clin d'œil. Je suis allé me garer un peu plus loin ; quelques minutes plus tard je franchissais la clôture. LuEllen m'attendait. On avait emballé ses outils dans des serviettes de toilette, et c'est dans un silence quasi total que nous nous sommes faufilés entre les arbres, direction l'immeuble de Corbeil. À mi-chemin, on s'est arrêtés le temps de faire un point par radio avec Green.

« Vous nous recevez ?

— Cinq sur cinq. »

Nous nous sommes remis en route. Nous progressions selon une technique bien particulière, inspirée de la chasse ; elle exigeait une certaine discipline, mais dans notre désir d'éviter la prison, LuEllen et moi l'avions assimilée. Cela consistait à faire trois pas, puis à s'arrêter pour tendre l'oreille. Puis cinq pas, et un nouvel arrêt. On avançait plus vite qu'on ne pourrait le croire, et sans faire de bruit – ce qui permettait d'entendre les autres avant de se faire repérer.

Il nous a fallu un quart d'heure pour arriver en bas de chez Corbeil ; mais rien que pour nous donner de l'assurance, ça valait le coup. Car si on s'était fait prendre avec le sac que trimballait LuEllen, il aurait été inutile de se lancer dans des explications.

Parvenus à la lisière du golf, nous avons fait halte, l'oreille aux aguets, sous un pin parasol tordu dont les branches touchaient presque terre. Vingt minutes se sont écoulées sans que nous détections le moindre son, le moindre mouvement. L'appartement de Corbeil était plongé dans l'ombre, exception faite de l'aura infrarouge due aux jumelles à visée nocturne.

« On y va, ai-je décrété.

— J'ai le matos. »

Elle avait apporté un vieux moulinet stabilisé de marque Penn sur lequel étaient enroulés des dizaines de mètres de fil de pêche ; au bout, à la place de l'appât, un morceau de disquette informatique noire.

Ce que je m'apprêtais à tenter présentait relativement peu de difficulté, mais j'étais contraint de m'exposer à découvert, ce qui n'était pas sans risques. Après avoir inspecté une dernière fois les alentours, j'ai quitté l'abri des arbustes paysagers pour me diriger vers la porte du garage, en traînant ma ligne derrière moi.

À une vingtaine de centimètres de la porte, une petite cellule photo-électrique faisait face au dispositif d'éclairage qui lui était associé, de l'autre côté de l'allée. J'ai scotché le bout de disquette au boîtier métallique contenant ce dernier de telle manière qu'il puisse se relever ou se rabattre, comme s'il était articulé. Puis j'ai longé l'arrière du bâtiment en feignant de vouloir rejoindre le terrain de golf. Une minute plus tard je m'affalais à côté de LuEllen.

Normalement, les conducteurs désirant sortir du garage s'arrêtaient derrière la porte et actionnaient leur télécommande. Ensuite, les cellules photo-électriques situées de chaque côté – à l'intérieur et à l'extérieur – faisaient en sorte que la porte ne redescende pas sur le véhicule si celui-ci s'immobilisait pour une quelconque raison. Tant que le dispositif lumineux était masqué, la porte restait en position haute. Tel quel, ce cycle ne nous laissait pas le temps de nous introduire dans le garage ; le risque d'être vu par le conducteur était trop grand. Mais en obstruant le vis-à-vis de la cellule, on s'assurait que la porte demeurerait relevée jusqu'à ce qu'on le dégage.

Toutefois, nous ne pouvions pas nous contenter de recouvrir la cellule : si un véhicule se présentait à l'extérieur et qu'elle était masquée, la porte resterait relevée, ce qui n'échapperait pas au résident entrant. D'où la nécessité d'employer un couvercle mobile, capable d'adopter les deux positions selon le contexte.

Rien de tout cela n'était très compliqué ; et l'un comme l'autre nous avions déjà mis en œuvre cette technique par le passé. En revanche, l'attente était une vraie torture. Pendant notre semaine d'observation, nous avions noté qu'il sortait en moyenne une voiture tous les quarts d'heure, le plus long intervalle constaté étant d'une demi-heure. Ce soir-là, pourtant, nous avons dû patienter trois quarts d'heure ; enfin une voiture s'est présentée devant la porte, côté garage.

J'ai approché l'émetteur radio de ma bouche et murmuré : « C'est parti.

— Ça marche », a répondu Green.

J'ai fait glisser de mes épaules les sangles du sac noir de LuEllen et je me suis mis à genoux. La voiture a émergé du garage et s'est engagée dans la rampe de sortie. La porte était toujours en position haute. Au moment où le conducteur arrivait en surface LuEllen a pressé le bouton correspondant à une des mémoires de son téléphone portable. Une fois le véhicule hors de vue, elle m'a soufflé : « On y va. »

Au moment où nous traversions l'allée d'accès, elle a dit dans l'appareil : « Allô, Georges ? C'est toi ? Comment ça, un faux numéro ? Je sais quand même composer huit chiffres, non ? »

À l'autre bout du fil, le garde a fini par lui raccrocher au nez, mais on avait eu le temps de franchir les trente mètres qui nous séparaient du garage et de chercher refuge derrière un pilier en béton, à côté du monte-charge. Les portes de la cabine étaient fermées, mais se sont ouvertes dès que nous avons appuyé sur le bouton d'appel. Le plafonnier s'est allumé ; j'y ai appliqué le sac noir le temps que LuEllen déclenche la fermeture des portes.

« La trappe », a-t-elle murmuré.

Je lui ai fait la courte échelle, comme chez Jack avec Lane ; elle a entrouvert la trappe de secours avant d'inspecter la cage d'ascenseur avec ses jumelles pour repérer un éventuel détecteur de mouvement à infrarouge, ou tout ce qui pouvait constituer un obstacle.

« Ça va », m'a-t-elle soufflé. Elle a ouvert la trappe en grand. Je l'ai propulsée de l'autre côté, je lui ai passé le sac et j'ai suivi le même chemin. À la lumière de nos deux minilampes torches, nous avons fixé au câble nos poignées ascensionnelles, remis la trappe en place, puis entrepris de grimper dans le noir.

Il nous a fallu cinq minutes pour parvenir au septième, l'étage de Corbeil. Suspendue à la hauteur des portes de l'ascenseur, LuEllen a sorti son stéthoscope et prêté l'oreille. Rien. Puis elle a appuyé sur un deuxième bouton-mémoire de son portable – qui correspondait cette fois au numéro de Corbeil. Là non plus, pas de réponse. Sur un signe d'elle, j'ai introduit de force le pied-de-biche entre les deux portes coulissantes, qui ont fini par s'ouvrir. LuEllen s'est livrée à une rapide inspection du couloir à l'aide d'un petit miroir, puis est sortie de la cage d'ascenseur. J'ai suivi cinq secondes plus tard avec le sac.

Les parties communes de l'étage étaient disposées comme toujours chez les riches, c'est-à-dire de telle manière que les résidents s'y croisent le moins souvent possible. L'ascenseur s'ouvrait sur un vestibule prolongé par deux couloirs, un menant chez Corbeil et l'autre à l'appartement qui occupait le reste de l'étage. Chacun virait à angle droit peu après ledit vestibule. En émergeant du monte-charge, nous nous sommes retrouvés dans celui qui conduisait à la porte de Corbeil, mais trop loin : nous l'avions dépassée. Il a donc fallu rebrousser chemin.

LuEllen m'a repris le pied-de-biche amélioré et l'a inséré entre chambranle et battant. Puis, grâce à un écrou carré, elle a fixé un petit volant métallique sur la partie supérieure de l'engin et m'a laissé la place : c'était moi qui devais l'actionner. L'avantage de cet outil mécanique était énorme : il fallait cinq ou six tours de roue pour écarter la porte d'un demi-centimètre, mais rien ne lui résistait. Lentement, très lentement, le battant a bougé ; et tout d'un coup, il a cédé.

LuEllen se tenait à présent derrière moi, face à l'ouverture, un grand couteau à la main. Elle a bondi à l'intérieur, direction le placard où devait se trouver le système d'alarme. Au même moment je me suis mis à dérouler les cinquante mètres de corde d'escalade que contenait – entre autres – le sac. Ce faisant, j'ai entrepris un décompte *in petto*. Certains systèmes d'alarme vous laissaient jusqu'à deux minutes pour entrer votre code. Mais d'autres se déclenchaient bien avant. Le clavier s'était mis à biper lentement dès que LuEllen était entrée. Quand elle est arrivée au placard, je me suis introduit à sa suite et j'ai refermé la porte.

Vingt secondes. J'ai entendu un bruit de lutte, puis quelque chose qui se déchirait, et enfin plus rien – sinon le bip-bip-bip de l'alarme, qui s'est bientôt mué en biiiiiiip. Trente secondes. Le boîtier composait le numéro de téléphone d'alerte qu'on lui avait associé. Merde. On avait programmé le plus court délai possible. Mais LuEllen s'est encadrée dans la porte, noire sur fond gris. « Tout va bien, a-t-elle annoncé d'une voix quasi normale.

— Bon, je détourne la ligne. » J'étais trempé de sueur. J'avais l'habitude de l'espionnage industriel, et je pénétrais souvent dans des endroits où je n'avais rien à faire, mais le cambriolage en appartement de luxe, ce n'était pas mon truc.

« Regarde le tapis. »

J'ai suivi son regard et le faisceau de sa torche : nous laissions des traces de pas. « Aïe. » Je suis, retourné jeter un œil dans le couloir : il en était jalonné aussi, depuis l'ascenseur, bien qu'elles soient moins perceptibles à cause de l'éclairage tamisé. « Tant pis, je m'occupe quand même de la ligne. Espérons que personne ne les verra. »

Encore un risque non calculé.

Nous avons rapidement visité l'appartement pour nous assurer qu'il était bien désert. Au passage, je me suis arrêté le temps d'admirer le beau travail effectué par LuEllen sur le tableau de commande du système d'alarme. Avec son couteau, elle avait foré un trou dans la brique sèche pour exposer le mécanisme ; impossible d'arracher les fils : la société de surveillance aurait immédiatement été alertée. Puis elle avait dénudé un fil, posé deux dérivations, et ensuite seulement coupé le circuit entre elles ; celle d'en haut désactivait le clavier de commande, celle d'en bas maintenait le circuit actif pour empêcher l'émission du signal d'alarme dirigé vers l'extérieur. Et tout ça en vingt-cinq secondes tout au plus...

La pièce où nous avions craint de découvrir un studio pour domestique logé était bien une chambre d'amis, finalement ; elle s'accompagnait d'une salle de bains et d'un petit salon. L'ordinateur était dans un petit bureau prévu à cet effet. « Ne t'arrête pas, ai-je dit. Continue tout droit. »

Le balcon courait sur toute la longueur de l'appartement. Nous avons inspecté un moment le balcon adjacent, à la jumelle infrarouge, puis ouvert prudemment la porte et tendu l'oreille. J'entendais de la musique – radio ou CD –, mais à l'intérieur, de manière assourdie. Sans doute en provenance de l'étage au-dessus. Nous avons fixé la corde autour d'un des piliers de soutènement au moyen d'un nœud coulant, avant de l'enrouler de telle manière qu'un coup de pied suffise à l'expédier dans le vide. Si quelqu'un venait, cela nous permettrait d'évacuer les lieux en moins d'une minute et de tirer la corde derrière nous.

Cela fait, nous nous sommes dirigés vers le coffre-fort, joliment dissimulé derrière un panneau de lambris. « Je m'en charge. Fais ce que tu as à faire », m'a dit LuEllen.

Je me suis mis à aller et venir dans la pièce en laissant partout des traces de cambouis pendant que LuEllen préparait son matériel. Quand le tapis a été couvert de traces de pas, je suis retourné à la porte et j'ai ôté mon pantalon, mon blouson, mes chaussures et mes gants de cuisine souillés. Je suis retourné dans le bureau de Corbeil en caleçon et chaussettes.

LuEllen a fait moins de bruit que je ne craignais. Elle était très compétente dans ce domaine, et il s'agissait moins de percer le coffre que de faire diversion : tant que Corbeil se préoccuperait de lui, et non de son ordinateur, on serait tranquilles.

Une fois dans le bureau, j'ai fermé la porte et allumé la lumière. Ce que je m'apprêtais à faire était assez simple : charger un programme recopiant dans un fichier séparé, sur le disque dur même, tout ce que Corbeil taperait. Un autre programme – de mon cru, celui-là – enverrait le fichier en question, via le Net, vers une de mes boîtes aux lettres électroniques, avant d'effacer toutes ses traces. Restait à savoir si Corbeil avait équipé sa machine, matériellement ou logiciellement, pour détecter les intrusions. J'ai passé vingt minutes à essayer de le savoir, mais en vain. Je ne croyais pas l'ordinateur protégé, mais dans un délai aussi court, on ne pouvait acquérir de véritable certitude.

Une fois mes programmes installés, j'ai examiné le plan de travail ; j'y ai trouvé deux Zip, que j'ai copiés sur ceux que j'avais apportés. Bientôt LuEllen a gratté à la porte. J'ai éteint la lumière avant d'aller lui ouvrir.
« J'ai presque fini.

— J'ai besoin de toi. Vite, rhabille-toi. »

Dans l'autre bureau, plus grand, LuEllen avait d'abord percé des trous dans le mur sur tout le pourtour du coffre-fort cylindrique, au moyen d'une lourde barre au tranchant extrêmement acéré. Le coffre était encastré dans le béton à l'intérieur d'un cadre en acier, sans doute riveté aux poutrelles formant la structure métallique du bâtiment. Puis elle avait ajusté autour de la collerette du cylindre un collier en acier à cinq pans dont la taille et les rivets étaient réglables.

Une fois ce dispositif en place, elle avait percé un autre trou dans le mur opposé, mettant ainsi au jour un des madriers de la charpente. Comme celle-ci n'était recouverte que de brique sèche, cela n'avait pas été trop difficile. Ensuite, elle avait fait passer derrière le madrier une espèce de courroie métallique qu'elle avait fixée au collier (lui-même vissé au coffre), en s'aidant d'une grosse poulie à rendement maximum.

Cette dernière était pourvue d'un manche d'un mètre vingt de long et prolongée par un tuyau d'un mètre, les deux étant reliés par un câble en acier ; elle avait tellement tendu celui-ci que j'aurais pu jouer les funambules dessus sans le faire plier.

« Problème : le coffre commence à bouger, a-t-elle expliqué. Le béton est en train de céder, je l'entends. Seulement, j'exerce une telle pression qu'au moment où le coffre va se détacher, j'ai peur qu'il jaillisse d'un coup.

— Surtout pas !

— Il n'ira pas très loin, rassure-toi ; par contre, il risque de s'écraser par terre et ça ne serait pas des plus discret. Ça s'entendrait même dans toute la baraque. Donc, il faut que je me place ici, juste à côté, pendant que toi tu actionnes le manche de la poulie... »

J'ai obtempéré sous son regard attentif. Le béton se déformait de plus en plus. « Ça commence à s'effriter... Ça s'effrite... Ça s'effrite... Stop ! »

J'ai tout arrêté. Elle s'est approchée du coffre.

« Donne encore un petit coup. »

J'ai obéi et, brusquement, le coffre-fort s'est détaché du mur.

« Doucement, doucement... »

Dix minutes de labeur aussi acharné que silencieux et l'engin est entièrement sorti de son logement. Aussitôt je l'ai récupéré – en reculant sous l'impact –, et je l'ai déposé sur un canapé.

« Comment veux-tu que je descende ça par la cage d'ascenseur ? ai-je protesté. Ça pèse au moins cent kilos. Je n'arriverai jamais à rester agrippé au câble avec ce truc sur le dos.

— On ne peut pas le laisser là, a-t-elle rétorqué d'un ton pressant. C'est pratiquement dans la poche.

— Écoute, je peux le trimballer, mais il pèse beaucoup trop lourd pour le volume qu'il représente.

— Bordel, Kidd ! On ne va quand même pas... Attends. » Après avoir tourné autour, elle est partie vers le fond de l'appartement. Elle est revenue avec un drap en satin noir. « On l'embarque. Je vais te donner un coup de main.

— Comment vas-tu t'y prendre ?

— Aide-moi, tu vas voir. »

On a emballé le coffre dans le drap pour pouvoir le traîner en tenant ce dernier par les quatre coins. LuEllen était forte comme un bœuf ; elle a noué un coin du drap sur son épaule, puis m'a fait signe de la suivre. Elle a retraversé l'appartement pour sortir sur le balcon.

« Qu'est-ce que tu mijotes ? ai-je murmuré.

— On le balance par-dessus bord.

— Pas question.

— Mais si, tu verras. Si on le jette de cet endroit précis il s'enfoncera dans la terre meuble, tout en bas.

— Tu plaisantes !.... » Je balayais du regard le terrain de golf. « On va nous voir.

— Il y a peu de chances. » Elle m'a fait un grand sourire. Ce genre d'aventure, elle ne vivait que pour ça ; un jour, c'était aussi ce qui lui vaudrait la prison, peut-être. « Allez, quoi ! Sois chic !

— Oh, et puis tant pis. »

Avant de jouer les chics types, j'ai quand même appelé Green. « Rien à signaler ?

— Que dalle.

— Passez devant en voiture et ouvrez l'œil.

— Une minute. »

On a attendu. Il a repris : « Un type qui lit un magazine.

— Ah, c'est malin.

— Cinq sur cinq. » Il ne rigolait pas du tout.

J'ai soulevé le coffre non sans pousser un gémissement, puis je me suis penché, j'ai visé et lâché l'objet. Il a atterri deux ou trois secondes plus tard huit étages plus bas, avec un bruit sourd de voiture heurtant un poteau téléphonique.

On est restés figés sur place, parfaitement immobiles. Pas la moindre exclamation de surprise, même étouffée. Rien qu'une voiture accélérant au loin.

« Les doigts dans le nez », a conclu LuEllen.

On aurait sans doute couru moins de risques à ressortir par la cage d'ascenseur, mais elle m'a persuadé de descendre en rappel. « Il n'y a personne sur les balcons. On ne risque rien.

— Franchement...

— Dans dix secondes on est dehors. »

Ça nous a quand même pris un peu plus de temps. J'ai insisté pour qu'on opère un dernier tour de l'appartement, sans s'approcher de l'ordinateur mais, là encore, en laissant des traces de pas partout. On a remballé le sac noir, puis enfourché le balcon. Une fois à terre, LuEllen a enroulé la corde et épaulé le sac pendant que je me débattais avec le coffre. J'ai réussi à le transporter sur une centaine de mètres sans m'arrêter. On l'a placé dans le drap aux coins noués, et en dix minutes on regagnait notre angle de la clôture.

J'ai envoyé LuEllen chercher la voiture. Elle est partie avec le drap. Elle l'a étalé sur le siège arrière, et quand elle est revenue se garer devant moi, j'ai lancé le coffre par-dessus le grillage, je suis passé de l'autre côté, puis je suis allé le déposer dans la voiture.

Les doigts dans le nez, quoi.

Chapitre dix-huit

Quand elle ressortait d'un endroit où elle n'était pas censée mettre les pieds, LuEllen était invariablement sur les nerfs. On avait toujours l'impression de voir un gosse hyperactif qu'il fallait sans cesse contenir et calmer. Ce soir-là, elle a exigé la voiture, le coffre-fort et les outils.

« Où vas-tu ?

— Je retourne à Shreveport. Si je lui rends ses outils, il m'ouvrira gratuitement le coffre.

— J'espère qu'il n'a pas l'intention de le faire sauter ? »

Elle a levé les yeux au ciel. « Faut sortir un peu, Kidd. On ne fait plus sauter les coffres depuis Bonnie & Clyde. Il va le découper au tour. »

Elle m'a déposé à l'hôtel et a aussitôt redémarré. En descendant de voiture, je lui ai conseillé : « Lève le pied, d'accord ?

— Évidemment. »

En cavale, il ne fallait surtout pas rouler vite. Si vous preniez l'autoroute et que vous bloquiez l'aiguille du compteur à cinq kilomètres heure au-dessus de la vitesse limite, pas un flic au monde ne vous prêtait attention. En revanche, si on relâchait son attention, l'adrénaline finissait par l'emporter et tôt ou tard on passait devant un flic à cent soixante à l'heure en l'ayant l'impression de rouler à soixante-dix.

LuEllen partie, j'ai couvert plusieurs centaines de mètres à pied pour trouver une cabine téléphonique. Enfin, entre une station-service et un parking, et avant de consulter la boîte aux lettres électronique où j'avais redirigé les documents de Corbeil, j'ai appelé Lane.

Elle était presque aussi à cran que LuEllen. « Alors ? Qu'est-ce que vous avez trouvé ? Pourquoi vous ne venez pas nous rejoindre ?

— On ne sait pas encore ce qu'on a. Ça se trouve dans un coffre qu'il faut d'abord forcer. LuEllen s'en occupe ce soir même, mais ça va lui prendre toute la nuit.

— Et l'ordinateur ?

— Normalement, on est connectés. Je vérifie tout de suite.

— Si vous saviez ce que j'ai eu peur, Kidd ! Même sans être sur place... Faudra que je raconte ça dans mes mémoires !

— Au contraire ! Effacez tout de votre *mémoire.* »

La boîte aux lettres était vide. Mais je m'en doutais : mondain comme il était, et porté sur les top-models, Corbeil rentrerait tard – s'il rentrait ; à moins qu'on ne découvre sa porte fracturée.

Pour finir, j'ai contacté Bobby. Rien de neuf sur les Jaz de Bobby ; en revanche, il était sûr que l'offensive contre le fisc venait bien d'Europe.

> J'ai trouvé des numéros en Allemagne et identifié des ordinateurs zombis qui alimentent l'assaut d'ici. Je transmets à notre contact N.S.A. pour la détourner des autres noms.
>
> ***Ne place pas trop d'espoirs en elle. Ce n'est pas une lumière.***

Faut bien se protéger. Qu'ils nous lâchent un peu.

Fais gaffe à toi.

Toi aussi.

Je me suis mis au lit deux heures avant l'aube, en me faisant un sang d'encre pour LuEllen. J'ai sommeillé trois heures puis, groggy mais incapable de me rendormir, j'ai préféré me lever. Mal m'en a pris : j'ai aussitôt failli me casser la figure. La veille je m'étais senti un peu rouillé, mais là, chacun de mes muscles poussait son hurlement de protestation. Maudit coffre ! Les élongations musculaires, ça me connaissait, surtout ce que certains médecins appellent « micro-élongations » : celles qu'on se fait en pelletant la neige devant chez soi, par exemple, et qui ne concernent pas un ou deux grands muscles, mais mille petits.

Je me suis rendu à la salle de bains à cloche-pied, j'ai pris six ibuprofènes dans ma trousse de rasage et je les ai avalés tout rond avant de me raser ; ensuite, je suis resté un quart d'heure sous une douche brûlante. On dit que dans ces cas-là il faut appliquer de la glace, mais c'est absurde : pour refroidir tout ce que je m'étais étiré, il aurait fallu que je m'enfouisse dans une congère. Et de toute façon, la chaleur m'a fait du bien.

Je me séchais précautionneusement quand tout à coup j'ai eu la conviction – le pressentiment, en quelque sorte, mais sans connotation négative – que LuEllen venait de rentrer. Je suis allé entrouvrir un rideau pour regarder dans le parking. Encore une belle journée, très ensoleillée, mais nimbée d'une espèce de sécheresse matinale qui n'existait pas dans mon Minnesota. Et pas trace de LuEllen.

Autant pour les prémonitions. Pourtant, une autre m'est venue comme j'achevais de me sécher : je venais de voir quelque chose d'important. Mais quoi ? J'ai fait quelques pas dans la chambre, regardé une nouvelle fois par la fenêtre, avant de me planter devant le miroir, puis de contempler ma serviette de bain... Qu'est-ce que ça pouvait bien être ?

J'ai fini par renoncer et m'habiller sans hâte. C'était mon dos et le dessous des bras qui me faisaient le plus souffrir ; la face interne des cuisses n'était pas brillante non plus. Il n'y avait guère qu'aux cheveux que je n'avais pas mal – maigre consolation. Au moment de descendre prendre le petit déjeuner, j'ai eu un nouveau pressentiment, pour la troisième fois de la matinée. C'était encore en rapport avec LuEllen. Je suis retourné à la fenêtre, et juste à ce moment-là, j'ai vu notre Pontiac noire s'engager sur un emplacement. Ce pressentiment-là tombait juste ; d'ailleurs, pour peu qu'on en ait suffisamment souvent, il y en avait toujours un qui finissait par se confirmer. LuEllen est entrée dans l'hôtel sous mes yeux, et quelques minutes plus tard je l'ai entendue approcher dans le couloir.

« Je t'ai vue arriver, ai-je annoncé. Alors, comment ça s'est passé ?

— Oh, tu sais... Avec un tour assez grand, genre modèle industriel, les coffres-forts, on y rentre comme dans du beurre. » Elle a refermé la porte. « Si on peut le positionner et le faire tourner sur place, il n'y a pas de problème pour l'ouvrir. » Puis elle s'est dressée sur la pointe des pieds pour me donner un gros baiser, ce qui m'a arraché une grimace.

« Qu'est-ce que tu as ?

— C'est ce putain de coffre. Je me suis fait des élongations partout.

— Tu sais que le pénis est un muscle comme les autres ?

— Oui, et il a subi le même sort que les autres. »

Puis : « Tu as l'air contente, dis donc. Toute guillerette, même. »

Alors elle a sorti de sa poche un objet brillant qu'elle m'a brandi sous le nez ; j'ai placé ma main en coupe au-dessous de son poing serré et elle y a laissé tomber un collier de diamants sertis dans le platine. « Tu te rappelles la super-nana qu'on a vue descendre de bagnole devant chez lui ? Elle ne le portait pas en entrant. Mais en ressortant, elle n'arrêtait pas de le tripoter. Il était trop beau, trop cher ; j'étais sûre que ce Corbeil ne le lui avait pas offert et qu'on le retrouverait dans son coffre.

— Il va chercher dans les combien ?

— Un max. Mon contact en Géorgie dit qu'il peut m'en avoir cent cinquante mille. Les diams sont petits, un carat chacun, mais de super-qualité ; comme si le collier était fait pour être revendu. Une espèce de compte en banque portatif, quoi.

— Et c'est tout ce qu'il y avait dans le coffre ? Le collier ?

— Eh non ! » Un sourire. « On a trouvé aussi quarante mille dollars en billets de cent.

— Pas de disquettes, de tirage imprimante... ? »

Elle a secoué la tête. « Rien de tout ça. Des papiers personnels – contrat de crédit immobilier, certificat de naissance, passeport... J'ai tout rapporté, mais je ne crois pas que ça te soit très utile. Par contre, pour quelqu'un comme moi, l'opération valait le coup.

— En plus, il sera moins tenté de vérifier son ordinateur.

— Possible. Tu sais, Kidd... Il t'est déjà arrivé de me mettre dans la merde, mais on s'est toujours fait du blé au passage, hein ? Ça ne rate jamais, nous deux.

— On a eu du bol, voilà tout. »

Elle est descendue avec moi prendre le petit déjeuner ; puis elle a déclaré qu'elle devait dormir un peu.

Comme elle m'avait donné sommeil aussi, on est montés dans sa chambre et on a accroché l'écriteau « Ne pas déranger. » On a dormi jusqu'en début d'après-midi. C'est Green qui nous a réveillés : il voulait savoir ce qu'on fabriquait.

On a tous dîné ensemble. En attendant les plats, Green a examiné le passeport de Corbeil.

« Ce type voyage beaucoup. Il a été obligé de faire rajouter des pages. » Il les a dépliées en accordéon. « Il va souvent au Proche-Orient. Et en Inde.

— Encore un de ces mecs qui sont allés partout, qui ont tout vu et tout fait », a placé LuEllen.

Notre commande est arrivée. Green s'est penché sur le contrat d'emprunt, pour en conclure qu'il s'agissait en fait d'un sous-seing privé ; j'ai affirmé que c'était la même chose, mais LuEllen a dit que non, pas tout à fait.

On en était au dessert quand Green a replié le document. Il l'a laissé négligemment tomber sur la table en commentant : « Ce mec trempe dans une affaire pas claire où il est question d'un ranch.

— Un ranch ?

— Ouais ; une affaire conclue entre particuliers, apparemment. Il a payé sept cent cinquante mille dollars cash en s'engageant à verser mille dollars par an pendant dix ans, avec possibilité de solder à tout moment.

— Ça alors ! Un type capable de débourser trois quarts de million de dollars d'un coup qui ne peut pas se procurer les dix mille qui restent ?

— Ça ne tient pas debout, a renchéri Green.

— Mais si, voyons ! a coupé LuEllen, qui léchait sa cuiller de crème glacée telle une vivante publicité pour la fellation.

— Si Miss Suce-la-glace veut se donner la peine de nous expliquer..., a dit Lane.

— Dans ces cas-là, on ne devient propriétaire pour de bon qu'une fois le dernier versement effectué.

— Et alors ?

— Alors, ça signifie que le ranch en question est toujours au nom du vendeur. C'est qui, au fait ? »

Green a repris le document. « Un certain Fred Lord.

— Donc, comme Corbeil n'a pas tout à fait fini de payer, il a la jouissance des terres, mais c'est le nom de Fred qui apparaît sur la déclaration foncière, au cadastre, etc. C'est une ruse.

— Parce qu'il ne veut pas qu'on sache qu'il possède un ranch ? me suis-je enquis. On devrait aller y jeter un coup d'œil. Ça se trouve où ?

— McLellan County, m'a informé Green. Je ne sais pas où c'est. Il y a plus de cinq cents hectares. Un petit empire. »

Lane voulait y aller toutes affaires cessantes. « Que peut-on faire d'autre ?

— Surveiller la nouvelle boîte aux lettres. L'ordinateur de Corbeil nous est plus précieux que son ranch.

— Qu'est-ce qu'on en sait ? » Son ton devenait impérieux. « J'ai l'impression qu'on est en train de s'enliser. Trois semaines depuis la mort de Jack, et plus personne ne s'en soucie à part nous.

— Vous oubliez les gens qui en ont après Firewall.

— Oh, ceux-là... » Elle a chassé ma suggestion d'un revers de main, comme si c'était un vulgaire moucheron. « On finira par alpaguer une bande de gamins, et on n'en parlera plus.

— Si seulement. Malheureusement, ça m'étonnerait. »

On a discuté un petit moment de Firewall, de la méthode employée pour attaquer les services fiscaux et de l'emploi d'« ordinateurs zombis ». On a aussi évoqué son futur interrogatoire par la police, fixé au lundi matin, donc seize heures plus tard.

Elle tenterait de les orienter avec insistance vers AmMath. Plus on en rajouterait de ce côté-là, plus cette boîte susciterait la curiosité des flics, du F.B.I. et de la N.S.A., plus on favoriserait les fuites. Et si on pouvait mettre les médias sur le coup, en faire un enjeu politique, on réussirait peut-être à déclencher une enquête officielle.

« Je ne saisis pas la logique de votre raisonnement, a déclaré Lane.

— Il n'y en a aucune. Il faut simplement continuer à parler d'AmMath, les relier sans cesse à Firewall, à l'assassinat de Jack, à l'incendie de sa maison, à votre cambriolage... On n'a pas à expliquer quoi que ce soit, juste à établir des corrélations. »

Nous avons convenu de nous retrouver le lendemain après-midi, quand Lane rentrerait de chez les flics. Mais quand nous nous sommes séparés ce soir-là, je captais toujours de mauvaises vibrations en provenance de la jeune femme : pour elle, c'était Jack qui comptait ; et il était évident que ce n'était plus le cas pour LuEllen et pour moi.

« Elle commence à m'inquiéter un peu, m'a signalé cette dernière. Et si elle se met en tête de tout raconter aux flics – sur nous, Firewall, la N.S.A., tout ! – pour les contraindre à enquêter sur le meurtre de son frère ?

— Elle n'en sait pas tant que ça.

— Elle sait qu'on est entrés chez Corbeil. C'est déjà pas mal.

— Ouais. » On a roulé un moment en silence, puis j'ai soupiré. « On n'en est pas encore là. On peut sans doute la convaincre qu'en vendant la mèche, elle ferait plus de mal que de bien. Elle m'écoutera.

— Espérons. Mais il faut envisager une position de repli. Dommage qu'elle sache où tu habites », a-t-elle ajouté après un court instant.

Corbeil s'est connecté en milieu de soirée. Pas moyen de savoir quand on avait constaté le cambriolage, mais j'avais consulté la boîte-dépôt toutes les heures ; à dix heures du soir elle s'est remplie de documents émanant d'une connexion entre l'ordinateur de Corbeil et celui d'AmMath. Le logiciel dont je m'étais servi était assez simple – on pouvait se procurer le module principal pour 99 dollars. En gros, il enregistrait toutes les frappes clavier. De là, tout ce que Corbeil tapait était redirigé en temps réel vers ma boîte aux lettres. C'était un peu difficile à suivre, surtout si l'autre était mauvais dactylographe, mais j'avais de la pratique – j'étais capable de lire le résultat comme s'il s'agissait d'une banale lettre.

« Qu'est-ce que ça donne ? m'a demandé LuEllen, penchée par-dessus mon épaule.

— Pour commencer, le numéro de téléphone, le protocole d'accès et le mot de passe dont il se sert pour se connecter à l'ordinateur d'AmMath. Après ça, pas grand-chose. »

Corbeil écrivait une note de service à un de ses agents de sécurité pour lui parler du cambriolage.

> Où êtes-vous ? Je ne vous trouve nulle part. Je me suis fait cambrioler. On a arraché le coffre-fort du mur, sans doute avec du matériel lourd vu que l'appartement est tout en chantier. On a pris de l'argent et des bijoux. Il faut se mettre en état d'alerte tant à la boîte qu'au ranch. Embaucher du personnel temporaire de nuit dans les bureaux. J'ai essayé de contacter Nasmith Security mais je n'arrive pas à avoir la connexion. Il faut faire venir du monde ce soir même ! ! J'irai sur place en personne quand on en aura fini ici. J'ai dû appeler les flics parce que le cambriolage a été

> découvert par le syndic de l'immeuble. Pas moyen de faire autrement. La police va arriver. C'est peut-être le fric et les diams qui ont attiré les braqueurs. Marian portait le collier vendredi, n'importe qui a pu le voir. Aucun moyen de s'en assurer, alors mieux vaut partir du principe qu'on cherchait autre chose. On a intérêt à garder profil bas pendant huit à quinze jours. J'appelle les pakis demain après-midi pour les faire patienter. Effacez ce message après l'avoir lu et appelez-moi.

Ensuite il a ouvert un document. Nous n'avons pas pu voir ce qu'il contenait, puisque le programme-espion n'enregistrait que les frappes de touches, mais il s'intitulait VHM2. Corbeil s'est contenté de lire, puis il a coupé la connexion et on n'a plus rien reçu.

« On y va, ai-je annoncé. Il est hors ligne, et pour un bon moment. »

On a trouvé un autre hôtel, en s'inscrivant cette fois sous la fausse identité que je m'étais procurée à San Francisco, mais en payant cash ; puis on s'est reconnectés au réseau. Ma boîte-dépôt était vide : Corbeil ne s'était pas reconnecté de son côté. J'ai composé le numéro que je venais de récupérer pour AmMath, entré son mot de passe et pénétré dans l'ordinateur.

Le fameux fichier VHM2 était bref : quelques notes de service, une liste de noms et de numéros de téléphone. J'ai cherché en vain un VHM3, puis un VHM1 ; enfin je me suis rabattu sur VHM tout court, mais toujours sans succès – ce qui m'étonnait, vu que les fichiers que nous tenions de Jack portaient tous la mention VHM. Ils pouvaient se trouver ailleurs sur l'ordinateur, voire sur une autre machine à laquelle nous n'avions pas accès.

J'ai quand même mis la main sur un gros fichier administrateur appelé CLPR, qui s'est avéré contenir des notes internes concernant le programme Clipper II. Je l'ai téléchargé sur un de mes Jaz, ce qui m'a pris un bout de temps. Trop longtemps, en fait. Une fois le téléchargement terminé, j'ai coupé la connexion.

Dans la mesure du possible, nous avions pris soin de ne toucher aucune surface solide dans la chambre ; nous avons soigneusement essuyé toutes les autres, puis annoncé au réceptionniste qu'un imprévu nous obligeait à partir plus tôt que prévu. Il a posé sur LuEllen un regard qui disait *Mais oui, c'est ça...* Sur quoi nous sommes rentrés à l'hôtel.

« On aurait dû prendre le temps de faire des galipettes pour ajouter de la vraisemblance à notre histoire, j'ai dit. Tu n'as pas le teint joliment rosé comme d'habitude après l'amour.

— Il est encore temps d'y remédier.

— Pour impressionner le planton, c'est trop tard. »

Le fichier VHM2 était surtout intéressant pour les noms qu'il révélait : des chefs militaires de tous les pays, avec une préférence pour la ribambelle d'États islamistes s'étendant de la Syrie à l'Indonésie. L'Égypte était la seule nation représentée pour le continent africain. Par ailleurs, il manquait la Turquie.

« Qu'est-ce que ça a de bizarre ? a voulu savoir LuEllen quand je lui en ai fait la remarque.

— C'est le choix des noms... Pour quelqu'un qui fabriquerait le Clipper, ces gens sont tous des clients potentiels ; mais les plus gros resteraient tout de même les États de premier plan : la Grande-Bretagne, la France, l'Allemagne, la Russie, le Japon, la Chine, l'Inde, etc. Au lieu de ça, on a la Syrie, l'Irak, l'Iran, le Koweït, le Pakistan, l'Indonésie, le Kazakhstan... et il manque l'Afghanistan, l'Arabie Saoudite et la Turquie.

— Ce n'est peut-être qu'un fichier parmi tant d'autres. S'il s'appelle VHM2, c'est peut-être que la numérotation continue, même si on n'a pas trouvé la suite. Le reste se trouve peut-être ailleurs. À moins qu'on ne l'ait effacé.

— Oui, tu as raison. »

Le fichier CLPR, lui, regroupait environ deux mille notes de service traitant de banales questions techniques, financières ou liées à la gestion du personnel. On a passé quatre heures dessus – en se contentant de survoler, pour tout dire – sans rien trouver d'exploitable.

« Tu sais quoi, Kidd ? Si j'étais obligée de bosser dans un bureau, je crois que je m'ouvrirais les veines. Je n'imagine pas devoir rédiger ce genre de conneries – et encore moins y accorder une quelconque importance.

— Pas une seule info intéressante dans tout ce bazar, ai-je constaté, découragé.

— Encore que... Ce n'est pas à proprement parler une info, et de toute façon, je ne suis pas sûre de ce que j'avance, mais regarde un peu les dates... »

LuEllen m'a fait remarquer que deux ans plus tôt on classait entre dix et vingt notes de service hebdomadaires à propos du Clipper, alors que l'année précédente on en comptait tout au plus une dizaine, et que dans les six ou huit derniers mois, ce chiffre tombait à quatre ou cinq par semaine.

« Comme si le projet était en perte de vitesse, a-t-elle suggéré.

— Ou alors ils manquent de temps ou d'argent. Si ça se trouve ils ont piqué dans la caisse et maintenant, ils essaient de le camoufler.

— Dans ce cas, pourquoi sont-ils prêts à tuer pour une photo représentant trois types dans un parking ? Si tel est bien le cas.

— On le saurait si on pouvait découvrir l'identité des trois types en question.

— Comment faire ?

— Je ne crois pas que ce soit possible. Après tout, on n'est pas le F.B.I., nous ! On n'est personne. Personne en particulier... »

Chapitre dix-neuf

Corbeil était dans une rage folle. Le collier lui manquait tellement qu'il en avait des démangeaisons au creux de la paume. Et on avait osé violer son territoire privé. Il était tellement en colère que sur le moment l'idée que le collier ait pu être une simple diversion ne l'avait même pas effleuré. En plus, « ils » s'y étaient admirablement pris.

Ils l'avaient bien eu, avec leurs traces de pas pleines de cambouis sur la moquette du salon, dont une seule passant devant l'ordinateur. En se les représentant mentalement, il ressentait encore la vague de soulagement qui l'avait envahi quand il avait constaté qu'on n'avait pas touché à l'ordinateur.

Car la perte du collier le faisait enrager ; mais tant que l'affaire en était restée là, il avait cru à de simples cambrioleurs. Il les avait assez exhibés, ces diamants, au cou de la moitié des mannequins de Dallas ! Mais en fait « ils » s'étaient crus plus malins que lui ; ils avaient prévu son raisonnement.

Et le soir même on avait détourné le contenu de son ordinateur. Il ne s'en serait jamais aperçu si Woods n'avait pas monté la garde justement à ce moment-là et constaté, le lendemain matin, de curieuses explorations aléatoires dans les fichiers. Il était venu s'informer, et Corbeil avait tout de suite compris ce qui s'était passé.

Il s'était fait avoir.

« Lane Ward, lâcha-t-il.

— Comment voulez-vous qu'elle en ait les moyens techniques ? protesta Hart. Le type qui s'est introduit dans votre appartement est un pro. Ce ne sont pas des hackers qui ont arraché votre coffre-fort du mur. Il faut un matériel spécial. Je vous rappelle qu'ils ont failli tout casser et que personne n'a rien entendu.

— Alors qui ça peut bien être ? Le F.B.I. ? Non, trop voyant. Ils n'en sont plus là. La C.I.A. ? Non plus : de toutes les organisations gouvernementales, ce sont eux qui redoutent le plus l'emploi de la force. La N.S.A. ? Quand ils ne savent pas exactement où chercher, ils sont aussi démunis que nous. Reste Lane Ward. Et si ce n'est pas elle, elle pourra au moins nous dire à qui on a affaire. Rappelez-vous ce qu'ils ont fait de votre mouchard, à San Francisco. Il faut absolument qu'elle nous mette sur la piste. » Il se tourna vers Hart. « Embarquez-la, direction le ranch.

— Si je puis me permettre... C'est le plus sûr moyen de s'assurer que ça dégénère. N'oubliez pas qu'il y a déjà un lien entre moi et le meurtre de Morrison.

— Et si on la faisait passer pour un membre du réseau Firewall ? De ce côté-là, on a déjà déblayé le terrain. Je n'ai qu'à obliger Ward à s'introduire sur le serveur en utilisant les informations prélevées sur mon ordinateur, exactement comme ils s'y sont pris, *eux*, sauf que cette fois on fera comme si quelqu'un s'était intéressé de très près au Clipper II, ce qui nous autorisera à alerter la N.S.A. et le F.B.I. Pour les diriger sur Lane Ward.

— Comment ? Elle aura laissé tomber son permis de conduire par terre dans un coin de sa chambre de motel, peut-être ? s'enquit Hart, sceptique. En plus, elle n'est pas seule, on le sait.

— Justement : on voudrait bien lui parler aussi, à

ce mystérieux compagnon. Je parie que c'est un as de la piraterie fraîchement sorti de la fac de Stanford et capable de se faufiler dans n'importe quelle machine. Encore un de ces gringalets à grosse tête, tellement malins que si ça se trouve, ils savent aussi déboîter les coffres-forts. »

Hart secoua la tête ; Corbeil reprit : « Avec ses empreintes digitales, alors ?

— Hein ?

— On simule une attaque informatique depuis une chambre de motel, et quand le F.B.I. vient enquêter, il retrouve les empreintes de Lane Ward partout.

— Comment on va s'y prendre ?

— On s'arrange pour que la rencontre ait lieu dans une chambre d'hôtel qu'on aura louée. On discute avec elle, on s'assure qu'elle laisse des empreintes, et ensuite seulement on l'embarque au ranch. Aussitôt, à partir de la chambre, Woods composerait un numéro confidentiel en se faisant passer pour un intrus. Au F.B.I., ils savent encore remonter à la source des appels, quand même.

— Trop compliqué. Imaginez qu'elle s'échappe, qu'elle se mette à crier...

— Eh bien, si c'est trop compliqué, emmenez-la au ranch, fulmina Corbeil.

— Mais dans ce cas, on ne pourra pas avoir ses empr...

— On récupérera ses mains. Là où elle sera quand on en aura fini avec elle, elle n'en aura plus besoin, de toute façon.

— Bon Dieu, Corbeil...

— Corbeil suffira, merci.

— Écoutez, toute cette histoire commence à me...

— Quoi ?

— J'ai l'impression qu'on ne contrôle plus rien.

— Vous savez quoi, William ? Vous avez parfaitement raison. Il est grand temps qu'on reprenne les choses en main. Sinon, on est cuits. Vous avez tiré un an dans la plus cool des prisons texanes. Ça vous dirait, un séjour dans une des plus dures, pour changer ? Celles qu'on réserve aux traîtres ? Parce que c'est comme ça qu'on nous appelle, vous savez : des *traîtres*. Si on se fait prendre, on est dans la merde jusqu'au cou, et pour le restant de nos jours.

— Et si on se contentait de...

— Quoi ? De ne rien faire ? On a déjà essayé, William. Ça n'a pas marché. Il *faut* qu'on sache ce qui se passe. Si ça tourne au vinaigre, il faut au moins qu'on ait le temps de se casser.

— Se casser ? » Hart se prit la tête à deux mains. « Oh bon Dieu... Se casser.

— Donc, c'est *vous* qui allez alpaguer Ward. Plus le pirate qui la cornaque. Pendant ce temps, moi, je reste assis là... » Il indiqua son bureau en merisier, dans un angle de la pièce. « ...et je cherche comment mettre tout ce bazar sur le dos de Firewall. Que, le cas échéant, on ne soit pas seuls à plonger.

— On devrait arrêter l'opération "Vieil homme de la mer". » Corbeil haussa les épaules. « Si vous y tenez... Mais je n'en vois pas l'utilité. Ils n'en soupçonnent pas l'existence.

— Je me sentirais plus à l'aise.

— Je vais en parler à Woods. »

Chapitre vingt

Le lendemain matin, on a fait la grasse matinée ; LuEllen a dormi encore plus longtemps que moi. C'est seulement à dix heures que je me suis levé en m'étirant avant d'aller me laver. Quand je suis revenu dans la chambre, elle était à moitié réveillée. Elle avait repoussé les couvertures et, vue sous un certain angle, depuis la porte de la salle de bains, elle formait un tableau charmant, avec son visage joliment encadré par un bras négligemment rejeté tandis que, juste au-dessous – toujours selon une perspective bien particulière –, se profilaient une cuisse et, au premier plan, un pied. Les pieds sont de bons sujets pour le dessinateur, surtout vus d'en bas. Sans faire de bruit, je suis allé chercher mon carnet à esquisses dans ma mallette ; puis j'ai posé une chaise près de la porte de la salle de bains et dessiné une bonne heure.

Finalement, prenant conscience du silence qui régnait, elle s'est redressée à demi pour regarder autour d'elle. « Kidd ?

— Je suis là.

— Quoi ? Tu dessines encore mes fesses ? » Elle s'est assise dans le lit en bâillant.

« Pas seulement. Elles font partie du tableau, sans pour autant en occuper le centre ; il en manque même un bout. »

Comme j'ajoutais un ombrage croisillonné au niveau des orteils, elle est venue jeter un regard par-dessus mon épaule. « Tu m'as fait de trop grands pieds.

— C'est une question de perspective.

— N'empêche, je n'ai pas les pieds aussi grands. Je chausse du 37.

— Mais c'est à cause de l'angle !

— Non, a-t-elle tranché. Mes pieds ne sont pas si grands, un point c'est tout. Ni le gros orteil aussi recourbé.

— Tu as raison. Pardon. Je te présente mes excuses.

— Tu parles ! » Nouvel étirement. « Tu te moques bien de savoir si tu froisses un ego fragile. Comme tous les artistes.

— Je ne sais plus qui a dit : "Un portrait, c'est un tableau qui a quelque chose de raté au niveau de la bouche." Sargent, je crois. Mais je ne crois pas qu'on ait jamais appliqué la même formule aux pieds.

— Eh bien, je serai la première.

— Va donc prendre ta douche. »

Elle a obéi ; de mon côté, je me suis évertué à rendre correctement les effets de la perspective sur sa jambe et son pied, avec en fond son visage dépassant légèrement au-dessus de sa cuisse, et plus loin encore, l'oreiller. Tout cela pour jeter le dessin au panier quand je l'ai jugé fini. Décidément, il y avait bien quelque chose de raté au niveau du pied. La tête pleine de considérations artistiques, en attendant que LuEllen réapparaisse, je suis allé regarder le parking.

Et là, j'ai eu une révélation.

J'ai compris, tout à coup, pourquoi la dernière fois j'avais eu l'impression que quelque chose de capital m'échappait.

J'ai compris ce qui se cachait derrière les photos d'AmMath. Et tout ça grâce au pied de LuEllen vu en perspective...

J'entendais l'eau couler et LuEllen fredonner. J'ai allumé mon ordinateur portable et affiché une des photos.

« Bon sang ! » Je ne m'étais pas trompé. Je l'ai étudiée un bon moment, puis je suis passé à une autre photo. J'ai arraché une page à mon carnet d'esquisses et, à l'aide d'un stylo, j'ai effectué un relevé de mesures comparatives sur l'écran. J'y étais encore quand LuEllen est sortie toute fringante de la salle de bains, une serviette de bain nouée sur la tête. Je lui ai lancé un coup d'œil rapide avant de reporter mon attention sur l'écran.

« Merci bien, a-t-elle constaté. Moi qui me croyais d'un rose irrésistible...

— Chut. Il faut que je contacte Bobby. Habille-toi.

— Qu'est-ce qu'il y a ?

— Regarde ça. »

Elle s'est approchée. « Eh bien ?

— Tu vois l'ombre de ce réverbère, là ?

— Oui, et alors ?

— Regarde bien l'angle.

— Je vois. Mais encore ?

— Maintenant, regarde celle-là.

— Écoute, Kidd. Je vois *tous* les réverbères et *toutes* leurs ombres, O.K. On peut savoir où tu veux en venir ?

— Les ombres sont toutes projetées selon le même angle. *Exactement* le même, si je me fie à mes mesures. Tu ne trouves pas ça bizarre ?

— Non. Qu'est-ce qu'il faut en conclure ?

— C'est impossible, figure-toi. Enfin, non, pas tout à fait ; mais il faudrait que l'appareil de prise de vues soit placé à une hauteur considérable.

— On a déjà envisagé qu'il pouvait s'agir d'une caméra de surveillance positionnée sur un toit..

— Non, ça ne serait pas un point de vue assez élevé. Il faut que j'en parle à Bobby. Lui saura prendre des mesures plus précises et effectuer les calculs nécessaires.

— Alors quoi ? Une photo aérienne ?

— Pas assez haut. Non, je crois que c'est une *photo satellite.* »

LuEllen ne semblait pas très impressionnée ; j'ai dû insister. « Imagine que tu prends un visage en photo avec ton Nikon à trois cents mètres de distance. Ensuite, tu l'agrandis au format de celles-ci. Le résultat ressemble à une empreinte digitale. Et maintenant, regarde ces visages. On ne peut pas vraiment les identifier, mais c'est limite. Je te le dis : si cet appareil photo est placé en orbite autour de la terre, il a des capacités hallucinantes. »

Penchée sur mon épaule, LuEllen a remarqué ce qui n'aurait pas dû m'échapper. « Tu as vu ? Parmi toutes ces voitures... » On en comptait une demi-douzaine dans le parking. « ...il n'y en a pas une d'américaine. Celle-là, par exemple... » Elle a tapoté l'écran du bout de l'ongle. « Je ne crois pas avoir jamais vu ce modèle. On dirait un mélange de berline et de camionnette.

— Au Proche-Orient, on en voit partout.

— Donc, d'après toi c'est une photosatellite, a-t-elle repris en se redressant. Et alors ?

— Je ne sais pas encore. Mais il me semble peu probable qu'on prenne trois types en photo depuis un satellite et que les trois types en question soient justement des gens importants. Comment respecter un timing aussi précis ?

— Par radio, peut-être...

— Non, je commence à penser que l'important, ce ne sont pas les trois types mais le cliché lui-même, indépendamment de ce qu'il représente. Ces gens sont censés travailler sur le Clipper, et à la place, on trouve chez eux ce genre de document. On dirait qu'il s'agit d'un appareil aux possibilités très raffinées – et top secrètes. Il permet non seulement de détecter les silos d'armement, mais leur *contenu !* Si ses utilisateurs réussissent à en améliorer la résolution par ordinateur – à l'aide d'un simple moteur de probabilité –, ils pourront voir qui monte dans quelle voiture, suivre celle-ci dans le flot de la circulation... et ainsi de suite.

— C'est la N.S.A., alors ? C'est bien son truc, ça, non ?

— Non, non. C'est plutôt le boulot du N.R.O. – le National Reconnaissance Office. La télédétection par satellite, c'est lui.

— Bon. Voyons ce que Bobby a à dire. »

On s'est connectés depuis un centre commercial. Bobby s'est déclaré à même de calculer l'altitude de l'appareil en isolant des zones limitées sur les clichés originaux en haute résolution (et non sur les JPEG dont je disposais), et en prenant des mesures rigoureuses au niveau des ombres.

> Si c'est vraiment une photosatellite, ça donne la chair de poule. Jamais rien vu de tel.
> ***C'est peut-être ça qu'ils cachent.***
> Mais quel rapport avec Firewall ?

C'était l'autre facette de la question posée par Lane – qui, elle, voulait seulement savoir ce qui était arrivé à Jack. Bobby, lui, tenait à savoir comment son nom s'était retrouvé mêlé à l'affaire Firewall. Dans un cas comme dans l'autre, AmMath était mouillé, mais comment ? Et pourquoi ? En admettant qu'il y ait véritablement un lien, d'ailleurs.

Voilà le genre de questions que nous nous posions

en ressortant du centre commercial, pour en conclure que oui, tout cela était *effectivement* lié. Jack s'était rendu dans le Maryland, d'où étaient parties les rumeurs à propos de Firewall, il ne fallait pas l'oublier. Et le type qu'il y avait rencontré, et qui devait se faire assassiner tout de suite après, avait un compte sur ce même serveur. Tout se tenait. Mais où était le nœud, ça, mystère...

La pauvre Lane s'était torturée toute la nuit avec les mêmes questions. Nous avons pris le petit déjeuner tous les quatre ensemble, et au bout d'un moment elle a pris la parole en donnant des coups répétés sur la table avec mon verre de Coca. Elle avait sa petite idée.

« Admettons que ces photos soient d'une importance cruciale, pour une raison que nous ignorons. Je dis bien *admettons*. Admettons aussi que Jack les ait piquées. Les autres le savent, mais ils ignorent pourquoi ; ils ne savent pas non plus à qui il a pu les refiler. Alors ils échafaudent un plan. Ils inventent le groupe Firewall en glanant des noms sur l'Internet. Des noms de hackers légendaires. Ça cause beaucoup, sur le Net. N'importe qui peut se procurer une liste de ce genre. Puis ils incluent Jack dans leur réseau bidon pour que, si tout vient au grand jour, les flics se disent : “Ah ha ! Il était membre d'un réseau de gauchistes, c'est donc pour ça qu'il s'est introduit chez AmMath, et pas de chance, il s'est fait descendre.”

— Pourquoi choisir ce serveur-là, dans le Maryland ? ai-je voulu savoir. *Justement* celui qu'utilise Lighter ?

— Tu dis qu'il était principalement utilisé par des employés de la N.S.A. Alors peut-être qu'ils le connaissaient tous. Qu'ils y avaient accès, si ça se trouve.

— Je ne suis pas convaincue, a commenté LuEllen.

— En revanche, le reste est assez crédible, est intervenu Green. Ça explique bien des choses.

— Et l'attaque contre le fisc, là-dedans ? Elle a été élaborée il y a plusieurs semaines.

— Sauf que le nom de Firewall ne circulait pas encore à ce moment-là. Il a très bien pu être inventé à la dernière minute, d'ailleurs. On a des pirates décidés à s'en prendre au fisc, et au même instant, quelqu'un d'autre invente de toutes pièces un groupe doté d'un nom qui sonne bien. Alors nos *hackers* se disent : "On va se faire passer pour membres du réseau."

— Merde. Tout ça est trop compliqué, ai-je dit.

— Vous savez ce qu'on devrait faire ? a proposé Lane. Quand on s'introduira de nouveau dans les machines d'AmMath, on devrait chercher tout ce qui a un rapport avec 1) Firewall et 2) les satellites. L'histoire du Clipper, c'est une impasse. Je ne sais pas ce qui se trame, mais ça n'a sûrement rien à voir avec les puces de cryptage.

— Vous avez bien dit quand *on* s'introduira ?

— Un peu, oui ! Les mini-ordinateurs, ça me connaît aussi, figurez-vous. Je veux être présente ce soir quand on lancera une deuxième intrusion.

— Il faut changer d'hôtel, ai-je remarqué.

— Il y en a un juste en face du nôtre, a proposé Green. Le *Eighty-Eight*.

— On s'y installe dès ce soir. On pourrait se servir d'une des identités de LuEllen et vous appeler quand tout est prêt. »

Lane ne nous a pas rapporté grand-chose de son entretien avec la police. « Ils prétendent qu'AmMath n'a rien à voir là-dedans, mais à mon avis, ils croient plutôt à l'existence d'une opération gouvernementale dont ils préfèrent tout ignorer. Pour eux, ce sont *nous* les suspects – Jack et moi.

— Vous leur avez pourtant parlé de votre cambriolage.

— Naturellement. Dans les détails. En ajoutant que la maison de Jack avait été cambriolée aussi.

— Ils sont à l'arrêt complet, je vous dis, a affirmé Green. À une époque, j'ai fait partie d'une commission d'investigation sur les bavures policières. Dans la plupart des cas, l'enquête était aussitôt close. Mais de temps en temps, on concluait bien à une bavure. Sans qu'on puisse apporter ni preuve, ni pièce à conviction. Sur une simple intuition. Et quand on demandait aux flics de creuser un peu, de poser des questions, ils acquiesçaient, mais on voyait bien qu'ils n'en feraient rien. Soit ils croyaient savoir ce qui s'était réellement passé, soit ils ne voulaient plus rien savoir du tout. Eh bien, c'est ce qui se passe ici. Je le sens ; ils s'en lavent les mains. Pour eux, l'affaire est close.

— Merde, personne ne va réagir ! » ai-je pesté.

On a réfléchi un moment, puis Lane a dit : « Au fait, j'ai cherché McLellan County. C'est à cent cinquante bornes au sud. Près de Waco. »

Nous avons convenu de nous retrouver le soir même à Denton, puis LuEllen et moi avons pris le reste de la journée pour nous. Nous avions décidément passé trop de temps enfermés dans des chambres d'hôtels et des salles de restaurants, nous qui étions plutôt du genre à avoir la bougeotte. J'ai embarqué mon ordinateur, mon carnet à esquisses, ma boîte d'aquarelle et une bouteille d'eau, et nous avons trouvé le practice le plus proche pour que LuEllen puisse faire des balles pendant une heure, tandis que je dessinais la toiture protégeant la ligne de jeu. Toute cette histoire de photosatellite – si je ne m'étais pas trompé – avait aiguillé mes réflexions sur les problèmes de perspective. La toiture en question consistait en une couverture métallique d'une cinquantaine de mètres de long soutenue par des poteaux métalliques, et quand on se plaçait dans un angle bien précis, on était confronté à d'intéressants problèmes de perspective en trois points.

Quand LuEllen en a eu assez de frapper dans ses balles, nous sommes rentrés à l'hôtel, où le réceptionniste de service nous a dessiné sur un plan le circuit de neuf kilomètres que lui-même parcourait tous les matins en jogging. Nous avons pris la voiture jusqu'au point de départ, puis couvert la distance en quarante-cinq minutes, en regardant les camionnettes garées dans les rues résidentielles.

« Pas mal, a constaté LuEllen quand nous sommes revenus à la voiture. Et maintenant, si on allait s'acheter des bottes de cheval ? »

Elle s'en est offert deux paires et en a eu pour six cents dollars. Je ne l'avais jamais vue monter, mais je savais qu'elle aimait les chevaux, et ces bottes lui plaisaient. Elles lui faisaient gagner trois ou quatre centimètres, et cela non plus n'était pas pour lui déplaire.

À neuf heures, LuEllen nous a inscrits sur le registre du *Eighty-Eight*. Nous avons consulté la boîte aux lettres censée recevoir tout ce que tapait Corbeil. Il avait passé un moment en ligne ce matin-là, avant même qu'on ne soit debout – pas d'heure pour les braves –, mais depuis, rien. « Peut-être qu'on remet son appartement en état, et qu'en attendant il s'est installé ailleurs ? a suggéré LuEllen.

— J'espère que non. J'aimerais avoir la certitude qu'il est chez lui et que sa journée de travail est terminée avant d'utiliser ses codes d'accès. S'il essaie de se connecter pendant qu'on est dans la place, il risque de s'en rendre compte. »

LuEllen a appelé Lane sur le mobile pour lui dire où nous étions. Nous ne voulions pas utiliser le poste de la chambre pour éviter qu'on puisse remonter jusqu'à l'un ou l'autre d'entre nous ; quant au mobile nous prévoyions de le balancer sous quarante-huit heures.

Lane et Green se sont pointés au bout de dix minutes ; ils étaient venus à pied depuis le Radisson. Je leur ai expliqué à quoi servait la boîte aux lettres où aboutissaient les fichiers détournés, et pourquoi je ne voulais pas me connecter tout de suite. « Je comprends, a reconnu Lane. Mais j'aimerais bien jeter un coup d'œil à ce que vous avez déjà récupéré. »

Elle y a passé deux heures, en s'arrêtant tous les quarts d'heure pour consulter la boîte. Pendant ce temps on a bavardé un peu, Green, LuEllen et moi ; puis cette dernière a commandé un film par câble, un nanar de science-fiction hyperviolent à peu près de la même portée intellectuelle qu'une bande dessinée. En revanche, il était d'une qualité technique irréprochable.

Dix minutes après la fin du film, en se reconnectant à la boîte aux lettres, Lane a trouvé Corbeil en plein travail. Mêmes codes, logins et mots de passe que la veille. Il a envoyé deux brèves notes de service, dont une pour passer un savon à un certain John McNcal concernant apparemment des codes commerciaux gravés sur CD. Puis il s'est déconnecté. Nous avons attendu encore une demi-heure (Lane faisant montre d'une impatience croissante), pour être bien sûrs qu'il ne reviendrait pas en ligne ; puis nous nous sommes connectés à notre tour à l'ordinateur d'AmMath.

Nous nous sommes mis en quête de tout ce qui pouvait avoir trait aux satellites, à la photographie, aux États du Proche-Orient, à la N.S.A., la C.I.A. ou le N.R.O. en lançant diverses recherches par mots-clés, allant jusqu'à ajouter des termes comme « orbite », « surveillance » et « résolution. »

Au bout d'une demi-heure j'ai proposé qu'on se déconnecte. « Il faut d'abord qu'on se renseigne mieux sur ce qu'on cherche. Pourquoi pas en allant à la bibliothèque du coin, voir ce qu'ils ont sur AmMath, tout simplement ? Sinon, autant chercher une aiguille dans une botte de foin. »

Lane, elle, voulait poursuivre. « Encore un quart d'heure-vingt minutes, a-t-elle dit. Tant qu'on y est. Demain, ils auront peut-être changé les codes d'accès. »

LuEllen, qui ne faisait rien et s'ennuyait, a déclaré : « Bon, eh bien moi, je descends boire un café et manger un beignet chez *Randy*, en face. Quelqu'un veut quelque chose ?

— Je t'accompagne, ai-je décidé. Un quart d'heure, pas plus, ai-je intimé à Lane.

— Ouais, ouais, ne vous en faites pas. »

Chez *Randy*, café-viennoiserie peu reluisant, nous avons commandé des beignets, des cafés et un Coca Light. Sur le chemin du retour, on a parlé de choses et d'autres. On était juste deux quidams qui marchaient sur le bord de la route, un sac en papier blanc à la main. Mais tout à coup, à cent mètres de l'hôtel, on a aperçu des éclairs lumineux.

« Tu as vu ? » a dit LuEllen.

Déjà je m'élançais à petites foulées. De nuit, la lumière produite par les coups de feu est aisément identifiable ; de plus, malgré le bruit de la circulation, on entendait à présent une série de détonations.

Comme nous approchions, nous avons vu deux hommes quitter le motel en courant, au niveau de la chambre que nous occupions. Deux autres passants (probablement des étudiants, à voir leurs porte-documents) se sont arrêtés pour les regarder passer. Les fuyards se sont dirigés à travers le parking vers une voiture qui les attendait. Le plus petit des deux boitait. Un des étudiants s'est précipité vers l'hôtel.

L'autre a suivi avec quelques secondes de décalage. Au moment où je planquais les sacs en papier derrière une voiture, les deux hommes sont sortis du parking au volant de leur véhicule en faisant crisser les pneus. Une queue de poisson et ils se sont perdus dans la circulation.

En tournant à l'angle du bâtiment, nous avons vu un homme plus âgé, cheveux blancs et coupe-vent bordeaux, se diriger vers notre chambre, à peu près à la hauteur des deux étudiants. J'étais à dix pas derrière, LuEllen sur mes talons. L'étudiant est entré, pour ressortir aussitôt en criant : « Une ambulance, une ambulance, vite ! »

Il était blême. Je suis passé devant lui à toute allure, et là, j'ai vu Lane sur le lit. Morte. Le visage massacré. Pas trace de Green ; la porte de la salle de bains – entrebâillée – avait été pratiquement défoncée par les balles. J'ai poussé le battant d'une bourrade. Green était dans la baignoire et me regardait, l'arme au poing.

« L'ambulance arrive. Vous êtes gravement touché ?

— Deux balles, a-t-il gémi. Et Lane ?

— Foutue.

— Allez-vous-en, vite. »

Je suis retourné dans la chambre. L'étudiante y était entrée en même temps que LuEllen. Je lui ai braillé sous le nez : « Sortez dans la rue, faites signe à l'ambulance !

— Qu'est-ce que... ?

— Je n'en sais rien. Faites ce que je vous dis, vite ! » Elle a reculé d'un pas. Je lui faisais peur. Elle est partie en courant et je l'ai vue s'engager dans la rue. « Montrez le chemin à l'ambulance ! » ai-je encore lancé dans son dos. Au vieux type en coupe-vent, j'ai dit : « Deux blessés par balles. Allez vérifier que le réceptionniste a bien appelé les secours. »

Il a aussitôt tourné les talons. Sans attendre, et surtout sans regarder Lane, j'ai arraché le fil du téléphone, puis saisi l'ordinateur portable tombé par terre. Je l'ai enfoncé sous ma ceinture avant de rabattre mon blouson par-dessus.

Pendant ce temps, LuEllen était allée examiner Lane de plus près ; la jeune femme avait essuyé au moins deux coups de feu dans la tempe ; elle gisait sur le dos, bras et jambes écartés, les yeux entrouverts, à même le couvre-lit jaune. LuEllen a secoué la tête. Le sac à main de Lane était par terre. Elle l'a fait rouler du bout du pied, puis elle s'est emparée de l'arme qu'il contenait pour la glisser dans la poche de son blouson. Sur ce, sans un mot, nous sommes sortis. Deux employés du motel accouraient. Je leur ai fait signe : « Ici, ici ! Vite, dépêchez-vous, appelez à l'aide ! »

D'autres gens se sont approchés en courant. Nous nous sommes attardés quelques secondes à la périphérie de l'attroupement, puis nous avons tourné les talons. Nous avons bientôt retrouvé notre voiture, garée sur le côté du bâtiment. Nous sommes sortis par le fond du parking, sans hâte, pour déboucher dans un accès de service ; quand la première voiture de police est arrivée, nous étions loin.

« Ils ne lui ont laissé aucune chance, a constaté LuEllen d'un air accablé. Elle a été *exécutée*.

— Green est vivant, mais il a pris deux balles. Je l'ai trouvé dans la baignoire. Il avait les idées claires. Il m'a dit de foutre le camp, il nous couvrira.

— Et les empreintes ?

— On ne trouvera pas les miennes, en tout cas.

— Moi, tout ce que j'ai touché d'exploitable c'est la télécommande, et Green s'en est servi après moi. On devrait être tranquille de ce côté-là.

— Tu es allée dans la salle de bains.

— J'ai fait gaffe. Et toi, tu t'es servi du téléphone...

— Juste pour brancher le modem. Je n'ai pas décroché. Et je ne pense pas avoir posé le bout de mes doigts sur quoi que ce soit d'autre.

— C'étaient des types d'AmMath.

— Sûrement.

— Mais enfin qu'est-ce qu'ils ont dans le sang, ces gars-là ?

— Je ne sais pas, mais ils ont dû me repérer quand je me suis connecté hier et se préparer à localiser notre appel ce soir. Il leur a fallu une heure pour nous repérer et venir jusqu'ici. Et merde... Lane et Green ont dû croire que c'était nous qui revenions avec le café. »

Chapitre vingt et un

LuEllen et moi, ce n'était pas la première fois qu'on se fourrait dans le pétrin. Était-ce dû à notre vieille expérience ? Un défaut fondamental de nos personnalités respectives ?... Toujours est-il que nous avons fait preuve d'une efficacité diabolique. Récupérer le portable, foutre le camp, et tout ça sans échanger un mot, sans la moindre hésitation...

S'il y a une personne au monde à qui je suis vraiment attaché depuis que je suis adulte, c'est bien LuEllen. Pourtant, si le sort avait voulu qu'elle soit restée dans cette chambre de motel et qu'en rentrant, je l'aie trouvé morte sur ce dessus-de-lit jaune, Dieu me pardonne, mais je crois que j'aurais réagi exactement de la même façon. Et si c'était elle qui m'avait trouvé mort, elle aurait agi de même. L'un comme l'autre, nous n'aurions éprouvé ni rage, ni horreur, ni peur, ni chagrin. Non, même pas de chagrin. Il n'y aurait eu de place que pour l'efficacité. L'ordinateur, le revolver, et la porte. Évaluer les dégâts.

La rage et le chagrin, ça vient plus tard.

Mais ça vient.

Dans la voiture, pendant qu'on se tirait vite fait, LuEllen n'a pas arrêté de me harceler avec son histoire d'empreintes digitales. Si j'en avais laissé dans la chambre, on n'aurait aucun mal à m'identifier (on m'avait pris mes empreintes un nombre incalculable de fois à l'armée), et les divers témoins du motel me reconnaîtraient sur photo.

Mais sincèrement, je ne pensais pas en avoir laissé. Ce n'était pas la première fois qu'on opérait sur site, elle et moi, et dans ces cas-là, dès qu'on entrait dans les lieux on pensait à ne rien toucher. Si on négligeait cette précaution élémentaire, on était sûr de laisser deux ou trois empreintes çà et là. Les seules surfaces dures que j'avais touchées étaient le téléphone et la clé magnétique de la porte, qui se trouvait dans ma poche de chemise. Cela ne nous a pas empêchés de nous repasser tout le film en retraçant le moindre de nos gestes. Après un temps, j'ai vidé mes poumons et déclaré : « Pour moi, je crois que ça va.

— Pour moi aussi, sauf que le réceptionniste m'a vue quand j'ai pris la chambre.

— D'accord, mais Lane avait un petit air latino, comme pas mal de gens dans le coin. Je te parie que c'est d'elle qu'il se souviendra, tout simplement parce qu'elle ressemblait à sa clientèle habituelle. En plus, elle a été défigurée... Heureusement que ce n'est pas moi qui ai pris la chambre : avec la couleur de peau de Green, on n'aurait pas pu nous confondre.

— À propos de Green... Et s'il nous balance ?

— Il ne sait pas grand-chose. Même pas qui on est, en fait.

— Non, mais il n'aurait pas grand mal à le découvrir. Ou à mettre les flics sur la voie.

— Pas sûr. Je crois qu'au Texas, le simple fait d'être au courant suffit à te faire accuser de complicité de meurtre. S'il prétend qu'il ignorait tout de ce qui se passait, qu'il avait été embauché comme simple garde du corps pour Lane – laquelle, au moment fatal, se servait justement de son ordinateur... –, il peut s'en sortir. En revanche, s'il déclare qu'il connaissait les agissements de Lane, on considérera qu'elle a été assassinée alors qu'elle était en train de commettre un délit, et ça fera de lui un complice.

— Donc, il va la boucler.

— Probablement. Surtout s'il connaît ces dispositions légales.

— Alors appelons Bobby. Il pourra peut-être lui faire passer l'info. »

On l'a contacté à partir d'une cabine. Dès qu'il a répondu j'ai tapé :

> ***Rappelle-moi immédiatement. Ligne vocale. Urgent.***

Il s'est exécuté cinq secondes après ma déconnexion. Jusque-là, il ne m'était arrivé que deux ou trois fois de lui parler « de vive voix ». Tout ce que je savais de lui, c'était qu'il était noir et vivait dans le Sud, quelque part au bord du Mississipi. Il avait l'accent du Delta et était lié à tout un tas de Noirs intéressants qui, dans les années soixante, auraient été considérés comme des militants – voire, dans cette région du monde, comme de dangereux *agitateurs*.

« Qu'est-ce qu'il y a ? » s'est-il enquis sans préambule.

Je lui ai tout raconté le plus succinctement possible. Puis j'ai ajouté : « Il faut entrer en contact avec Green, lui envoyer un avocat qui lui conseille de s'en tenir à la version "garde du corps au courant de rien". S'il laisse échapper qu'il connaissait les activités illégales de Lane, les flics pourront...

— L'accuser de complicité de meurtre, a coupé Bobby. Ce qui ne serait bon ni pour toi, ni pour moi.

— Exactement. Donc, on doit le contacter.

— Je m'en charge, a-t-il répondu avec douceur. Et toi, ça va ?

— On s'en est tirés indemnes, mais là, on disparaît dans la nature. Ça m'étonnerait qu'on nous recherche très activement, mais on ne sait jamais... On file sur... Euh, Austin.

— Rappelez-moi de là-bas.

— À plus. » J'ai raccroché.

« Pourquoi Austin ? a voulu savoir LuEllen.

— Parce que c'est une grande ville où il y a beaucoup de passage. Et à part Dallas, c'est la plus proche de Waco.

— Ah oui, le ranch de Corbeil. » Elle est restée un instant silencieuse. Puis : « Tu veux te venger, maintenant. Oublié, Jack ! Tu veux te les payer parce qu'ils ont descendu Lane.

— Mais non. Si je pouvais, je rentrerais chez moi dare-dare. Seulement, il faut que je me sorte de là moi-même. Je ne peux pas laisser tomber, avec cette liste que détient le F.B.I. ; en plus, il y a eu meurtre, conspiration prouvée, attaque contre l'administration fiscale et peut-être aussi contre une importante société de cryptographie. Ils finiront forcément par l'éplucher, leur liste. Non, il faut que je comprenne ce qui se trame et que je les aiguille dans le sens voulu ; sinon je suis foutu. »

Comme elle ne réagissait pas, j'ai ajouté : « Tu sais, tu n'as pas besoin de rester. À partir de maintenant, il va surtout être question d'ordinateurs.

— Arrête tes conneries, Kidd. Tu sais très bien que je ne t'abandonnerai pas, a-t-elle répliqué avec irritation.

— D'accord, mais tu pourrais peut-être...

— La ferme. »

Je l'ai fermée. En réalité, j'avais envie qu'elle reste.

Nous avons passé la nuit à Dallas. L'échange de coups de feu s'était déroulé trop tard pour passer aux informations télévisées. Quant aux journaux du lendemain, s'ils daignaient s'y intéresser, ils ne tireraient de la police que les faits de base. Nous avons donc décidé de repartir dans la matinée du lendemain, à l'heure où les résidents se pressaient pour régler leur note.

Nous ne nous étions pas trompés : les journaux du matin restaient aussi muets que la télé la veille. À huit heures nous nous engagions sur l'Interstate 35, direction Austin.

« J'espère que Bobby a bien envoyé quelqu'un voir Green », a déclaré LuEllen à mi-chemin. Jusque-là, nous n'avions pas échangé trois mots. La scène de l'hôtel était encore trop fraîche dans nos mémoires, et ces images-là ont le don de vous enfermer dans vos idées noires.

« Il a promis de le faire, et il connaît du monde, ai-je répondu.

— Espérons. »

Autrefois, Austin était une charmante bourgade. À part la chaleur, on aurait pu se croire dans le Minnesota. Il y a vingt ans j'aurais pu envisager d'y vivre, exception faite des couleurs, qui n'étaient pas à mon goût. Mais désormais il y avait trop de monde, et de « super », la ville était devenue « super-chiante ».

Mais bon, ce n'était pas mon problème, après tout. Nous sommes descendus à l'Holiday Inn, pour nous mettre aussitôt à téléphoner tous azimuts.

> ***Alors ?***
>
> L'avocat est allé trouver Green ce matin ; il est aux Soins intensifs ; blessé aux jambes/cuisses, état satisfaisant. Il sait, pour la loi sur la complicité de meurtre. Sa version des faits : il ne sait

rien, à part que sa cliente a été agressée plusieurs fois, et aussi cambriolée, et que son frère a été abattu. Il a été embauché comme simple garde du corps ; il était dans la salle de bains quand on a frappé à la porte, sa cliente a lancé « C'est eux qui reviennent », il lui a crié de ne pas ouvrir mais elle y est allée quand même et là, ça s'est mis à tirer. Il dit qu'il a touché un des agresseurs et les flics ont trouvé des traces de sang.

Il s'en est bien sorti. Faut qu'il joue les imbéciles.

C'est ce qu'il fait. Les flics le mettent vachement sous pression, mais tout ce qu'il lâche c'est qu'il a été recommandé par un ami – lequel confirmera. Il prétend ne pas connaître L.W., ne rien comprendre aux ordinateurs et n'avoir rien vu venir.

O.K.

Tu bosses toujours ?

Oui. L'attaque contre le fisc se poursuit ?

En effet, mais ça tire à sa fin. Les rumeurs : le F.B.I. serait à la recherche des membres de Firewall et aurait fait des descentes chez des gens. Rien dans les journaux. Le *Wash. Post* dit que le F.B.I. et la N.S.A. sont en conflit à propos de Firewall. Rumeurs : ce serait un Allemand appelé CoperniX.

O.K. Surveille tout ça, on t'appelle tous les jours.

Ça marche. Encore un truc : les cinq strings de données qui accompagnent les photos comprennent divers fichiers de 125 à 200 octets (approxim.), suivis de fichiers séparés de 512 à 4 096 octets, eux-mêmes suivis de plusieurs fichiers de 350 à 600 octets. Les fichiers de 4 096 sont probablement des clés de cryptage ultra-fort, serrure inconnue. Possible que les photos soient cryptées/décryptées avec ces clés ?

Je me renseigne.

Bien. Salut.

« Ça veut dire quoi ? a voulu savoir LuEllen.

— Saloperie ! On aurait dû filer se planquer au Mexique ou ailleurs dès qu'on a récupéré ces maudits fichiers, et chercher là-bas à savoir de quoi il s'agissait. Si ces types sont prêts à tuer pour eux, il doit y avoir une raison ; ils doivent craindre qu'on les perce à jour.

— Pourquoi ne pas les expédier à la N.S.A. et attendre qu'ils les percent à jour, *eux ?*

— Je veux d'abord savoir à quoi on a affaire. S'ils valent la peine qu'on tue pour eux, ils ont peut-être assez de valeur aux yeux de la N.S.A. ou de la C.I.A. pour qu'eux aussi leur courent après. Et de toute façon, j'ai une nouvelle hypothèse.

— Lane aussi avait une hypothèse.

— Oui, mais moi, ce n'est pas la même. Je crois que les mecs d'AmMath ont foiré dans les grandes largeurs et cherché à étouffer l'affaire. Elle leur a échappé quand même quand Jack s'est fait descendre, et maintenant, ils zigouillent à tout va pour couvrir ce premier meurtre.

— On dirait un mauvais film.

— Je n'ai pas trouvé mieux, comme scénario. »

Cet après-midi-là, une autre idée nous est venue. J'ai à nouveau inspecté les fichiers, sans grand espoir. J'ai compris, au passage, pourquoi Bobby avait isolé celui de 4 096 octets : pas de doute, il se distinguait nettement du galimatias ambiant et avait bien des allures de clé de cryptage. Et je suis encore tombé sur la séquence de lettres « VHM » – « Vieil homme et la mer ». Rectificatif : chaque fois que j'avais vu l'expression dans sa totalité, l'intitulé exact était « Le Vieil homme *de* la mer ». Soit on s'était trompé dans le titre, soit la formule ne faisait pas du tout référence à Hemingway.

« En route, ai-je conclu.

— Pour où ?

— La bibliothèque de l'université, voir si on peut me renseigner un peu sur ce Vieil homme de la mer.

— Kidd... Je te rappelle qu'il s'agit de l'Université du *Texas*.

— Et alors ? Elle est très bien !

— Vraiment ?

— Mais oui. Je t'assure.

— D'accord. Seulement, si ta petite énigme a de l'importance pour notre affaire et que tu poses des questions, on se souviendra de toi.

— Il faut prendre le risque.

— On ne pourrait pas... je ne sais pas, moi... Chercher sur le Net, tout bêtement ?

— Euh... » Je me suis gratté la tête. Si, évidemment. Sauf que j'étais tellement habitué à considérer le Net comme une énorme poubelle que ça ne m'était même pas venu à l'idée. « On peut essayer. »

J'ai tapé « Vieil homme de la mer » dans le moteur de recherche AltaVista et obtenu 756 pages Web, dont très peu se sont avérées pertinentes ; j'ai quand même fini par saisir qu'à l'origine, le Vieil homme de la mer était un personnage des *Voyages de Sinbad le marin*.

Dans l'histoire, Sinbad s'échoue sur une île – indécrottable, ce Sinbad ! Là, il rencontre un vieil homme qui se prétend infirme et lui demande de le porter sur son dos jusqu'à un point d'eau. Mais voilà : une fois sur place, le vieil homme refuse de redescendre.

Pour tout dire, il lui pousse tout à coup des espèces d'étriers, ainsi que des griffes qu'il plante dans la nuque de Sinbad. Celui-ci est obligé de le trimballer sur son dos des jours entiers, et, en plus, de le nourrir.

Souffrant le martyre, il a l'idée d'évider une calebasse et de la remplir de raisin. En l'espace de quelques jours le jus se mue en vin puissant, que Sinbad absorbe pour soulager ses douleurs.

Cela n'échappe pas au Vieil homme de la mer, qui réclame sa part. Sinbad lui donne du vin, ce qui l'enivre et le fait tomber à terre. N'étant pas excessivement porté sur la morale, le marin le roue de coups jusqu'à ce que mort s'ensuive. Il réussit par la suite à s'embarquer sur un navire quittant l'île, et apprend alors que le vieil homme était en réalité un démon réputé pour supplier qu'on le porte avant de tuer sa monture à la tâche et de dévorer son cadavre...

« Quelle belle histoire, a commenté LuEllen.

— J'aurais dû y penser. J'ai lu toutes les aventures de Sinbad le marin ; seulement, c'était il y a longtemps.

— Quelle est la morale, à ton avis ?

— Ma foi, elle véhicule un message lourd d'implications tant sociologiques que psychologiques, et...

— Ça va, j'ai compris ! En fait, tu n'en as pas la moindre idée.

— Ah oui ? Alors d'après toi, pourquoi est-ce toujours le diable qui sort quand je me tire le tarot ? »

Elle a voulu répondre par un mot d'esprit, mais s'est ravisée.

La recherche sur le Net m'a inspiré une autre idée. J'ai entré l'adresse *www.dallasnews.com.* Le *Dallas Morning News* avait un des meilleurs sites d'information que je connaisse. Ce jour-là, la une annonçait : « Échange de coups de feu à Denton : un mort, un blessé ».

J'ai cliqué et, presque aussitôt, l'article correspondant s'est affiché ligne après ligne sur l'écran de mon portable.

Une jeune femme originaire de Californie a été tuée lors d'un échange de coups de feu survenu au motel Eighty-Eight de Denton, samedi en fin de soirée ; un homme se présentant comme son « garde du corps » a, lui, été blessé. La police penche pour l'hypothèse d'un règlement de comptes entre trafiquants de drogue.

Le décès de Lane Ward, chargée de cours au département Informatique de l'université de Stanford (Palo Alto, Californie), a été prononcé sur le lieu du crime. Son « garde du corps », un certain Lethridge Green, originaire d'Oakland, Californie, a été transporté à l'hôpital du Mont des Oliviers ; son état n'inspire pas d'inquiétudes.

Selon la police, les deux victimes avaient déjà été arrêtées dans le cadre d'affaires de drogue : L. Ward en 1986, à San Francisco, pour détention de marijuana, et Green en 1977 à Oakland pour détention de cocaïne.

Des témoins ont déclaré que les tireurs étaient blancs et au nombre de deux ; l'un aurait été blessé dans la fusillade. Ni lui ni son complice n'ont été retrouvés.

Toujours de source policière, M. Green serait détenu à l'hôpital pour interrogatoire.

« Dis donc... Notre petite Lane fumait de l'herbe !

— C'était en 1986, ai-je rétorqué. Elle était encore à la fac.

— D'accord, mais ça lui taille une réputation.

— À moins que les flics n'aient eux-mêmes planqué de la dope dans la chambre ; or, le journal n'en fait pas mention. Évidemment, il reste une possibilité.

— Laquelle ?

— Que ce soit bidon sur toute la ligne. Si ça se trouve, les types du F.B.I. ou je ne sais qui ont mis les flics dans le coup pour éviter les questions des journalistes. Telle que l'affaire est présentée pour l'instant, c'est un règlement de comptes, point final. Personne n'ira chercher à en savoir davantage.

— C'est bon pour Green, ça, non ?

— Probable, oui. »

Pour finir nous ne sommes donc pas allés à la bibliothèque. Ni à Waco, d'ailleurs – en tout cas pas ce jour-là, ni le lendemain. S'il se tramait là-bas quelque chose de pas clair, les voitures étrangères au ranch seraient étroitement surveillées, du moins pendant deux ou trois jours.

Nous avons préféré passer le samedi et le dimanche à flâner en ville ; après avoir acheté un ballon de basket dans un supermarché, nous avons trouvé un terrain de jeu où faire quelques passes à deux ; puis l'une s'est entraînée au golf pendant que l'autre dessinait un peu. Nous sommes retournés deux ou trois fois sur le site Web du journal de Dallas, mais on n'y parlait plus de notre affaire.

Nous avons aussi recontacté Bobby. Des agents du F.B.I. avaient interrogé Green, coupant l'herbe sous les pieds de la police locale. Green les avait convaincus de son rôle très secondaire ; d'ailleurs, il avait un passé de porte-flingue, sans parler de la grande gueule. On l'avait laissé tranquille après quelques avertissements aux allures de menaces, mais son avocat et lui pensaient qu'on ne reviendrait plus les embêter.

Par ailleurs, j'ai passé plusieurs coups de fil sur Austin même, avant de trouver à louer une camionnette – « pour aider ma fille à déménager », ai-je annoncé chez Access, où l'on s'en foutait royalement, d'ailleurs. Le lundi soir nous avons regardé des films sur le câble payant, et le lendemain matin à huit heures, nous nous sommes mis en route, direction Waco.

Bourgade paisible s'il en était...

Chapitre vingt-deux

Pendant que nous tuions le temps à Austin, nous n'avons pratiquement pas parlé de Lane Ward. Au contraire, nous nous employions à chasser l'image de la jeune femme morte sur ce lit de motel, préférant nous attarder sur les détails techniques – par exemple : comment nous avaient-ils localisés si vite ? À quel moment avaient-ils repéré notre intrusion dans leurs ordinateurs ? Etc.

Sur le chemin de Waco, LuEllen (qui n'avait pratiquement pas ouvert la bouche de la matinée) m'a subitement demandé : « Qui va faire le nécessaire ?

— Pardon ?

— Qui va s'occuper de Lane, maintenant ? Organiser l'enterrement, liquider ses affaires, je ne sais pas, moi... Comment ça se passe, dans ces cas-là ? On vient chercher ce qui lui appartenait et on fout tout à la décharge, c'est ça ?

— Ne commence pas.

— Je ne peux pas m'en empêcher. Je me suis réveillée avec cette idée en tête. C'est vrai, quoi ! Elle n'avait pas de gosses et ses parents sont morts. Comme moi. Tout à coup, elle se fait buter ; alors, qui va se charger de tout ? L'État ? Est-ce qu'on va l'incinérer et balancer ses cendres à la fosse commune, ou je ne sais où ? Et ses livres ? On va les jeter aussi ? Faire un vide-grenier ?

— Elle a peut-être rédigé un testament, pris des dispositions...

— Mais ça, c'est juste le côté légal. Moi, ce qui m'inquiète, c'est que tout le monde s'en foute. »

Elle s'est tracassée jusqu'à Waco. Et peut-être même après. Mais sans le dire.

La mairie de Waco, de dimension imposante, était digne d'une capitale d'État. Entré pour consulter un simple plan de la ville et de ses environs, j'ai dû ressortir, traverser la rue et présenter ma requête dans un autre bâtiment municipal. Là, j'ai trouvé ce que je voulais et bavardé un moment avec l'employé, qui a bien voulu me montrer le cadastre. Ça m'a pris un bout de temps, mais j'ai fini par localiser le ranch, à une courte distance d'un village appelé Crawford, au nord-est de Waco proprement dit. Après un arrêt dans une grande librairie-salon de thé où LuEllen a voulu acheter des pâtisseries et je ne sais quel jus de fruit bio, on est partis chez Corbeil.

Waco comptait un lac et deux rivières, ce qui ne collait pas du tout avec l'idée que je m'en faisais. Sous le soleil de novembre, le paysage était du genre moutonnant (mais sans grand relief), avec quelques ravins et ruisseaux à l'approche de Crawford. Les champs de maïs et de plantes fourragères ne manquaient pas, mais dans l'ensemble, c'était plus une campagne à ranches qu'à fermes. On a traversé le bourg à petite vitesse et failli se faire couper en deux par une camionnette, à un carrefour où je croyais avoir la priorité. LuEllen, qui regardait par sa vitre, a lâché : « Tu sais qu'il m'a fallu seize ans pour foutre le camp d'un trou comme celui-ci ?

— Ah bon ? Tu viens d'un coin paumé ?

— Ouais. Dans le Minnesota. » J'ignorais que j'avais affaire à une ex-petite paysanne. Quoique... Si je m'étais posé la question, je m'en serais peut-être douté. J'ai attendu la suite. Quand on vient d'un trou perdu, on ne traverse pas un *autre* trou perdu sans émettre de commentaires désobligeants. Ça n'a pas raté.

« Mais au moins, nous, on avait un fast-food. »

Qu'est-ce que je disais... !

Le ranch de Corbeil était perché en surplomb de l'autoroute. C'était une grande maison en bois jaune, à plusieurs ailes, pas toute neuve, mais pas antédiluvienne non plus ; une maison de campagne pour citadin. Ce n'était pas elle qu'on voyait depuis la route, mais la demi-douzaine de dépendances dont elle s'entourait : une grange à foin, un hangar à machines agricoles, un bâtiment-dortoir (ou peut-être administratif) pourvu de deux entrées et d'une rangée de fenêtres à persiennes décoratives, plus une étable basse, toute en longueur, flanquée d'un manège à chevaux, et pour finir une remise abritant probablement une pompe.

Dans un pré ceint de barbelés et dont l'herbe portait une marque circulaire trahissant un système d'arrosage à bec central, j'ai aperçu des vaches et taureaux brahmanes. Ailleurs, la végétation adoptait son aspect hivernal : broussailleux et vert-de-gris. Quelque deux cents vaches à tête blanche paissaient en rangs serrés dans une prairie qui s'étageait à l'arrière et au-dessus du ranch.

D'après le cadastre, Corbeil possédait là plus de cinq cents hectares – un kilomètre et demi de large sur trois de long. Une route de chaque côté : la 185 d'une part, qui passait d'est en ouest devant la maison, et Beulah Drive, qui filait nord-sud sur son flanc ouest.

À un peu plus d'un kilomètre au nord de la 185,

tandis que nous roulions sur Beulah Drive en laissant la propriété sur notre droite, nous avons aperçu, en retrait de la route, au sein d'un bosquet, un vieux bâtiment de ferme à moitié en ruine auquel menait un chemin creux envahi par les mauvaises herbes. L'endroit semblait inhabité, mais nous avons vite repéré sur le toit une petite antenne satellite flambant neuve, plus une autre, d'un modèle plus ancien, dans le jardin de derrière ; il ne fallait donc pas se fier aux apparences.

Nous avons suivi la petite route jusqu'à la limite de la propriété de Corbeil, puis continué sur environ trois kilomètres ; là, nous sommes tombés sur les ruines de ce qui avait également dû être une ferme : encore un bosquet en retrait par rapport à la route, plus un vestige de chemin s'enfonçant dans les bois. J'y ai fait demi-tour puis, dans un silence total, je suis descendu de voiture pour gagner le bosquet à petites foulées. J'y ai trouvé une cheminée intérieure toute démolie ainsi qu'une zone délimitée par les nombreuses voitures venues s'y garer au fil du temps et jonchée de boîtes de bière vides. L'endroit devait être bien connu des amoureux de la région.

En repartant, comme nous atteignions l'extrémité nord du domaine, j'ai désigné la clôture qui en matérialisait les limites.

« Tu vois ces arbres, là-bas ? Je vais aller y faire un tour avec les jumelles. Toi, tu remontes sur huit-neuf kilomètres, puis tu reviens me chercher. Donne-moi un quart d'heure.

— Tu vas où ?

— Je longe la clôture, histoire de voir un peu ce qu'il y a derrière cette hauteur, là.

— À mon avis, tu vas tomber sur un propriétaire de ranch fermement opposé à ce qu'on s'introduise sur ses terres.

— Je me présenterai comme peintre. Je n'ai qu'à emporter mon attirail et le tour est joué... »

Arrivé aux arbres en question, je suis descendu d'un bond, muni de mes jumelles et de mon sac ; quand LuEllen a redémarré, j'ai coupé à travers un boqueteau de bord de route assez mal en point pour sauter ensuite par-dessus un angle de clôture et entreprendre l'ascension de la colline. Je l'ai dit, le paysage était du genre désertique : quelques routes, des clôtures, des champs, et pas grand monde. Je me frayais un chemin dans une espèce de tapis végétal, élastique sous la semelle et régulièrement tondu, où dominaient là encore les plantes fourragères, même si je ne reconnaissais ni la luzerne ni le trèfle auxquels on se serait attendu.

J'ai suivi la clôture sur environ quatre cents mètres à flanc de colline, et atteint une crête dégagée offrant une vue imprenable sur le ranch de Corbeil. Encore des vaches, en grande quantité, plus un grand abreuvoir jouxtant une centrale d'arrosage. Mais ce qui m'a davantage intéressé, c'est la parabole que j'ai repérée à côté de la pompe. Elle était énorme, à l'ancienne, mais visiblement bien entretenue ; or, il n'y avait personne pour regarder la télé par satellite dans le coin. Ce qui ne l'empêchait pas de bouger, là, sous mes yeux. Pour être exact, disons que le mouvement n'était pas détectable en soi, mais il suffisait que je regarde trois secondes ailleurs pour constater qu'elle s'était déplacée. Je me suis accroupi contre la clôture afin de placer dans un même alignement un des fils barbelés et le bord supérieur de la parabole : pas de doute. Elle a continué à se mouvoir pendant cinq à six minutes, puis elle s'est arrêtée.

Pour autant que je puisse juger par rapport au tracé de la route au pied de la colline, au moment de s'immobiliser la parabole était orientée au nord-est. À un kilomètre et demi en direction du sud, je distinguais l'arrière de la vieille ferme abandonnée ; grâce aux jumelles, plus loin encore j'apercevais la parabole remarquée plus tôt. Elle aussi pointait vers le nord-est.

Hum...

Les deux étaient peut-être synchronisées. En liaison avec un satellite. Mais qu'en conclure ? Ce n'étaient pas les paraboles émettrices qui manquaient : même les bars pour sportifs en étaient équipés. En revanche, ils ne possédaient pas de jeux de paraboles coordonnées, dispersées sur plusieurs kilomètres carrés. Si ces antennes étaient effectivement liées entre elles, l'ensemble formait une base installée impressionnante, équivalente en puissance à une antenne satellite beaucoup plus grande, beaucoup plus sensible. Je n'ai pas pu m'empêcher de repenser aux photos...

Oui, on avait tapé dans le mille. Une opération secrète ? Mais à qui voulait-on en dissimuler l'existence ? Si ces gens avaient été en cheville avec les autorités fédérales, ils auraient mis leurs paraboles n'importe où, au lieu de les planquer dans un ranch près de Waco.

Je suis retourné attendre LuEllen dans le petit bois.

« Alors ?

— Bingo. Tu as vu une parabole, toi, à l'appartement de Corbeil ? Grand modèle ?

— Non, je ne crois pas... Je n'ai rien remarqué. »

On est repassé devant la maison par la 185, mais sans repérer d'antenne. « Elle n'est peut-être pas visible, a avancé LuEllen.

— Ou alors il n'y en a que deux. À moins que d'autres soient discrètement installées çà et là, comme par exemple près de l'abreuvoir.

— À quoi tu penses ?

— Je m'échafaude un petit fantasme. Ces types sont

prêts à tuer pour leurs photos, dont nous détenons peut-être la clé de cryptage. Par ailleurs, il y a cette liste de noms de pays situés au Proche-Orient. Je me demande s'ils ne sont pas en train de détourner des images satellite pour les revendre ailleurs.

— À quoi serviraient-elles ?

— On peut vendre des photos satellite du Pakistan à l'Inde, et inversement. Proposer des clichés de surveillance de l'Irak à l'Iran, et de l'Iran ou de la Syrie à l'Irak. Et d'Israël à la Syrie. De la Taiwan à la Chine, et de la Chine à Taiwan.

— On ne risque pas se faire prendre ?

— Je pourrais te décrire dix procédures sans danger, au terme desquelles à aucun moment l'acheteur ne rencontre le vendeur. C'est à ça que ça sert l'Internet. Toute personne susceptible d'acquérir ce genre de trucs a intérêt à garder jalousement le secret.

— Je vois. Bon, qu'est-ce qu'on fait ?

— On rentre à Austin. J'ai des achats à faire.

— Toujours en train de dépenser du fric...

— On reviendra ce soir.

— En repérage ?

— Tout juste. »

À Austin, on a trouvé un magasin pour randonneurs où on a acheté, dans l'ordre : une bonne boussole, un récepteur GPS à fonctions cartographiques, des cartes topographiques de la zone est de Waco, y compris le ranch qui nous intéressait, et un sac à dos noir bon marché. Dans un magasin de bricolage, on s'est procuré un rapporteur de maçon, un niveau à bulle et de l'adhésif isolant. Pour finir, une mercerie nous a fourni cinq mètres d'élastique enroulé sur carton. J'ai passé une heure sur le parking à essayer de comprendre comment marchait le GPS ; les fonctions de chronométrage et d'évaluation des distances me seraient particulièrement utiles, ainsi que la reconstitution d'itinéraire.

Restait le problème de l'arme.

« Il nous faut mieux que ce qu'on a, a déclaré LuEllen. Tu as vu que qu'ils ont fait à Lane. Et à Jack. On voit bien qu'ils n'en ont rien à foutre des gens qu'ils butent. Si on se fait choper et qu'ils sont armés – je te rappelle qu'on est au *Texas* –, ils vont nous abattre comme des chiens.

— Oui, mais pour acheter une arme, il faut...

— Je te répète qu'on est au Texas. Ça ne devrait pas être trop difficile. Je vais appeler Weenie. »

Et en effet, il a suffi de pousser jusqu'à Houston, à un peu plus de deux heures de route, pour retrouver dans un parking près de l'Aéroport Intercontinental George Bush, un type à qui nous avons remis six cents dollars en échange d'un AK bas de gamme de fabrication chinoise, accompagné de deux chargeurs, cinquante cartouches de 7.65 et un baudrier en nylon.

« En magasin, c'est un modèle qui nous aurait coûté à peine deux cents dollars, ai-je remarqué en ressortant du parking.

— Peut-être, mais mon contact n'est pas un magasin.

— J'espère au moins qu'il marche, ce fusil. On dirait qu'il a été fabriqué par un lycéen en cours de travaux manuels. »

À cinq heures on était de retour à Austin. Une fois dans notre chambre de motel, j'ai introduit quelques douilles dans le canon, puis je me suis fait mal au bout de l'index avec le percuteur, et finalement, j'ai décrété que l'ensemble fonctionnait. Après quoi nous avons dîné, et à sept heures on s'est remis en route.

La campagne autour de Waco était du genre

luxuriant. La ville n'était qu'à une petite heure de voiture au sud de Dallas ; les régions vraiment désolées, où on ne trouvait plus que des figuiers de Barbarie – et encore –, s'étendaient plus à l'ouest.

En revanche, l'ouest de Waco – comme bien des contrées reculées depuis l'avènement des autoroutes – demeurait largement inhabité. Toute la terre était exploitée d'une manière ou d'une autre, mais le matin même, nous n'avions croisé qu'une seule et unique personne – une femme qui allait relever sa boîte aux lettres en bord de route. Par ailleurs, dans ces campagnes que ne venait polluer aucun éclairage public, la nuit était parfois très noire.

De ce côté-là, on avait de la chance : pas de vent, beaucoup d'étoiles, calme absolu. La lune déclinait déjà quand nous sommes passés en voiture devant le ranch de Corbeil. Il y avait de la lumière dans le bâtiment annexe, ainsi que dans la cour. Deux voitures étaient rangées devant la porte du garage, mais nous n'avons décelé aucun mouvement. Nous avons bifurqué dans Beulah Road, donc sur le côté ouest du domaine, pour ensuite prendre au nord jusqu'à retrouver le chemin de l'habitation abandonnée. Là, j'ai coupé le moteur de la camionnette et brièvement inspecté les environs en tendant l'oreille.

Comme on n'entendait rien que le bruissement des insectes et le crissement du gravier sous nos pas, au bout de dix minutes LuEllen a allumé les lampes torches à faisceau réduit et nous avons repris la route en sens inverse, vers le ranch.

La balade nous a pris quarante minutes en avançant lentement et en s'arrêtant pour prêter l'oreille et observer le terrain devant nous avec les jumelles à visée nocturne. Nous n'avons ni vu ni entendu le moindre véhicule. À l'angle de la propriété de Corbeil, à l'endroit où je m'étais mis à longer la clôture le matin, nous nous sommes enfoncés sous les arbres et, à la lueur de nos lampes, nous avons établi notre position grâce au GPS.

« Prête ?

— C'est parti. »

Nous étions tous les deux vêtus de noir de pied en cap. En ville, où l'on risque de tomber par malchance sur des flics, on portait le plus souvent des blousons rouge foncé, je l'ai dit. Ça faisait moins louche. Mais ici, en plein milieu des pâturages de Corbeil, et avec un AK, inutile de prétendre qu'on était là par erreur.

On est passés par-dessus la clôture, moi en tête. Les étoiles et le croissant de lune dispensaient une lumière suffisante pour nous permettre de nous distinguer mutuellement, encore que sous forme d'ombres ; et nous n'entendions que le frou-frou de nos chaussures dans l'herbe. Parvenu à une courte distance du faîte, je me suis rapproché de la clôture en y projetant grâce à ma torche une toile d'araignée lumineuse.

Mes jumelles me permettaient de distinguer la parabole près de l'abreuvoir. Pas âme qui vive, rien que des vaches allongées dans l'herbe, groupées comme des cosses de petits pois sur une table.

« Tu vois quelque chose ? » Le tout dans un souffle, tout contre mon oreille.

« Non. On traverse. Sers-toi de ta lampe et fais attention aux barbelés. »

On est passés par-dessus la clôture pour redescendre l'autre flanc. La parabole se trouvait à deux cents mètres de nous ; on s'en est approchés sans hâte, en s'arrêtant souvent pour écouter la nuit. Un ruissellement nous a appris que nous étions presque arrivés ; plus près encore, nous avons capté un très léger bourdonnement, d'origine indubitablement électrique. Le dispositif ne bougeait pas pour l'instant, mais il était en marche.

J'ai tendu l'AK et les jumelles à LuEllen ; comme convenu, elle a continué sur une trentaine de mètres pour rejoindre son poste de guet. J'ai ôté mon sac à dos, dont j'ai sorti tout mon matériel. Puis j'ai utilisé le GPS pour marquer notre position avant de passer en fonction chrono et de commencer à prendre mes mesures.

L'antenne était visiblement en position « repos ». À l'aide de ma boussole, j'ai déterminé à un degré près la direction dans laquelle elle pointait : 290°, donc légèrement au nord du plein ouest, et pas du tout l'orientation que j'avais constatée l'après-midi. Une fois sûr de mon fait, j'ai scotché une extrémité de l'élastique au bord supérieur de la parabole de manière à obtenir une ligne droite, bien tendue en travers de sa surface, puis j'ai fait de même sur le bord inférieur. J'ai établi la verticale grâce au niveau que j'avais acheté, puis mesuré l'angle formé par l'élastique par rapport à cette dernière, ce qui m'a donné en gros l'azimut actuel de la parabole. Je l'ai noté, puis je me suis assis afin d'entamer ma longue attente. Nous avions convenu d'attendre trois heures que l'antenne bouge. Au bout de ce délai, si rien ne s'était passé, nous laisserions tomber. Nous serions gagnés par la fatigue, ce qui nous mettrait en danger.

L'élastique toujours tendu, je me suis allongé confortablement par terre et j'ai regardé la lune décliner peu à peu, les étoiles apparaître une à une. À l'est, les lumières de Waco étaient trop vives pour que la Voie lactée fasse tout son effet, comme dans les régions boisées du Nord. Mais c'était un peu de chauvinisme de ma part... Ici, le ciel nocturne n'était pas mal non plus.

Au bout de vingt-cinq minutes, le moteur de l'antenne a émis une espèce de rot électrique, un changement de tonalité. Je me suis redressé, l'oreille aux aguets, histoire d'acquérir une certitude, puis j'ai consulté le GPS et noté l'heure. Niveau et rapporteur en main, je me suis placé face à la parabole et j'ai rapidement mesuré son azimut. Il n'avait pas varié. Pourtant, il se passait quelque chose ; la note émise par l'appareil était plus grave.

J'avais à peine eu le temps de m'en inquiéter que je captais une vibration en provenance du disque, lequel est presque aussitôt entré en mouvement. Il s'inclinait en arrière. J'ai suivi son orientation du regard ; l'antenne pointait vers l'horizon. Je n'ai vu que des étoiles. Pourtant, certaines nuits très noires, on voyait bien les satellites scintiller dans les cieux.

J'ai mesuré l'azimut et noté le signal chrono fourni par le GPS. Une première fois, puis une deuxième, une troisième. Après quoi je suis rapidement passé derrière la parabole et, d'un coup d'œil à la boussole, je me suis assuré que son orientation n'avait pas changé. Ensuite, j'ai regagné mon poste et mesuré l'azimut autant de fois que possible, jusqu'à ce que l'antenne pointe sur l'horizon local, au faîte de la colline, avant de s'immobiliser brusquement. Après avoir relevé le dernier azimut, j'ai vite refait le tour pour revérifier la direction qu'elle indiquait. Elle était constante. Traduits par Bobby, les chiffres dessineraient normalement une ligne droite traversant le ciel du nord-nord-ouest au sud-sud-est ; malgré la grossièreté des mesures fournies par le rapporteur, je pourrais sans doute lui procurer une approximation relativement fidèle des azimuts et de leur heure de relevé.

Parvenue au zénith de son parcours en arc de cercle, la parabole a marqué une pause de trente secondes, puis, en redescendant, entamé une rotation – vers le nord, cette fois. À la fin de sa séquence mobile, elle pointait vers l'horizon à environ 320°, soit 30° au nord de son alignement précédent. J'ai noté ces données, puis remballé toutes mes affaires et détaché l'élastique. Sur quoi j'ai fait quelques pas en direction du sud et appelé doucement : « LuEllen ? »

Un instant plus tard elle était à mes côtés. « T'as tout noté ?

— Ouais.

— Je t'ai entendu trafiquer je ne sais quoi.

— Pas trop fort, j'espère.

— Ça allait. On s'en va ?

— À moins que tu aies envie de faire une petite balade.

— C'est toi le boss. »

Lentement, en s'arrêtant régulièrement pour utiliser les jumelles et en passant autant que possible à l'écart des troupeaux, nous nous sommes dirigés vers le corps de ferme. Nous nous sommes assis un quart d'heure au flanc d'une hauteur pour observer la campagne environnante ; puis nous avons traversé un ruisseau pour remonter sur le flanc opposé. De là, on voyait très bien la maison de Corbeil.

« Pas de parabole, ai-je soufflé.

— Alors on s'en va. On a déjà trop tardé.

— D'abord, j'aimerais qu'on fasse deux cents mètres dans cette direction-là. Ensuite on reviendra sur nos pas. »

« Cette direction-là », c'était l'est – plus précisément la bordure est de la propriété. On a commencé par rebrousser chemin, gravir à nouveau la colline pour mettre une distance plus confortable entre la maison et nous, puis longer l'arrière de la crête sur quatre ou cinq cents mètres. Quand le GPS nous a signalé que nous avions couvert les trois quarts de la distance, nous avons obliqué vers le sommet. En atteignant la crête suivante, nous avons découvert, dans un petit val... une nouvelle parabole.

« Ça en fait trois », ai-je murmuré.

On s'en est approchés ; j'ai marqué son emplacement sur le GPS et relevé de rapides mesures : 320°, comme la précédente. Peut-être fallait-il attendre, là encore, qu'elle entre en mouvement ? Non, nous n'avions plus le temps. « On y va. »

Nous avons mis plus d'une heure pour regagner la camionnette. Nous nous en sommes approchés sans hâte, l'oreille tendue. Nous avons rangé notre matériel en faisant le moins de bruit possible, puis pris plein sud, vers l'autoroute. LuEllen a dit : « La soirée est idéale pour pique-niquer.

— Je suis un peu crevé. » C'était elle qui conduisait. « J'ai ajouté : "Quand on arrivera à la vieille ferme, arrête-toi au bout du chemin s'il n'y a pas de lumière." »

Tout était noir. LuEllen s'est garée. J'ai passé le GPS par la vitre, obtenu un relevé rapide que j'ai aussitôt noté, et lancé : « Allez, on rentre. »

Nous avons repris la petite route vers le sud, puis la 185 à l'est. En passant devant le ranch, nous avons vu deux hommes se rapprocher d'une voiture garée dans l'allée, L'un d'entre eux nous a jeté un coup d'œil au passage.

« Celui de droite..., a commencé LuEllen.

— ...traîne la patte, oui », ai-je achevé. En regardant en arrière, j'ai vu la voiture déboucher de l'allée et prendre notre suite, Au bout de quelques kilomètres, nous nous sommes arrêtés à un carrefour avant de prendre vers Waco, La voiture, là encore, nous a suivis.

« Ils sont toujours derrière nous ?

— Ouais, mais rien de très étonnant. Il n'y a pas trente-six endroits où aller, dans le coin. » Ils ne semblaient pas nous filer avec beaucoup d'ardeur. « Ralentis un peu. Descends au-dessous de quatre-vingts. »

LuEllen a levé le pied et l'autre voiture – une Buick

– s'est lentement rapprochée. Quand elle s'est retrouvée juste derrière nous, elle a maintenu quelques instants l'allure, puis, d'un coup, elle nous a dépassés et a accéléré. Les jumelles étaient prêtes. J'ai vite relevé le numéro minéralogique.

« Le type ne m'a pas regardée, a constaté LuEllen.

— Aucune raison. Après tout, on n'est qu'une banale camionnette sur l'autoroute. Même la parano a des limites.

— Chez les amateurs peut-être, mais pas chez moi, a rétorqué LuEllen. On efface toutes nos traces et on ramène la bagnole dès demain matin. Avant l'ouverture des services d'immatriculation, qu'ils ne puissent pas vérifier notre numéro.

— Oui chef. »

Chapitre vingt-trois

Ce soir-là nous avons une nouvelle fois sollicité Bobby, à qui j'ai résumé nos déductions. Aidé du GPS, j'avais pu établir très précisément la localisation des trois antennes, ainsi que la distance qui les séparait ; j'y ai ajouté l'orientation, l'azimut et le chronométrage.

Liaisons satellites clandestines ?

Possible. Auquel cas les clients recevraient des clichés en haute résolution via le Net, contre paiement viré sur un compte bidon. Les noms contenus dans les fichiers de Jack étaient tous originaires d'Asie centrale ou du Sud-Est, ou islamiques, ou indiens.

Ça devait être leur comptabilité des tâches effectuées. Mais comment ils se débrouillent pour faire bosser les satellites sans que le N.R.O. s'en aperçoive ?

Aucune idée.

Je voudrais montrer les données parabole à deux potes, si tu n'y vois pas d'inconvénient.

Il faut que ce soient d'*excellents* potes.

Excellentissimes. Et tous les deux s'y connaissent en satellites.

O.K. Des nouvelles côté Green ?

Oui. L'avocat dit que les flics en ont probablement fini avec lui.

Sa chambre est sur écoute ?

Je m'en assure.

Tu peux aussi vérifier le numéro d'immatriculation suivant... ?

Il m'a promis de me rappeler. Le lendemain matin, nous avons restitué notre véhicule de location, préalablement débarrassé de ses empreintes digitales. Le matériel et l'AK étaient rangés dans le coffre de la voiture.

« Il ne faudrait pas que les flics tombent sur notre petite panoplie, a constaté LuEllen. Avec les jumelles, la boussole, le GPS et le fusil, à tous les coups ils nous prendraient pour des tueurs professionnels.

— Qu'est-ce qu'on est d'autre ? » Au moment où ces mots ont franchi mes lèvres, j'ai voulu feindre de plaisanter, mais LuEllen m'a décoché un regard étrange. Désormais, il allait falloir que je me surveille.

L'attente a repris. On a passé toute la journée à ne pas faire grand-chose, à part contacter Bobby toutes les deux heures. LuEllen en avait assez de taper dans des balles de golf avec des clubs de piètre qualité.

« Tu devrais apprendre, puisque sur ce genre de coup on passe son temps à poireauter en cherchant à s'occuper. Toi, tu veux toujours dessiner, des conneries comme ça. Tu devrais apprendre un passe-temps plus convivial.

— Le golf, c'est bon pour les crétins.

— Qu'est-ce que tu en sais ? Tu n'y as jamais joué.

— Ferme-la ou je vais être obligé de te donner la fessée.

— Tiens, c'est une idée, ça. Au moins, ça nous occuperait deux bonnes heures. »

Le lendemain matin, tout ce que Bobby avait à nous apprendre c'était que la voiture du ranch appartenait à un dénommé William Hart. Suivait une adresse.

« Au tout début de cette histoire, j'ai reçu un message de Jack où il mentionnait ce Hart. Il me disait de m'en méfier, que c'était une ordure, ou quelque chose d'approchant.

— Eh bien, méfions-nous-en », a conclu LuEllen.

Mais un peu plus tard dans la journée, Bobby a ramené autre chose dans ses filets.

Tu peux aller à Little Rock ?

Tiens ? Quand et pourquoi ?

Demain, pour récupérer du matos. Il faut poser un mouchard sur la parabole.

O.K.

Super. J'ai parlé à l'avocat. La chambre de Green (348) n'est vraisemblablement pas sous surveillance électronique. L'occupant de la chambre voisine (350) s'appelle Morris Kendall, il est shooté par la chimio et n'en a plus pour longtemps, si vous voulez demander à voir un autre malade.

Merci.

Nous avons réglé notre note au motel d'Austin et pris la direction de Dallas, où nous sommes descendus dans un autre établissement tout aussi anonyme avant d'appeler l'hôpital pour se renseigner sur les heures de visites. Il se trouve que celles-ci ne commençaient qu'à neuf heures.

« Je n'ai pas bien compris pourquoi on devait voir Green, m'a dit LuEllen.

— Pour lui vanter les mérites des réponses évasives.

— Je ne crois pas qu'il ait besoin de nous pour ça,

a-t-elle répliqué, les poings sur les hanches. Non, il y a autre chose de pas clair qui mijote dans ta petite tête de voyou. »

J'ai acquiescé à contrecœur. « Tu as raison. Seulement, je ne veux pas t'en parler pour l'instant parce que tu vas te mettre en colère, ce qui me mettra en colère à mon tour ; or, je n'ai pas d'énergie à perdre avec ce genre de chose. De toute façon, ce soir j'irai tout seul à l'hôpital. Toi, tu m'attends dans la rue, prête à écraser le champignon.

— Écoute, Kidd... Si tu penses qu'il va y avoir du sport...

— Non, ce n'est pas ce que j'ai dit. Seulement, je suis plus parano que nos deux amis en Buick, O.K. ? Et maintenant, boucle-la cinq minutes, j'essaie de réfléchir. »

Il y avait effectivement une idée en cours d'élaboration dans ma petite tête de voyou, et il n'était pas question que j'en fasse part à LuEllen. En tout cas pour le moment. En effet, j'avais enfin trouvé le moyen de faire plonger AmMath, Corbeil et ses gros bras, mais je ne voulais pas que ma complice soit là quand je passerais à l'action. Le Texas était un État mal choisi pour ce genre d'initiative...

Je me suis présenté au Mont des Oliviers à 20 h 30. LuEllen m'attendait dans une rue jalonnée de places de stationnement, derrière le parking réservé aux médecins. Si j'étais contraint de fuir, il était probable que je ne réussirais même pas à sortir du bâtiment ; mais si j'arrivais quand même à traverser le parking, en quinze secondes on se perdrait dans la circulation.

Il y avait une boutique de cadeaux dans le hall d'entrée. J'y ai acheté un bouquet de fleurs jaune vif qui ressemblaient à des marguerites, mais avec un éclat lustré qui rappelait trop le plastique, plus un parfum agressif. Elles se présentaient d'emblée dans un vase en verre. L'ensemble faisait assez toc mais, d'une certaine manière, adapté à la situation. Je me suis renseigné à l'accueil, puis je suis monté dans les étages à la recherche de la chambre de Morris Kendall.

La porte de Green était ouverte ; assise dans un fauteuil, une dame empâtée regardait, l'air accablé, le lit du fond. Car la pièce en contenait deux. Et merde. On avait omis de me prévenir. Je ne voyais que le pied du lit le plus proche, donc celui de Green. J'ai poussé jusqu'à la 350, où j'ai trouvé Morris Kendall dans le coma. Apparemment. En tout cas, il agonisait seul dans son coin, perfusé et le bras criblé de piqûres d'aiguille. J'ai posé mes fleurs sur une table en m'efforçant de ne pas le regarder.

Au bout d'un court instant je suis ressorti faire les cent pas dans le couloir. Dans la pièce voisine, la dame était toujours là, muette, étreignant son sac à main sur ses genoux. Elle avait l'air de désapprouver tout ce qui se passait dans cet hôpital. Je suis retourné quelques minutes au chevet de Morris et j'en ai profité pour prendre une résolution : quand je serai vieux, j'amasserai un stock de somnifères, au cas où... Pas question de finir comme ça.

Les gens allaient et venaient dans le couloir ; moi, je me concentrais sur la visiteuse. Un quart d'heure après mon arrivée, ma patience s'est vue récompensée : la dame est sortie, l'air décidé, serrant son sac à deux mains. Un coup d'œil dans le couloir. Un adulte et deux enfants appartenant manifestement à la même famille se tenaient devant une porte, à une quinzaine de mètres. Je suis entré dans la chambre de Green.

Il se trouvait bien dans le premier lit, séparé de son voisin par un rideau. Un poste de télévision vissé au mur dans l'angle opposé de la pièce était réglé sur une chaîne ne diffusant que des feuilletons à l'eau de rose. Dès que je suis entré, Green a tourné la tête vers moi. Je lui ai adressé un signe interrogateur, les paumes tournées vers le plafond et les sourcils arqués. Il a haussé les épaules en signe d'ignorance, mais posé un doigt sur ses lèvres. Je me suis approché. Il m'a soufflé à l'oreille : « Qu'est-ce que vous foutez là ?

— Fallait que je vous parle. Ça va ?

— Disons que ça ira. Avec quelques semaines de rééducation.

— Je suis navré.

— Moins que moi. J'étais quand même censé protéger Lane. Et maintenant, elle est morte, a-t-il ajouté d'un air de tristesse ineffable.

— Il faut que je sache ce qui s'est passé. Ils ont tiré tous les deux ?

— Un peu, oui ! Et sans s'embarrasser de silencieux. Si ça se trouve, ils étaient juste venus kidnapper Lane ; mais quand ils m'ont vu, ils ne lui ont laissé aucune chance. Vous avez récupéré l'ordinateur ?

— Oui. Il faut que je sache comment ils étaient, physiquement. Vous en avez blessé un...

— Mais pas gravement, à mon avis. Il se peut même que la balle ait ricoché. Le plus petit m'a à moitié assommé, d'emblée, en ouvrant la porte de la salle de bains ; je suis tombé sur le cul dans la baignoire... Je ne pouvais rien faire à part presser la détente à répétition.

— Vous avez de la chance qu'il y ait eu cette baignoire.

— Vous pouvez le dire. Je ne pense pas... » Il y a pensé quand même, l'espace d'une seconde – et sans doute pour la dix millième fois. « ...que j'aurais pu la sauver.

— Pas l'ombre d'une chance. Alors, ces deux types, à quoi ils ressemblaient ?

— Blancs, jeunes, l'air méchant. Un bas sur la tête. En bonne forme physique, secs et nerveux. Cheveux très courts, il me semble. Je ne pourrais pas en jurer. L'un dans les un mètre quatre-vingts, l'autre un peu plus petit, mais plus râblé. Ça se remarque quand on les voit côte à côte. C'est celui-là que j'ai touché.

— Parfait. Vous rentrez à Oakland ?

— Je crois, oui. Je resterais bien, mais je vois pas bien en quoi je pourrais vous être utile.

— En effet. Vous nous rendrez bien plus service en retournant à Oakland et en vous comportant en parfaite conformité avec vos déclarations à la police : vous êtes un simple garde du corps, vous n'êtes au courant de rien. Faites votre kiné, allez vous balader, envoyez-vous en l'air... Si le F.B.I. continue à s'intéresser à vous, il faut les assommer d'ennui.

— C'est ce que je vais faire », a-t-il opiné.

Derrière le rideau, une voix a soudain coassé : « Dis donc, Leth, ça te dérange si je mets Cinemax ? Je crois qu'ils passent un des films de la série "Carwash."

— Non, non, vas-y. Ça ne me fera pas de mal à moi non plus. »

J'ai serré la main de Green et je suis ressorti.

« Alors, comment ça s'est passé ? m'a demandé LuEllen quand j'ai réintégré la voiture.

— Très bien. Green assure, on ne risque rien.

— Alors pourquoi tu fais cette tête ? » Elle a fait demi-tour sur place et on est repartis en direction de l'Interstate.

Je lui ai parlé de Morris Kendall. « Je n'ai vu *aucun* effet personnel dans sa chambre. Il est en train de crever avec pour toute compagnie un pauvre bouquet de fleurs jaunes apportées par un parfait inconnu.

— On dirait les paroles d'une chanson country. »

On avait mangé notre pain blanc, pour ce jour-là. Quand on est allés aux nouvelles, Bobby nous a donné rendez-vous à Little Rock le lendemain à trois heures, dans un restaurant de l'aéroport.

Ces dispositions prises, je me suis fait LuEllen. Pas du tout comme elle aime – à savoir lentement, en pimentant la chose de petits jeux érotiques –, mais sans détours, en la clouant au lit. Après, elle m'a dit : « Dis donc, Kidd, qu'est-ce qui t'a pris, là ?

— Comme je m'apprête à te virer, et que tu vas me faire la gueule un moment, je fais en sorte de garder un bon souvenir de toi.

— Salaud ! » Elle s'est assise dans le lit.

« Écoute, LuEllen... Toi-même, tu te réserves toujours le droit de foutre le camp quand ça commence à sentir le roussi, non ? Eh bien, ça va sentir *très fort* le roussi et il n'y a aucune raison que tu restes dans les parages. J'aurai suffisamment à faire sans en plus veiller sur toi.

— Tu n'as jamais eu à veiller sur moi, que je sache. » Son ton devenait inquiétant.

« Je ne voulais pas dire "veiller sur toi" comme si tu étais un bébé, mais *faire gaffe* à toi en même temps qu'à moi.

— Pourquoi, qu'est-ce que tu vas tenter ?

— J'ai une idée. Pour le moment, tu n'as pas intérêt à être au courant. Plus tard, peut-être. Toi, il faut que tu te montres en public. Tu as ton passeport avec toi, j'espère ?

— On peut savoir ce que tu... ?

— Tu l'as, oui ou non ?

— Mais oui.

— Alors demain matin à la première heure, je te mets dans un avion direction... je ne sais pas, moi – New York, tiens. Tu te serviras des mêmes papiers d'identité qu'à San Francisco. Puis tu rembarques pour

Minneapolis avec la toute première identité que tu as utilisée – j'espère qu'elle est toujours valable ? De là, tu files aux îles Vierges, ou aux Bahamas, sous ton propre nom. Ça fait pas mal d'heures de vol, mais je veux que tu passes la douane quelque part, et qu'on te voie pendant cinq-six jours. Qu'on se souvienne de toi. »

J'avais éveillé sa curiosité. Toujours furax, mais intriguée, elle m'a demandé : « Qu'est-ce que tu vas faire sauter ?

— Rien du tout. Seulement, cette histoire touche à sa fin et on ne sait jamais de quoi sont capables le F.B.I., la N.S.A. et tous ces organismes gouvernementaux à sigle. S'ils font le rapprochement entre nous deux, ça peut te valoir des ennuis. Or, Bobby dit que justement ils épluchent leur liste de noms.

— Comment veux-tu que je trouve de la place sur tous ces avions ?

— J'ai réservé pour toi ce matin. En confirmant tous les vols.

— Ce matin ? » Elle a médité là-dessus deux secondes, puis : « Connard, va. Ce matin, hein ? Espèce de... »

On s'est engueulés par intermittence toute la soirée. J'ai quand même essayé de dormir un peu. Le lendemain elle a fait sa valise en balançant des fringues dans tous les sens, mais à huit heures elle était dans la file d'attente de son vol pour New York à Dallas Fort Worth. *Elle est parfaitement capable de me planter là sans plus de cérémonie*, songeais-je. Mais elle s'est abstenue. Alors qu'elle m'avait boudé pendant des heures, avant de monter à bord elle m'a gratifié d'un baiser d'adieu très appuyé et m'a soufflé à l'oreille de prendre bien soin de moi.

Désormais, j'étais seul. À nous deux, Little Rock.

Chapitre vingt-quatre

Il m'a fallu six heures pour rallier Little Rock, dont une pause cheeseburger et deux pauses toilettes. Je traversais une région des États-Unis où les frites baignent tellement dans l'huile qu'on a moins l'impression de manger des pommes de terre que des blocs de graisse en forme de frites. Une serveuse en tenue couleur tarte au potiron d'avant-hier a déposé sans ménagement devant moi mon sandwich et mes prétendues frites ; puis elle a balayé ma table du regard et s'est écriée : « Mais c'est pas possible ! On a oublié de vous donner du ketchup ! » Elle est revenue presque aussitôt avec un flacon marqué Heinz en disant : « Ces frites-là, ça vaut rien sans ketchup. »

Elle avait raison. Ces frites-là ne valaient pas grand-chose.

Dans ma vie, je n'étais venu qu'une seule fois à Little Rock. Quand on habite St. Paul, on n'est pas très fréquemment appelé à passer par là. Ce jour-là, je n'en ai pas vu grand-chose. Le type avec qui j'avais rendez-vous m'attendait bien au restaurant, comme convenu. Je l'ai repéré dès que je suis entré.

« Comment ça va, John ? » lui ai-je demandé en me glissant sur la banquette en face de lui. On s'est serré la main.

« Pas trop mal. J'ai appris ce qui s'est passé avec Green et la fille. T'es pas dans la merde, dis donc. » Il m'a coulé un regard de côté. Ses lunettes noires aux formes profilées scintillaient sous les néons.

« C'est con, pour Green, ai-je commenté.

— C'est encore plus con pour ta copine. »

John Smith était un Noir originaire de Memphis mais qui faisait à présent l'aller-retour entre cette ville et un petit bled du delta du Mississipi où résidait son épouse. C'était un dur, mais très intelligent. Lobbyiste, ami de Bobby, et par-dessus le marché sculpteur. On avait travaillé ensemble, une fois. « Je viens de débarquer, m'a-t-il annoncé. Personnellement, je prends le sandwich à la dinde, les frites, le gâteau à la crème et à la noix de coco et un Coca Light.

— Après ça, tu n'as plus qu'à prendre rendez-vous pour une échographie cardiaque. »

De mon côté, ce fut un Coca et une salade. Quand la serveuse est venue prendre la commande, je lui ai dit de ne surtout pas oublier le ketchup pour les frites de John.

« Aucun risque », a-t-elle répondu, manifestement surprise que j'aie pu envisager la chose un instant.

John m'a ensuite déclaré que ma commande était dans sa voiture, qu'on n'aurait qu'à aller la chercher en sortant du restau. « Bobby te fait dire d'acheter de l'adhésif et de scotcher le boîtier au récepteur situé dans le foyer. Ça devrait suffire. Ensuite, autour du boîtier tu verras des bobinages. Ce sont des récepteurs – un peu comme des antennes. Enroule le fil autour des câbles de soutien du récepteur. Ça augmentera un peu sa sensibilité. D'accord ? »

En même temps il esquissait un rapide schéma sur une serviette en papier, et l'un dans l'autre, je trouvais la démonstration assez claire. « Dès que la parabole entre en mouvement, tu allumes le récepteur que je t'ai apporté, a-t-il poursuivi. Il n'y a qu'un interrupteur, un va-et-vient sur le côté de l'appareil. Pendant que l'antenne bouge, toi, tu prends les mêmes mesures que l'autre soir – orientation, chronométrage, azimuts. Le récepteur interceptera à la fois les ondes émises et les ondes captées et les enregistrera ; Bobby y a ajouté une fonction chronomètre, mais il n'a pas eu le temps d'inclure le niveau et la boussole dont tu auras également besoin.

— Pas grave.

— LuEllen t'accompagne ?

— Je l'ai envoyée faire un tour.

— Vous devriez avoir un ou deux gosses ensemble, vous deux. Sinon vous allez vous retrouver vieux sans personne pour s'occuper de vous.

— Merci pour le conseil. » En un éclair, j'ai repensé à Morris Kendall crevant tout seul dans la chambre 350. « Est-ce que Bobby en a appris davantage sur Firewall ?

— Je ne suis pas très branché sur ces questions, tu sais ; c'est pas mon truc. Mais il dit que c'est du bidon – c'est aussi ce que tu penses, il paraît ?

— Je penche vers cette hypothèse, en effet.

— Par contre, il prétend que le F.B.I., la N.S.A., tout ça gonflent le prétendu danger que représente Firewall pour justifier leur budget. D'après lui ces agences n'ont plus rien à faire, elles sont complètement obsolètes ; alors la fausse affaire Firewall est un don du ciel, pour elles. Un sursis.

— Et l'assaut contre le fisc ?

— Dix gamins en Allemagne et en Suisse, selon lui. Il a livré quatre noms au F.B.I., qui n'en a pas fait grand-chose. À l'en croire, ils ne sont pas disposés à arrêter les membres de Firewall. Du moins *pas encore.* »

Ma salade est arrivée en même temps que la commande de John, sur quoi on a passé vingt minutes à parler de sa femme Marvel et de leurs gosses ; puis de la situation politique à Longstreet, où habitait sa petite famille. Il a épuisé le sujet avant de finir de manger. J'ai regardé ma montre. « Il y a une cabine dans le hall. Je vais me connecter et voir un peu ce qui se passe du côté de Bobby.

— Ne te gêne pas pour moi. »

La cabine en question n'était pas très demandée ; en un rien de temps j'étais en ligne. En revanche, au septième chiffre composé – il m'en restait donc trois – une unique sonnerie a retenti à l'autre bout du fil et une voix féminine a annoncé : « Montana Genetic, bonjour !

— Euh, excusez-moi, je crois que je me suis trompé de numéro.

— Je vous en prie, bonne journée ! » a-t-elle répondu, toute guillerette.

J'ai refait le numéro.

« Montana Gene... »

J'ai raccroché.

« On a un problème, ai-je informé John en regagnant notre box. Bobby n'est pas en ligne. »

Il a froncé les sourcils. Bobby était *toujours* en ligne. Être en ligne, c'était toute sa vie. « Comment ça ?

— En composant son numéro j'ai obtenu une boîte appelée Montana Genetics. »

Il s'est laissé aller contre son dossier, les paumes à plat sur la table. « Ah, merde. Il a fermé boutique.

— Hé, mais c'est que j'ai besoin de lui, moi !

— Nous aussi. » Je n'avais jamais très bien su qui se cachait derrière ce « nous », même si j'en connaissais l'existence depuis des années. À son tour de consulter sa montre. « Faut que je rentre. Il y a un numéro où il risque de m'appeler. »

À ce moment-là la serveuse nous a apporté la note. Puis elle a regardé John en demandant : « Vous êtes Mr. Smith ?

— Hein ?

— Vous vous appelez bien... ?

— Smith, oui. C'est moi.

— On vous demande au téléphone. Normalement, on ne prend pas de communications pour les clients, mais il paraît que c'est urgent. »

John a jailli du box ; elle l'a entraîné vers le bureau. Il est revenu au bout de deux minutes. « Faut que j'y aille.

— Bobby ?

— Ouais. Il savait qu'on serait là. » Il a jeté cinq dollars sur la table et s'est dirigé vers la sortie. Une fois à l'air libre, il a poursuivi : « Il m'a dit de te dire que Ladyfingers s'était fait choper, qu'elle avait balancé son numéro à la N.S.A. et qu'ils étaient remontés jusqu'au marchand de bananes. Qu'il n'y avait plus que trois sûretés entre la N.S.A. et lui, après quoi il serait foutu. Il a tout arrêté. Il dit que tu n'as qu'à récupérer le numéro comme la dernière fois – il ne m'en a pas dit plus, il est trop parano –, ce qui te mettra directement en contact avec lui. C'est la seule voie entrante qu'il conserve le temps de se reconstituer tout un réseau de numéros.

— Ça tombe mal. *Très* mal. »

On a rejoint sa voiture. Il m'a tendu un sac de sport contenant le récepteur commandé. « Dès que tu auras enregistré un cycle complet, envoie-moi les relevés par courrier, en recommandé, chez moi, à Memphis.

— Entendu.

— Bonne chance, a-t-il conclu. Et gare tes fesses. »

À Texarkana, j'ai trouvé une cabine publique dans

une station-service. J'y ai raccordé mon ordinateur portable, ce qui m'a permis de consulter mes deux boîtes aux lettres et de trouver, comme me l'avait implicitement promis Bobby, les deux parties d'un nouveau numéro de téléphone. Je l'ai composé, j'ai entré la lettre *k* et eu Bobby en ligne.

> J'ai eu chaud. Comme jamais. Ils m'ont foutu la trouille cette fois. Je ferme boutique sauf pour toi. Tu as réceptionné le colis ?
>
> *Oui.*
>
> Tu peux le monter ce soir ?
>
> *Oui.*
>
> Qu'est-ce qu'on peut faire d'autre ?

Je le lui ai dit – ce qui, en retour, m'a valu un long silence, suivi de cette réponse :

> Fais gaffe. Fais gaffe. Fais gaffe.

Entre Texarkana et Dallas, l'autoroute traverse des paysages très peu peuplés. Après avoir consulté la carte, j'en suis sorti au niveau d'une des zones les plus désertiques. Ensuite, j'ai choisi une longue route peu fréquentée. Je me suis arrêté sur le bas-côté, j'ai inspecté les environs et, muni de mon carnet à esquisses, je suis parti à pied. Au bout de deux cents mètres, j'ai planté une bouteille de Coca en plastique sur le talus. J'aurais juré que je ne m'étais pas trompé de plus d'un ou deux mètres – entre autres choses, dans la cambriole, on apprend à évaluer correctement les distances. Je savais qu'en moyenne, un de mes pas couvrait un peu plus de cinquante centimètres, et je m'étais entraîné à l'allonger légèrement pour atteindre exactement cinquante-cinq.

Revenu à ma voiture, j'ai à nouveau jeté un regard circulaire, puis sorti l'AK du coffre ; je l'ai chargé, j'ai baissé la vitre côté passager, et une fois certain que rien ne venait ni dans un sens ni dans l'autre, j'ai déchiré deux bouts de journal que j'ai roulés en boule avant de me les fourrer dans les oreilles. Ensuite, j'ai visé la bouteille de Coca.

Le viseur était correct ; adossé à la portière côté conducteur, la main gauche refermée sur le chargeur et calée contre l'intérieur de mon genou, j'ai mis la bouteille en joue et pressé la détente.

Le fusil a violemment tressauté dans mes bras et je n'ai plus vu la bouteille. Quand je l'ai à nouveau cadrée dans le viseur – ou plutôt l'endroit où elle aurait dû se trouver : plus rien. J'ai remis de l'ordre dans la voiture, remballé le fusil et récupéré la douille, que j'ai jetée dans les roseaux en bord de route.

J'ai roulé tout doucement, jusqu'à ce que j'aperçoive ma bouteille. Elle était percée d'un trou bien net – calibre 30 –, cinq centimètres sous le goulot un peu décalé à droite. Ça irait. Ça irait même très bien.

À Dallas, je me suis arrêté dans un motel pour faire un peu de toilette, me changer et jeter un coup d'œil au paquet de Bobby : une boîte en plastique munie d'un interrupteur à bascule et avec deux bobinages-antennes dépassant sur le dessus, le tout de la taille d'une cassette vidéo VHS, en plus lourd. Il fallait aussi que je me procure le reste du matériel requis.

Je me suis aussitôt remis en route, mais il était tout de même plus de neuf heures quand je suis entré dans Waco pour prendre la direction du ranch de Corbeil. Une seule fenêtre était éclairée, pas de voiture garée dans la cour ; j'ai poussé jusqu'à la vieille fermette en ruine et planqué la voiture sous les arbres ; puis je suis allé m'asseoir dans le chemin. Et j'ai attendu.

L'oreille dressée.

En écoutant attentivement, on en apprend toujours davantage qu'en se fondant sur le seul sens de la vue, quand on est dans le noir, et peut-être avec des individus aux trousses. Les gens sont tendus, plissent les yeux, ne savent pas se déplacer, respirent trop fort, trébuchent... Alors si on est soi-même décontracté, si on contrôle étroitement son souffle et qu'on garde les yeux clos... on entend tout. Tout, sauf les hiboux. Les autres oiseaux, on les entend aller et venir, la nuit ; mais jamais les hiboux ; eux, ils se déplacent comme des fantômes.

Au bout d'une demi-heure, j'étais rassuré : il n'y avait personne dans les parages. Je me suis relevé et j'ai scruté les alentours aux jumelles à visée nocturne ; ensuite, j'ai ramassé tout mon barda, y compris l'AK, et je me suis mis en marche. À mi-chemin de la route, j'ai vu une camionnette approcher en bringuebalant sur le chemin gravillonné. Je me suis enfoncé à bonne distance sous les arbres et je l'ai suivie du regard jusqu'à ce qu'elle ait dépassé l'endroit où j'avais planqué mon propre véhicule. Enfin, elle a disparu. J'ai patienté un moment, l'oreille aux aguets, puis je suis reparti.

À l'allure où j'allais, il était presque minuit quand j'ai franchi la clôture pour ensuite entamer la descente vers l'antenne parabolique. Quand je suis arrivé juste au-dessus de celle-ci, je l'ai observée dix minutes à la jumelle avant de me remettre en marche. J'en percevais le bourdonnement électrique. J'ai à nouveau attendu avant de scotcher le boîtier et de déplier les petites antennes, mais une ou deux minutes seulement, cette fois. Puis j'ai fixé mes élastiques pour mesurer l'azimut. Cela fait, je me suis éloigné d'une dizaine de mètres dans le pré, je me suis allongé par terre et j'ai tour à tour prêté l'oreille et fouillé les environs à l'aide de mes jumelles.

Une heure a passé, puis une autre. Tout à coup, comme la troisième était bien entamée, le ronron a changé de tonalité. Tout d'abord j'ai cru à une hallucination auditive – j'attendais peut-être depuis trop longtemps. Mais je me suis approché à quatre pattes, j'ai bien écouté, et pas de doute : le son n'était plus le même.

J'ai posé la main sur la parabole et, à la première sensation de vibration, j'ai basculé l'interrupteur sur le boîtier scotché. L'antenne bougeait ; je me suis mis à prendre des mesures. Une demi-heure plus tard je repassais la clôture dans l'autre sens, le boîtier bien rangé dans mon sac à dos.

Ce que Bobby ferait de ces mesures, je ne voyais pas très bien. Mais je lui faisais confiance. J'allais lui envoyer tout ça dès mon retour à Dallas – sans doute trouverais-je près de l'aéroport un bureau de poste ouvert la nuit. Après quoi ce serait à moi de filer me mettre à l'abri.

C'était l'assassinat de Lane Ward qui m'avait mis cette idée en tête – j'enrageais de plus en plus face aux agressions répétées de nos adversaires pour des raisons que nous ignorions et – mis à part le meurtre de Jack – qui nous importaient assez peu, en fin de compte. Quant aux gens censés aider, le F.B.I. et les autres, leur cynisme ne valait pas mieux.

Sur le chemin du retour, dans une quincaillerie j'ai trouvé ce que je cherchais : un grand carton – en l'occurrence contenant un élément de bibliothèque à monter soi-même. J'ai acheté le tout et balancé le paquet sur le siège arrière.

En même temps j'ai appelé le bureau de poste de nuit pour qu'on m'indique comment m'y rendre, et une fois sur place j'ai posté le paquet à John, à Memphis. Cela fait, je me suis rendu dans la partie nord de la ville afin de passer devant la maison du dénommé William Hart. Une seule fenêtre éclairée, et encore – très faiblement. Une veilleuse, peut-être. À part ça, aucun signe de vie. Mais dans ce genre de rue, il n'était pas question de rôder. Alors je me suis contenté de faire deux ou trois fois le tour en inspectant le quartier, puis je suis allé me coucher.

Mais je suis revenu le lendemain matin à six heures et demie, les yeux pas tout à fait en face des trous : je n'avais dormi que quatre heures. Je n'avais repéré que deux itinéraires logiques pour aller de chez Hart au siège de la société. Puisque je ne pouvais pas m'attarder devant chez lui, restait la possibilité de petit déjeuner sur un parking de McDonald's – McMuffin œuf-saucisse – en guettant son apparition dans la rue qu'il allait sans doute emprunter. J'attendais depuis un peu plus d'une heure quand j'ai vu la Buick déboucher de sa rue.

J'ai suivi, mais en prenant soin de laisser six ou sept véhicules s'intercaler entre nous. Il a pris une bretelle d'autoroute, direction centre-ville. À mi-chemin, il est sorti et s'est engagé dans une succession de petites rues. Je lui ai collé au train, puis je me suis garé, mais pour redémarrer un instant plus tard, avant de le perdre. Il s'est arrêté devant un immeuble d'habitation dont, une minute plus tard, un homme est sorti en boitillant. Cheveux courts, un mètre quatre-vingts, baraqué... *Benson*, ai-je songé. Celui que nous avions identifié à San Francisco. Il est monté précautionneusement dans la Buick. J'ai attendu qu'ils s'en aillent, puis j'ai inspecté le quartier.

Très différent de celui de Hart. Beaucoup d'immeubles d'appartements et de maisons anciennes, avec çà et là des magasins gagnant progressivement sur les habitations – épiceries de quartier, salons de coiffure, locations de vidéos, ce genre de chose. Au bout d'une demi-heure de reconnaissance attentive, j'ai trouvé l'endroit qu'il me fallait. Ce n'était pas parfait : trop de fenêtres tout autour, par exemple ; mais j'étais disposé à prendre le risque, s'il n'y avait pas de meilleure solution. Cela fait je me suis dirigé vers le centre-ville historique dans l'espoir de repérer un meilleur coin pour passer à l'action.

AmMath se trouvait à une rue du quartier historique proprement dit, qui s'achevait par un parking et, plus loin, un nœud de bretelles autoroutières. J'avais l'intention de me promener un peu, histoire de me familiariser avec les lieux et – avec un peu de chance – de repérer la Buick. Presque instantanément je l'ai aperçue occupant une place de stationnement sur le côté de l'immeuble. Si le type qui boitait était salement touché, ils allaient probablement continuer à chercher une place jusqu'à ce qu'ils en trouvent une près de l'entrée.

Bien – je tenais la voiture. En passant à côté, droit devant j'ai distingué une camionnette. Les véhicules étaient garés en épi par rapport au bâtiment d'AmMath. Je me suis engagé dans le parking après avoir dûment pris un ticket, puis je me suis dirigé vers le fond, là où se trouvait la fameuse camionnette. De là je voyais le côté passager de la Buick, la quasi-totalité du côté conducteur et, plus loin, un bout de trottoir.

Je me suis installé. L'attente recommençait.

•

Au cinéma, quand l'enquêteur se prépare à attendre, les méchants ne mettent pas trop longtemps à se pointer. Mais pour moi, ça ne s'est pas passé comme ça. J'ai poireauté deux heures. Puis, n'y tenant plus, je suis allé me dégourdir un peu les jambes. Je me suis payé un sandwich dans un bar offrant une vue dégagée sur l'entrée d'AmMath ; des tas de gens ont franchi la porte dans les deux sens, mais pas de Hart.

À 11 h 40 j'étais de retour à mon poste d'observation, le fusil juste derrière mon siège. Je me disais qu'ils ressortiraient pour déjeuner. Mais l'heure est passée sans que les deux hommes ne se montrent. Je suis retourné faire un petit tour, sans quitter des yeux soit leur voiture, soit l'entrée de l'immeuble. J'ai essayé de dessiner, mais le cœur n'y était pas ; le béton ne m'a jamais particulièrement inspiré.

À plusieurs reprises, ce jour-là, j'ai décrété que ça suffisait ; pourtant, je suis resté. J'en étais sûr : il suffirait que je m'en aille pour que les deux autres reviennent aussitôt prendre leur voiture. Donc, j'ai pris mon mal en patience et passé le temps en regardant circuler les Texans, coiffures choucroutées pour les femmes, bottes de cow-boy pour les hommes. Pas systématiquement, mais assez souvent pour que ça saute aux yeux, quand même.

À cinq heures, j'ai compris qu'il ne me restait plus très longtemps à attendre. À la demie, j'ai senti que la fin approchait et je me suis demandé si je devais transférer le fusil à l'avant de la voiture. Néanmoins, je n'en ai rien fait. À six heures moins le quart, Hart s'est assis au volant de sa voiture et a démarré. Ce n'était pas lui que j'attendais.

Je me suis rapproché, et je suis arrivé juste à temps pour voir Benson contourner la voiture en claudiquant, puis monter côté passager.

Je les ai suivis sur l'autoroute, dont ils sont sortis par la même bretelle que le matin. Sans doute regagnaient-ils l'appartement de Benson. Il me suffirait de le faire descendre de voiture une minute... Je les ai doublés, j'ai traversé beaucoup trop vite le quartier de Benson, puis garé ma voiture dans le parking d'une teinturerie fermée jusqu'au lendemain.

Le fusil était rangé dans le grand carton acheté la veille, choisi pour sa taille et sa forme peu révélatrices, mais encombrantes. Les étagères, je m'en étais débarrassé dans une décharge derrière mon hôtel.

J'ai sorti le fusil de la voiture, puis je suis passé derrière la teinturerie et je me suis installé entre un garage et la haie entourant une maison, au bout de la rue où se dressait l'immeuble de Benson. De là je voyais la porte, le parking et un tout petit bout de rue, à quelque deux cents mètres de distance. J'ai attendu dans l'obscurité croissante en espérant que les réverbères me permettraient de bien voir son visage.

Ils sont arrivés six ou sept minutes après moi. Tandis que leur voiture s'arrêtait, j'ai sorti le fusil, je me suis calé contre un coin du garage et j'ai cadré la Buick dans le viseur. Il faisait encore assez jour. Benson est descendu, a vacillé une seconde sur sa jambe blessée, puis s'est penché par la vitre pour parler au conducteur. J'ai profité de son immobilité pour lui tirer dessus.

LuEllen prétend qu'on peut se permettre de faire un grand bruit, voire deux coup sur coup – une détonation, un peu de boucan métallique, par exemple. Parce que les gens se demandent ce que c'est, mais si ça ne se répète pas, ils arrêtent de se poser des questions. Ça, c'est la théorie.

Après avoir tiré, je n'ai pas regardé là où Benson était tombé. Je me suis baissé, tout simplement, j'ai remis le fusil dans le grand carton et je me suis éloigné à reculons, en laissant constamment le garage entre moi et la scène qui se déroulait en bas de chez Benson.

Revenu au niveau de la boutique du teinturier, j'ai rangé le carton dans le coffre et je suis sorti du parking en marche arrière. En passant au bout de la rue de Benson j'ai vu, sur la pelouse de son immeuble, deux individus debout en contemplant un troisième allongé, plus une quatrième personne, une femme, qui traversait la chaussée en courant, précédée par un grand chien jaune sans doute tenu en laisse.

J'ai poursuivi mon chemin. Autoroute, motel... Une fois dans ma chambre, j'ai sorti le fusil du carton pour le nettoyer entièrement, puis je l'ai remis en place et rapporté à la voiture. Tant que je l'avais en ma possession, je courais un risque. J'ai quitté Dallas par le nord en conduisant lentement, prudemment, jusqu'à me retrouver en pleine campagne ; je ne m'étais arrêté qu'une seule fois : pour acheter une pelle bon marché. Au bout d'une demi-heure, j'ai bifurqué dans une petite route. Apercevant un joli bosquet, je suis allé enterrer l'AK à une soixantaine de centimètres de profondeur. Puis j'ai recouvert le tout de feuilles mortes. Quand je me suis retrouvé sur la grand-route, à quatre ou cinq kilomètres de la tombe que je venais de creuser pour mon fusil, j'ai essuyé la pelle et je l'ai balancée par la vitre, dans le fossé.

S'embusquer pour dégommer quelqu'un de loin, ce n'est pas très orthodoxe ; mais j'étais plus porté sur la survie que sur le fair-play. En revenant à Dallas, j'ai appelé la police de Denton sur la ligne réservée aux appels non urgents. C'est une voix de femme qui m'a répondu. « Bonjour, ici Jack Hersh, du *Morning News*. Vous pouvez me dire qui s'occupe de l'affaire du motel Eighty-Eight ?

— Euh... Je crois que c'est le lieutenant Frederick. Mais il n'est pas là pour le moment.

— Je le rappellerai. C'est quoi, son prénom ?

— Hal.

— Merci. »

J'ai appelé Bobby.

> ***Les ennuis continuent ?***
>
> Oui. Ils ont fait une descente chez Curtis Meany. Ils disent qu'il leur permettra de remonter jusqu'à un tas d'autres hackers. Jamais entendu parler de ce type. Et toi ?
>
> ***Non plus. Ils ont aussi arrêté des gens qu'on connaît ?***
>
> Pas depuis Ladyfingers.
>
> ***Il me faudrait le téléphone personnel du lieutenant Hal Frederick, police de Denton.***
>
> Ça vient.

Un instant plus tard il me rappelait pour me donner le numéro en question, qui figurait sur la liste rouge. Bobby entretenait des relations très intimes avec le réseau téléphonique.

Qu'est-ce que tu fais ?

Je bosse. Du nouveau côté satellites ?

Oui. Mais possible qu'il me manque une donnée essentielle. Je peux peut-être reconstituer l'ensemble quand même. Tu as accès aux documents d'AmMath ?

Non.

Je tente de pénétrer dans leurs bécanes d'ici.

Fais gaffe. Ils sont sur leurs gardes.

Fais gaffe toi aussi.

J'ai fait un ultime arrêt avant de rentrer au motel : pour appeler chez Hal Frederick depuis une cabine. Il a répondu à la quatrième sonnerie. Il avait l'air à cran.
« Allô ?

— Lieutenant Frederick ? J'ai un tuyau pour vous.

— Qui est à l'appareil ? » Encore plus à cran, le lieutenant.

« Quelqu'un qui vous veut du bien. Vous menez l'enquête sur l'affaire du Eighty-Eight Motel. Or, il y a deux heures, un dénommé Lester Benson s'est fait tirer dessus dans une rue de Dallas. Il a été transporté à l'hôpital avec une blessure à la cuisse. Si vous vous intéressez à lui, vous verrez qu'il avait déjà été blessé récemment à la jambe. C'est lui, en effet, qui a pris une balle en ressortant du Eighy-Eight après l'assassinat de la fille. Comparez son ADN sanguin à celui que vous avez trouvé dans le parking du motel et vous verrez qu'ils coïncident.

— Je répète : qui est à l'appareil ?

— Notez bien le nom : Lester Benson. Il a été admis à l'hôpital il y a environ deux heures. La police de Dallas vous fournira les détails. » Sur quoi j'ai laissé retomber le combiné.

Si *ça*, ça ne déclenchait pas le branle-bas de combat, je voulais bien faire mes valises et rentrer à la maison.

Parce que, sinon, je ne voyais vraiment plus quoi faire.

Chapitre vingt-cinq

St. John Corbeil

Corbeil se frotta le visage, puis les mains. Il enfonça son couvre-chef noir sur sa tête et traversa d'un pas traînant le parking des urgences. À la réception, une infirmière le fusilla du regard ; ce qu'elle voyait, c'était un vieux bonhomme, sans doute noir – non, *sûrement* noir –, en casquette de base-ball, qui regardait autour de lui d'un air hésitant et se dirigea bientôt vers les services.

« Excusez-moi ! lança-t-elle. Vous cherchez quelqu'un ?

— Nan, les W.-C.

— Quelqu'un de votre famille est hospitalisé ici ?

— Ma femme. Là-haut. A m'a viré, pas eu l'temps d'pisser. » Ça suffirait. Il n'imitait pas si bien que ça les vieux Noirs. Mais ça avait marché. « Dans ce cas, c'est au bout du couloir. Sur votre droite, là. » L'infirmière retourna à sa paperasse. Corbeil s'engagea dans le couloir indiqué, traînant toujours la patte.

Il prit l'ascenseur jusqu'au quatrième et longea le couloir de droite. Chambre 411. La porte était close, mais pas verrouillée. Il entra. Hart avait dit que c'était une chambre individuelle...

C'était exact. L'occupant de l'unique lit dormait.

Grâce à la vague lumière entrant par la fenêtre, il reconnut Benson, allongé sur le dos, une jambe en extension et une perfusion dans le bras. Corbeil prit dans sa poche un étui à cigare. Il fit glisser la seringue qu'il contenait et planta l'aiguille dans la poche à perfusion, où il injecta une dose de sédatif éléphantesque.

Il soupira intérieurement en contemplant Benson. Puisqu'il dormait déjà, de toute façon...

Pas question de s'attarder. Cette nuit-là, il avait pas mal de chemin à faire.

Il redescendit par l'ascenseur, retraversa le hall des urgences et reprit le volant pour rentrer chez lui. Pendant le trajet, il se débarbouilla à l'aide de lingettes trouvées dans un restaurant, au cas où il tomberait sur un voisin dans l'escalier. Mais il ne rencontra personne.

Un coup d'œil à sa montre : il avait encore du pain sur la planche. Il alla droit à la salle de bains se débarrasser des dernières traces de maquillage noir, puis se sécha et revint prendre un pistolet dans la commode. En ressortant, il fit un détour pour ne pas passer devant le mur du salon saccagé. Il remonta en voiture, direction chez Hart. Celui-ci l'attendait. Il fallait décider de la marche à suivre...

Hart n'était pas tranquille. « Je ne sais pas si ça va tenir, tout ça. Je ne sais pas si *Benson* va tenir.

— Ne vous en faites donc pas », répliqua Corbeil. Ils étaient dans le bureau de Hart, aménagé à la place de la salle de séjour. En un sens, il singeait celui de Corbeil, sauf que le fauteuil en cuir était moins stylé et la bibliothèque moins fournie – mais surtout moins éclectique : ici, il n'était question que de karaté, d'arme à feu, de randonnée et de voyage.

Cela énervait Corbeil. « S'ils lui mettent la main dessus, il sait pertinemment qu'on représente sa seule chance de s'en sortir. En tout cas, il ne lui servirait à rien de nous balancer : il écoperait d'un avocat commis d'office au lieu du meilleur de la ville, payé par nous...

— Je ne suis pas sûr qu'il soit assez futé pour s'en rendre compte. » Sombre, il se laissa tomber dans son fauteuil en cuir. Corbeil, lui, tournait en rond en faisant mollement les cent pas. En passant devant Hart, il sortit le pistolet de sa poche, marqua une pause puis, sans hâte, de manière à ne pas attirer l'attention de l'autre, alla lui coller le canon contre la tempe et pressa la détente.

Crac !

Hart s'affaissa. Corbeil attendit quelques secondes, l'oreille aux aguets. Mais s'il y avait quelque chose à entendre, il ne s'en apercevrait probablement pas, assourdi qu'il était par la détonation. Ensuite, il pressa deux doigts juste sous le maxillaire de Hart. Plus de pouls. Cela ne le surprit pas. William Hart était mort et bien mort.

Une bonne chose de faite. Restait un seul coup de feu à tirer, avec l'index de Hart sur la détente et un dictionnaire pour encaisser la balle. Il s'exécuta. Le petit projectile pénétra dans le volume jusqu'à la page 480. Corbeil ramassa les deux douilles, inséra une balle dans la partie supérieure du magasin, la pressa contre le pouce de Hart, puis remit le tout en place et laissa tomber l'arme par terre près du fauteuil.

Il consulta sa montre. Il n'était pas au bout de ses peines.

Il prit le dictionnaire et s'en alla.

Il roula dans la nuit en direction de Waco, la tête pleine d'hypothèses. Rester pour affronter le danger, ou bien fuir et se cacher ?

L'alternative était simple : si personne n'était au courant, pour les interceptions satellite, aucun des meurtres commis ne se justifiait. Et même si quelqu'un savait, il pouvait tout mettre sur le dos de Tom Woods et s'en sortir comme ça. En fait, leur petite conjuration n'impliquait pas forcément sa participation en propre. Woods avait très bien pu monter le coup avec les deux autres. Il en avait les compétences techniques – ce qui n'était pas le cas de Corbeil.

Non, à présent, le risque qu'il encourait personnellement se réduisait à un problème bien précis.

Une voiture était rangée devant le ranch, et plusieurs fenêtres éclairées dans le bâtiment principal. Corbeil se gara et chercha à tâtons son second pistolet, niché contre sa jambe. Il prit le temps de contempler les étoiles, debout dans l'allée.

Woods sortit sur la véranda. « Tiens ! John ? Qu'est-ce qui se passe ?

— Salut, Tom. Il faut qu'on parle, pour la semaine prochaine. J'ai une commande de l'Azerbaïdjan et...

— Oh, non ! Pas eux ! »

Corbeil levait toujours les yeux au ciel. « Vous avez vu, les étoiles ? Elles sont drôlement bien visibles, dans le coin. »

Woods descendit les trois marches de la véranda et vint se tenir au côté de son ami pour considérer le ciel nocturne.

« Magnifique », constata-t-il. Puis il ajouta une chose qui prolongea son existence de quelques secondes. « Au fait, je ne suis pas sûr, mais il se passe peut-être quelque chose d'anormal.

— Comment ça ?

— Il est possible que quelqu'un ait trafiqué le réglage des paraboles. Je ne sais pas où – dans la maison ou sur les antennes mêmes –, mais l'autre soir on a relevé un signal bizarre. Je viens juste de m'en apercevoir.

— Comment ça, bizarre ?

— Atténué, comme s'il se heurtait à un obstacle. Je ne crois pas qu'on ait agi directement sur le signal ; plutôt qu'on lui ait barré la route.

— Et qu'est-ce qui pourrait provoquer ce phénomène, Tom ?

— Un individu debout devant l'antenne. Ou un objet placé à proximité des bobinages amplificateurs. Ça suffirait. Si ça se trouve, c'est rien du tout. Un nid d'oiseau, par exemple. Ou alors, si ça s'est produit à l'intérieur de la baraque, quelqu'un a pu tripoter les boutons de réglage. Encore qu'ils soient revenus en position normale depuis.

— Vous avez jeté un coup d'œil aux paraboles ? s'enquit Corbeil.

— Ouais. Tout a l'air en place. Je me suis peut-être inquiété pour rien.

— Probable, en effet. On est tous un peu à cran, avec cette histoire de Firewall, Benson qui se fait tirer dessus...

— Cet enfoiré de Hart ! Ce mec est un tueur, John. Je suis sûr qu'il a pris son pied.

— Regardez-moi un peu ces étoiles.

— Oui, magnifiques », répéta Woods.

Le canon du pistolet était à deux centimètres de son occiput.

Chapitre vingt-six

J'ai passé la journée du lendemain à consulter régulièrement les sites Web d'infos et les éditions en ligne des grands journaux, pour essayer de savoir ce qui se passait du côté d'AmMath, de Firewall, de Benson ou de Hart.

Entre les connexions, je tirais le tarot ou je dessinais. Au nord de Dallas, les paysages ne sont pas inintéressants, dans le genre, quand on aime les plaines sudistes. Pas aussi beaux qu'aux environs de Tulsa, dans certains coins du Kansas ou dans les prairies du Dakota, mais non dénués de charme. Le relief peu accentué, modérément marqué par la présence humaine ou les intempéries, conférait à ces terres et à leur atmosphère un côté abstrait qu'on ne rencontrait jamais dans les paysages peints, mais souvent dans l'art non figuratif. En travaillant à partir de la terre et du ciel, sans apporter d'élément humain, on obtenait un résultat qui tenait certes de l'abstraction, mais avec en plus un aspect organique qui attirait le regard. Dans des conditions optimales, on tombait *dans* le tableau au lieu de se heurter à la surface peinte de l'abstraction... Ou alors je déconnais complètement.

Quoi qu'il en soit, c'est ce soir-là que j'ai commencé à obtenir des résultats intéressants, et j'en suis resté baba : en zappant sur les chaînes câblées, tout à coup j'ai entendu le nom de Corbeil. Sur Channel Three, le présentateur était velu tel le loup-garou moyen, dont il avait aussi les canines luisantes. Il jubilait littéralement ; son sujet, il s'en pourléchait les babines.

Benson avait été trouvé mort dans son lit d'hôpital, victime (selon la police) d'une surdose de barbituriques d'origine criminelle. En un mot, il avait été assassiné.

Quand il s'était fait tirer dessus, on disait que Benson se trouvait avec un dénommé Hart ; et pour le meurtre de Lane Ward, le même nom lui avait servi d'alibi. Donc, les flics s'étaient rendus tout droit chez Hart. Mais ils l'avaient trouvé mort dans son fauteuil, un pistolet par terre à côté de lui ; les premières hypothèses concluaient au suicide. Le présentateur a ajouté que Corbeil avait été interrogé, mais laissé en liberté.

« Mr. Corbeil affirme que depuis plusieurs jours AmMath, la société de haute technologie qu'il a fondée et qui crée des logiciels de cryptage top secrets pour le compte du gouvernement fédéral, est victime du réseau de hackers "Firewall" sous prétexte qu'elle compte parmi les plus importants fabricants du microprocesseur appelé Clipper II. Le Clipper II, vous vous en souvenez peut-être, est la puce que l'État voudrait voir incorporer en standard dans tous les logiciels de communication, y compris ceux en usage sur Internet. Quant à Firewall, il s'agit du groupe de pirates ayant revendiqué le "déni de service" lancé contre les services fiscaux en ligne, qui se poursuit encore à l'heure actuelle. Mr. Corbeil a déclaré ne pas être au courant des agissements de Mr. Benson pour ce qui concerne Lane Ward et son frère Jack Morrison ; rappelons que ce dernier a été abattu le mois dernier dans les locaux d'AmMath, où l'on prétend qu'il s'était introduit malgré les importantes mesures de sécurité en vigueur. Mr. Corbeil a ajouté qu'il avait bien chargé Mr. Hart de surveiller les activités de Mr. Benson après la mort de Mr. Morrison, mais qu'il n'était au courant ni de la présence de Mrs. Ward à Dallas, ni de la fusillade entre elle, son garde du corps et les agents de sécurité d'AmMath », acheva le présentateur avec un léger haussement de sourcils qui exprimait clairement ses doutes.

Donc, Benson et Hart s'étaient fait tuer... Mais par qui ? Corbeil en personne ? Ou bien par d'autres gros bras à son service, jusque-là demeurés au second plan ? La version de Corbeil tenait admirablement la route, du point de vue juridique : il ne prenait pas franchement position, ne savait pas ce qui se passait. Si à tout cela venaient se mêler des questions de défense nationale, avec leur cortège de codes secrets, d'espions et de réseaux de pirates, et s'il s'en tenait à cette interprétation des faits, il pouvait s'en tirer...

J'ai arpenté ma chambre d'hôtel un bon quart d'heure avant de sortir contacter Bobby. Mais il a rejeté ma requête : il ne s'intéressait plus ni à AmMath, ni à d'éventuelles représailles consécutives à la mort de Jack et Lane. Il pensait avoir trouvé une porte de sortie pour ceux d'entre nous qui avaient la chance d'être encore vivants.

> Il faut que tu ailles relever d'autres mesures au ranch. Je t'envoie un émissaire porteur d'un paquet ; il sera là ce soir. J'ai besoin d'enregistrements de toute urgence.
>
> ***O.K. Il y a un problème ?***
>
> Il nous faut les protocoles satellites – impossible d'accéder aux bécanes d'AmMath, coupées du réseau. Tu peux venir à Memphis mercredi ?
>
> ***Oui.***
>
> Parfait. Je t'enverrai l'adresse.

L'idée de retourner au ranch ne me séduisait guère,

d'autant plus que je m'étais débarrassé du fusil. Il me restait quand même le pistolet ramassé par LuEllen dans la chambre de Lane, mais je n'avais guère confiance dans ces engins-là. Avec le haut de gamme, genre Colt 45 ACP, j'étais capable d'abattre un mec à vingt-cinq mètres si on était tous les deux immobiles. En mouvement, j'aurais plus de chances de le toucher en le canardant à coups de pommes...

Heureusement, Bobby avait un plan. D'abord résoudre l'énigme « satellites », puis s'adresser aux autorités. Apporter la preuve que nous ne représentions aucun danger. Ériger nos défenses.

Faisable.

À huit heures et demie ce soir-là, un type au faciès irrégulier, caractéristique des gens du Sud (on aurait dit qu'il avait été comprimé dans un étau ou un pressoir à raisin), est venu frapper à ma porte. Il m'a tendu une boîte. « De la part de Bobby. »

J'avais pourtant du mal à l'imaginer en compagnie de Bobby, celui-là ; il n'avait pas du tout la tête de l'emploi. En revanche, si on cherchait pour un film un acteur aux cheveux blond paille, aux lèvres roses et au visage constellé de grosses taches de rousseur, un figurant censé vanter les mérites du Ku Klux Klan, une botte sur le marchepied de son camion bâché, il avait le profil idéal.

« Comment va-t-il ? Bobby, je veux dire ?

— Comme d'habitude. » Il a levé la main en guise de salut, comme jadis les adeptes du « Black Power ».

« Mort aux vaches », a-t-il ajouté. Puis il a éclaté de rire, et je l'ai imité ; je me sentais tout con. Il a tout de suite fait demi-tour, bottes de cow-boy éraflées, pantalon effrangé à l'ourlet et blouson en jeans, pour disparaître aussitôt

Je n'ai pas tardé à l'imiter, dans la nuit, direction le sud.

La troisième c'est la bonne.

Voilà ce que je ne cessais de me répéter en retournant à la parabole dans la ravine. Je m'y suis pris sans hâte, comme un chasseur « au ralenti » traquant le cerf. J'ai remonté le chemin creux à onze heures du soir, en plein cœur des ténèbres, l'œil et l'oreille aux aguets. Je n'ai atteint le point d'entrée sur les terres du ranch qu'à minuit. Douze voitures sont passées pendant que j'avançais parallèlement à la clôture. Chaque fois je me suis caché dans les herbes.

Je me suis introduit dans la prairie côté est et j'ai continué à longer la clôture intérieure. À minuit et demie, après quatre cents mètres parcourus en trente minutes, j'ai franchi la seconde clôture et pris la direction de la plus proche parabole. À mesure que j'approchais, je consacrais toujours plus d'attention aux bâtiments du ranch.

L'éclairage de la cour illuminait le pourtour de la maison, et notamment une camionnette arrêtée devant le garage. La demeure proprement dite était plongée dans une obscurité totale. Quant au bâtiment du personnel – si c'était bien de cela qu'il s'agissait –, il ne comportait qu'une seule fenêtre éclairée. À un moment, une ombre s'y est profilée – pour ne plus reparaître. Un couche-tard...

Raisonnablement rassuré de ce côté-là, je suis descendu prudemment dans la ravine, à la lumière de ma torche directionnelle. J'ai branché le boîtier de détection sur l'antenne, puis je suis monté sur la colline opposée et je me suis allongé pour attendre, sans quitter des yeux la maison, que la parabole entre en mouvement.

À une heure plus ou moins quelques minutes, la lumière s'est éteinte dans le bâtiment-dortoir, Puis un homme est sorti dans l'allée éclairée, pour entrer dans la maison après avoir déverrouillé la porte d'entrée. Une lampe s'est allumée – puis éteinte vingt secondes plus tard. Il est ressorti, a secoué la porte derrière lui pour s'assurer qu'elle était bien fermée à clé et est monté dans la camionnette. Parvenu à la grand-route, il a pris à gauche.

Tiens tiens.

Trois heures durant j'ai attendu que l'antenne veuille bien bouger. J'ai fini par m'avouer vaincu. Alors, couché par terre dans le noir et en proie au désœuvrement le plus complet, je me suis mis en devoir de reconstituer toute l'opération de Corbeil telle que je la concevais.

Corbeil avait fondé une société qui, en son temps, avait dû être à la pointe du cyber-renseignement, et dont la principale vocation était la création de codes de chiffrage destinés à ceux qui voulaient communiquer dans des conditions de sécurité maximum. AmMath n'était certes pas la seule boîte sur ce marché, mais elle jouissait d'un atout : elle produisait un code qui ferait logiciellement partie intégrante du Clipper II, ce qui lui conférait un monopole étatique sur les transmissions cryptées.

Sur ce, juste au moment où Corbeil s'engageait sur la voie menant au paradis des milliardaires, le retour de bâton l'avait frappé en pleine figure.

Car, en dehors des services de renseignements, *personne* n'en voulait, de ce Clipper. À sa naissance, le concept était déjà dépassé. Et quand le Clipper II était sorti, même le Congrès avait reconnu son absurdité. On s'en était promptement débarrassé, et en fait de milliards, Corbeil s'était retrouvé sur la touche.

Il fallait qu'il trouve une autre source de profit ; et il l'avait trouvée là-haut dans le ciel, tournant autour de la terre et réapparaissant à intervalles réguliers. Peut-être le code utilisé par le National Reconnaissance

Office pour ses transmissions satellite avait-il été rédigé par AmMath ? Toujours est-il que la société de Corbeil récupérait les images satellite pour les revendre ensuite. Jack Morrison s'était fait descendre parce qu'il avait découvert le pot aux roses, et sa sœur parce qu'« on » l'avait *crue* au courant. Quant au réseau Firewall, il avait été créé de toutes pièces pour servir de couverture, ou au minimum pour brouiller les pistes.

Alors ? Une magouille de l'État ? J'en doutais. Certes, les services de renseignement américains ne manquaient pas d'employés prêts à tuer tant qu'on leur en donnait l'ordre (j'en avais rencontré), mais cet ordre n'était jamais donné, il fallait bien l'admettre. D'après mon expérience, dans les services secrets U.S., on n'assassinait pas les gens.

Conclusion : Corbeil faisait cavalier seul, et très peu de gens étaient au courant. Je pariais sur trois ou quatre personnes. Le risque était trop important et les peines encourues trop lourdes pour qu'ils aient mouillé plus de monde dans leurs combines.

À quatre heures du matin, l'antenne parabolique n'avait toujours pas bougé. Or, Bobby ne m'aurait pas renvoyé sur place s'il n'avait eu un besoin impérieux de ces informations puisées dans les transmissions elles-mêmes. Et à mes pieds se trouvait sans doute – dans la maison obscure et manifestement déserte – le poste de commandement des antennes synchronisées.

LuEllen m'aurait passé un sacré savon si elle avait su que je caressais cette idée, mais peu après quatre heures, je suis parti en repérage autour des bâtiments, non sans débrancher d'abord le boîtier-espion pour le remettre dans mon sac à dos ; après quoi j'ai changé les piles de mes jumelles à visée nocturne à la lueur de ma torche et je me suis assuré qu'elles fonctionnaient toujours.

J'ai suivi le tracé de la ravine en direction du nord aussi longtemps que j'ai pu, puis franchi les cinquante derniers mètres courbé en deux, pour ne pas être vu de la maison. Je me suis arrêté pour écouter – momentanément inquiet. Ensuite, je me suis rapproché progressivement, en partant de l'angle nord-est de la demeure. Je guettais un mouvement derrière les vitres, ainsi que d'éventuelles lumières, bien sûr, ou tout ce qui attirerait mon attention. Je m'immobilisais fréquemment, longuement, mais sans jamais rien entendre d'autre que le battement de mon cœur et les voitures qui passaient sur la route.

À cinq heures, je n'étais plus qu'à cinquante mètres du ranch. Il fallait prendre une décision : entrer ou rester sur mes positions. Or, nous avions bien besoin de tout ce que nous pouvions rafler, qu'il s'agisse de documents ou d'autre chose. Et rien ne bougeait. On n'entendait pas un souffle.

J'ai franchi en toute hâte ces cinquante derniers mètres. J'étais à présent si près, et si bien éclairé par les lumières de la cour, que toute personne regardant dans ma direction pouvait m'apercevoir, même sans jumelles à visée nocturne. Le rez-de-chaussée s'entourait de cactus à grosses feuilles appelés – à juste titre – « baïonnettes espagnoles », à travers lesquels je me suis frayé un passage. Au-dessus de moi, un balcon. Trop haut. Mais c'était une maison en rondins : si je posais le pied gauche sur un appui de fenêtre, le droit pourrait trouver une prise – soixante ou soixante-dix centimètres plus haut – sur la partie supérieure d'un rondin ; de là, je n'aurais aucun mal à atteindre le rebord du balcon.

C'est ce que j'ai fait. J'ai opéré un rétablissement sur la rampe, pour découvrir aussitôt quatre chaises rustiques et une baie vitrée coulissante. Là encore j'ai attendu, m'efforçant de capter d'éventuelles vibrations ; mais non, rien. J'ai tiré ma torche de mon sac à dos et examiné la porte. Elle n'était visiblement pas sous alarme, mais le reste de la maison ? Sans doute. Ce qui ne me laissait que cinq minutes de présence maximum à l'intérieur de la maison. Le système déclencherait presque instantanément l'alarme, mais ce serait décidément jouer de malchance que de voir les vigiles débarquer dans un délai aussi court.

Sauf s'il restait quelqu'un dans l'annexe.

J'ai médité sur la question, puis rebraqué le rayon de ma lampe sur la fenêtre, inspiré un grand coup et fait voler le verre en éclats, au niveau de la poignée, avant d'actionner le verrou et de m'introduire dans le ranch.

Le temps pressait. J'ai rallumé ma torche et j'en ai suivi le pinceau dans tout l'étage : une chambre, une salle de bains, une autre chambre, une salle de bains, encore une chambre... Je me déplaçais avec toute la rapidité, toute la discrétion dont j'étais capable. Je soupçonnais le système d'alarme d'avoir d'ores et déjà fonctionné.

Ayant déjà dénombré trois chambres, j'ai bien failli négliger la quatrième porte que j'ai rencontrée. Pourtant, c'est derrière elle que j'ai trouvé le poste de contrôle : un ordinateur, une radio-amateur (je ne savais même pas que ça existait encore) et deux carnets de notes, le tout entassé dans un petit réduit sans fenêtre qui avait tout du placard.

J'ai allumé l'ordinateur et consulté ma montre. Il s'était écoulé près de cinquante secondes depuis mon entrée dans les lieux. J'étais plus que jamais résolu à ressortir dans les cinq minutes. La bécane était un compatible I.B.M. standard tournant sous la dernière version de Windows. L'ensemble ne servant sans doute qu'à accomplir certaines tâches simples selon un chronométrage établi, ce système d'exploitation se justifiait pleinement. Mais son temps de chargement avait de quoi rendre cinglé. J'ai patienté en piétinant et j'en ai profité pour ouvrir les carnets posés sur une étagère.

Ils étaient vierges. Enfin, pas exactement. Ils étaient bourrés de feuillets volants vierges.

Oh, merde...

Je m'étais fait avoir. Laissé attirer dans une pièce exiguë à une seule issue. Plus le temps d'attendre que l'ordinateur démarre. Il fallait foutre le camp.

J'ai fourré la torche dans la poche de mon blouson et dégainé mon arme. Le couloir était toujours plongé dans l'ombre. Je m'y suis engagé résolument, à quatre pattes, le flingue braqué droit devant moi.

J'ai détecté un mouvement, puis un éclair craché par le canon d'une arme et au même moment une puissante détonation d'arme automatique m'a ébranlé jusqu'à la moelle. Le vacarme s'est prolongé en filant dans les airs, incandescent, et la balle est passée à soixante centimètres au-dessus de moi. Je baignais dans un océan de son et de lumière dont, pourtant, j'avais à peine conscience. Tout ce que je savais, c'est que je n'étais pas encore mort. J'ai fait feu à mon tour, puis je me suis élancé vers la porte d'une des chambres, où je suis entré en faisant un roulé-boulé. Une demi-seconde plus tard, une nouvelle explosion de bruit a ravagé le tapis à l'endroit même où je me trouvais un instant plus tôt. Après un bref coup d'œil, j'ai passé la tête par la porte et à nouveau appuyé sur la détente.

Une chambre... j'étais dans une chambre à coucher. Face à une arme automatique, en cas d'affrontement direct je n'avais pas l'ombre d'une chance. La pièce donnait sur un petit balcon via une vitre coulissante, mais si je passais par là, il faudrait que je traverse au pas de course cinquante mètres de pelouse éclairée, nue comme un billard, avant d'atteindre le couvert. J'étais sûr de me faire couper en deux avant d'avoir franchi dix mètres.

Que faire ? Qui avait tiré ? Ce ne pouvait être que Corbeil.

« Hé ! Corbeil ! Pourquoi vous nous flinguez les uns après les autres ?

— Mais qui êtes-vous, à la fin ?

— Personne ! Juste quelques mecs qui essaient de passer au large du F.B.I. ! Alors, pourquoi vous voulez tous nous tuer ? »

Il n'a pas répondu tout de suite. Puis : « Parce que ça me plaît. Je vais te découper en rondelles, ducon ! »

Pas un langage de P.-D.G., ça ; mais il avait raison : un geste et il me bouffait tout cru. Je me suis livré à un rapide inventaire : j'avais à ma disposition la torche, le revolver, les jumelles, les outils de cambriolage de LuEllen...

En dix secondes j'avais ôté l'édredon du lit, derrière moi. Il était ventru, dans la plus belle tradition du duvet en coton. Je l'ai roulé en boule sans quitter la porte des yeux, puis j'y ai mis le feu avec le briquet de LuEllen. Constatant qu'il prenait bien, je l'ai lancé à travers le couloir, par-dessus la mezzanine surplombant le rez-de-chaussée.

« Mais qu'est-ce que vous foutez ? a crié Corbeil. Ça va pas, non ?

— Vous avez bien mis le feu à la baraque de Jack, vous ! ai-je répliqué sur le même ton en ré-enfilant mon sac à dos. Vous n'avez pas volé ce qui vous arrive ! »

Nouvelle explosion, assourdissante. Le chambranle a volé en éclats. Dès que ça s'est arrêté, j'ai risqué un regard et distingué – ou plutôt pressenti – un mouvement dans l'escalier. Corbeil descendait. Je n'avais plus le choix. Je me suis approché de la balustrade en restant dans la pénombre. En bas, l'édredon brûlait sur un canapé. La lueur de l'incendie naissant m'a permis de discerner un nouveau mouvement.

J'ai fait feu précipitamment, d'un geste mal assuré... et manqué ma cible. Corbeil a pivoté et tiré en direction de la rampe, mais j'étais déjà au bout du couloir, à ramper vers la chambre à coucher par laquelle je m'étais introduit. Parvenu au niveau des marches, j'ai marqué une pause.

Il poussait des exclamations inintelligibles. Un nuage s'est brusquement déployé au rez-de-chaussée. Corbeil avait dû aller chercher un extincteur. J'ai visé la source du gaz carbonique et tiré. Corbeil a poussé un nouveau cri et le nuage s'est déporté. L'avais-je touché, cette fois ? Je me suis élancé à quatre pattes, le plus près possible du sol, et j'ai failli lâcher mon pistolet.

Corbeil m'a de nouveau visé, mais sans m'atteindre pour autant. On y voyait de plus en plus clair : le canapé entier flambait.

Fuir ? Attendre ? Vêtu comme je l'étais, chargé du sac à dos, je mettrais six ou sept secondes à franchir les cinquante mètres à découvert. Mais comme je m'étais fait prendre la main dans le sac, sans possibilité d'effacer mes traces, je préférais tant qu'à faire que l'incendie s'étende. Il valait mieux attendre.

Touché ou pas, Corbeil n'a pas tardé à revenir avec un autre extincteur, vaporisant cette fois un liquide en suspension. Mais le canapé était décidément un bon combustible, et déjà les flammes couraient sur le grand tapis d'Orient pour s'engouffrer sous le piano à queue. Corbeil s'est remis à vociférer, mais je me concentrais sur mon arme. Surtout, ne pas gaspiller les munitions : impossible de me rappeler combien de fois j'avais pressé la détente. Quatre ? Cinq ?

J'ai dégagé le chargeur et examiné les amorces à la lumière de ma torche. Quatre d'entre elles portaient la marque du percuteur. Il restait donc deux balles. J'ai remis le magasin en place de telle manière qu'une balle s'engage dans le canon dès que je presserais la détente.

Agir ? Attendre ? Le feu gagnait et Corbeil recommençait à crier sans que je comprenne ce qu'il disait.

J'ai répliqué par un seul mot, hurlé à pleins poumons : « Satellites ! »

Un mot, un seul, pour lui donner à réfléchir et l'inciter à lever les yeux. Quant à moi, j'étais déjà repassé par la fenêtre et je fonçais à toute allure en m'attendant à chaque instant à prendre une balle dans le dos. J'ai traversé la pelouse éclairée. Encore trente enjambées, vingt, dix, cinq... Puis je me suis plaqué au sol et je n'ai plus bougé d'un moment. J'ai repris ma course comme un dératé et là encore, au bout d'une cinquantaine de mètres, je me suis couché sur le ventre pour écouter attentivement ce qui se passait.

L'incendie palpitait derrière toutes les fenêtres. Dans la maison, Corbeil criait encore. Puis il est sorti à toutes jambes, pour partir en sens inverse de moi. Comme moi il s'est plaqué au sol, et j'ai compris que de son poste d'observation il embrassait du regard la quasi-totalité de la zone éclairée – sauf l'allée. Sans doute me croyait-il à l'intérieur ; vu la progression de l'incendie, il s'attendait à ce que je sorte en courant dans l'allée. Il patientait pendant que le feu se propageait dans son palace en rondins et le dévorait tout cru.

J'ai sorti mes jumelles du sac à dos avec des gestes aussi lents que possible. Les lampes de la cour étaient toujours allumées, en plus de la lumière que l'incendie projetait par les fenêtres ; j'ai diminué leur sensibilité pour scruter le périmètre où j'avais vu Corbeil. Il était toujours là, à regarder tantôt la maison, tantôt ses abords.

J'ai observé un instant sa manœuvre, puis je me suis aplati par terre. Lui aussi avait des jumelles nocturnes. Je n'osais bouger, sauf pour reculer à plat ventre, en effectuant un mouvement de reptation, sans cesser de le surveiller. Chaque fois qu'il se tournait dans ma direction, je m'aplatissais, parfaitement immobile. J'attendais quinze secondes, puis je risquais un coup d'œil :

chaque fois je redoutais la sensation de claque sur le front qui m'entraînerait dans les ténèbres ultimes.

Je progressais. Au départ, cinquante mètres me séparaient de Corbeil. Au bout de dix minutes de cette tactique, j'en avais encore franchi cinquante. J'en étais là, à épier Corbeil à la jumelle, quand une voiture venue de l'autoroute s'est engagée dans le chemin. Un homme en est descendu pour se ruer aussitôt vers la porte et la marteler du poing en poussant de grands cris. Ensuite il est revenu prendre un téléphone cellulaire sur le siège avant et composer un numéro, tourné vers la maison.

Deux ou trois minutes plus tard, des sirènes ont retenti. Au loin, dans plusieurs directions à la fois, j'ai vu approcher les gyrophares des pompiers. L'homme qui les avait appelés faisait le tour de la demeure au pas de course en regardant par les fenêtres. Corbeil suivait ses faits et gestes à la jumelle. J'ai continué à battre en retraite.

Quand j'ai estimé avoir mis deux cents mètres entre eux et moi, je me suis arrêté pour contempler l'incendie : toute la maison flambait et des flammes jaillissaient du toit. Un des camions de pompiers arrosait de mousse l'annexe et le garage. On n'essayait même pas de sauver la maison : pas assez d'eau. De toute façon, les rondins brûlaient trop bien, cela n'aurait servi à rien. On ne pouvait que tenter de protéger les constructions attenantes.

J'ai reporté mon attention sur Corbeil, debout à la périphérie du cercle lumineux projeté par le feu. Les mains à hauteur d'yeux, il tournait sur lui-même en scrutant les prairies environnantes.

Bizarre, ça, me suis-je dit.

Il avait tout de même été interrogé dans le cadre d'une enquête pour meurtre ; il aurait dû redouter que les flics (ou le F.B.I., si nous avions réussi à intéresser la N.S.A.) n'enfoncent sa porte. Il n'avait rien pu entreposer de compromettant ni chez lui, ni à son bureau, ni dans un éventuel coffre-fort, par exemple : les autorités y auraient eu trop facilement accès. Mais tout ne pouvait pas être matériellement éliminé : à l'inverse des données chiffrées, impossible de mémoriser la documentation et les logiciels nécessaires au piratage des satellites !

J'ai reporté mon regard sur la maison en feu. J'avais pris le risque d'y entrer parce que l'homme de l'annexe était parti dans l'unique véhicule visible. Mais Corbeil n'était sûrement pas à pied. Il y avait forcément une autre voiture quelque part.

Dans le garage, par exemple.

Il poursuivait son inspection. Je me trouvais plein est par rapport au garage. En faisant le tour par le sud, je pourrais m'en approcher par-derrière. Du moment que Corbeil restait constamment dans mon champ de vision...

Je suis repassé à l'action.

Chapitre vingt-sept

Un quart d'heure plus tard je me trouvais à une quinzaine de mètres du garage, dans l'ombre épaisse de l'incendie, après avoir péniblement rampé dans la végétation basse. Pour l'instant, je ne craignais plus rien. Mais en échange, j'avais perdu Corbeil. La dernière fois que j'avais vérifié sa position, il regardait vers la colline, donc vers l'antenne satellite de la ravine.

Quand je l'ai à nouveau cherché des yeux, il n'était plus là. Peut-être m'avait-il vu ramper. Mais non, je l'aurais repéré, à l'affût dans les parages. Il ne pouvait pas savoir que j'utilisais des jumelles à visée nocturne, ce qui l'aurait obligé à se cacher. Or, s'il s'était déplacé d'une manière ou d'une autre dans un rayon de cinq cents mètres autour de moi, je l'aurais forcément aperçu.

À moins qu'entre-temps, il ne soit passé de l'autre côté de l'incendie. Quand j'orientais mes jumelles trop près du foyer, je n'y voyais plus rien. Mais si la maison me cachait Corbeil j'étais tranquille pour plusieurs minutes.

Prenant soin de rester dans l'ombre du brasier, je me suis rapproché du garage. À cinq mètres, j'ai dû prendre une décision. Après un ultime regard circulaire, je suis allé au petit trot jeter un œil par une des embrasures. Il y avait bien une voiture à l'intérieur. J'ai cassé la vitre d'un coup de crosse et ouvert la fenêtre, avant de m'introduire dans les ténèbres totales qui régnaient dans le garage.

J'ai écouté : impossible que Corbeil soit là-dedans, je l'aurais vu arriver. Donc, si je me dépêchais, j'avais une chance. Le véhicule était une Mercedes S-430. J'ai examiné le siège avant à la lueur de ma lampe : rien. Sur la banquette arrière, en revanche – derrière le siège passager –, j'ai découvert un attaché-case. Les portières de la voiture étaient verrouillées. J'ai examiné le garage : il servait aussi à entreposer du matériel de jardinage. Je me suis emparé d'une hache.

Ça allait faire du bruit. Les bagnoles de luxe étaient toujours équipées d'une alarme. J'ai rangé la torche dans mon sac à dos et glissé le pistolet dans une poche de mon pantalon. Ainsi, au cas où il menacerait d'en tomber, je le sentirais tout de suite. J'avais vu trop de feuilletons télé où le héros perd son flingue au moment critique. Puis j'ai pris mon souffle et donné un grand coup de hache. Elle a pénétré dans la vitre comme dans du beurre. L'alarme s'est déclenchée. J'ai fait tomber les éclats de verre à coups de manche et attrapé la mallette. Puis je suis ressorti par la fenêtre.

Fini, les subtilités. J'ai pris mes jambes à mon cou et franchi cent mètres sans m'arrêter. Une fois sorti de l'obscurité totale, puis de la pénombre qui lui succédait, je me suis aplati au sol, attentif.

Tout à coup, le garage était illuminé par les flammes : côté incendie, quelqu'un y était entré et avait relevé la porte. J'en ai profité pour courir cinquante mètres et me plaquer au sol.

Une tête s'est encadrée dans la fenêtre du garage, sur fond de flamboiement mouvant. Une autre a fait son apparition aussitôt après, puis une troisième. Toutes regardaient vers moi. Vêtu comme je l'étais, il n'y avait aucune chance pour qu'on me voie. Seulement, l'alarme de la voiture retentissait, ce qui allait pousser Corbeil – que je n'avais toujours pas localisé – à me chercher dans le noir.

J'ai scruté le flanc de la colline – en vain. Un court instant de réflexion. Corbeil était entre ma voiture et moi. Je pouvais peut-être passer discrètement près de lui (ce serait le chemin le plus court), mais en traversant l'autoroute, en avançant planqué dans le fossé ou derrière la clôture courant parallèlement à la chaussée et en faisant un large détour, j'avais plus de chances de rejoindre ma voiture sans encombres.

Si seulement j'arrivais à repérer Corbeil...

De toute façon, tôt ou tard les flics arrivés avec les pompiers allaient conclure que l'intrus du garage s'était forcément enfui dans les prairies environnantes ; s'ils les quadrillaient à la torche, j'étais cuit.

Je me suis donc coulé en direction de l'autoroute, lentement, en m'arrêtant à intervalles réguliers pour inspecter les alentours. Parvenu à la clôture, j'ai fait une dernière halte... et là, j'ai enfin vu Corbeil. Il venait droit vers moi, à petites foulées, pistolet plaqué en travers de la poitrine. Il s'est immobilisé et m'a cherché des yeux. Il était trop loin pour que je l'abatte comme un lapin. Je me suis rapproché d'un piquet, j'ai balancé l'attaché-case par-dessus, je me suis dressé, j'ai pris appui sur le piquet et j'ai franchi la clôture d'un coup pour atterrir dans le fossé.

Là, j'ai récupéré l'attaché-case – en luttant contre un moment de panique, car il n'avait pas tout à fait atterri là où je l'avais prévu –, puis fait volte-face et regardé en direction de la colline. Corbeil approchait à toutes jambes.

J'ai pris à gauche, couru de toutes mes forces pendant cinq ou six secondes, puis fait halte et regardé autour de moi ; il approchait toujours. J'ai pris appui sur un autre piquet de clôture, sauté en opérant un rétablissement pour me retrouver de l'autre côté, puis surveillé les alentours à la jumelle. Corbeil a atteint la clôture sans ralentir, fouillé la zone du regard, attendu... Il *savait* que j'étais de l'autre côté. Au bout de quinze secondes, ne réussissant pas à me localiser, il est passé maladroitement par-dessus la clôture, s'est agenouillé et a observé le fossé, d'un côté puis de l'autre. Puis il est parti vers la gauche, comme moi un instant plus tôt. Et il est passé à moins de cinq mètres de moi.

Il avançait au ralenti, mais pas assez ; au bout d'une centaine de mètres, il a brusquement traversé la chaussée pour rejoindre le fossé du côté opposé. J'ai commencé à prendre du champ, à quatre pattes, traînant la mallette, en m'efforçant de ne pas le perdre de vue. Quand j'ai jugé qu'il s'était suffisamment éloigné le long de l'autoroute et que, de mon côté, j'avais atteint une hauteur suffisante, j'ai profité de ce qu'une rangée de buissons me dissimulait pour faire demi-tour et achever l'ascension de la colline au petit trot, le souffle court. Cette course dans les hautes herbes du pâturage au sol meuble n'était pas de tout repos.

J'ai atteint la crête sans m'en rendre compte ; aussitôt je me suis plaqué au sol. L'espace de quelques secondes, ma silhouette noire avait dû se détacher sur fond de ciel, bien visible pour peu qu'on regarde dans ce sens à la jumelle. Mais à présent, je me trouvais à une distance confortable.

J'ai regardé en arrière. L'incendie commençait à décliner, mais les flammes dévoraient toujours la maison avec ardeur. Quarante ou cinquante personnes étaient à présent rassemblées autour – pompiers, policiers, voisins peut-être... Je suis resté assis le temps de reprendre mon souffle, puis je me suis rapproché de ma voiture, sans me presser, en marquant des pauses pour surveiller ce qui se passait autour de moi.

J'ai franchi la clôture orientale de la propriété Corbeil pour me retrouver dans les pâturages du domaine voisin. Puis je l'ai longée, direction la route qui filait côté nord. Dès que j'en sentirai le revêtement sous ma semelle, je pourrai partir en courant vers ma voiture.

Je suis arrivé devant une nouvelle clôture. Là encore, j'ai jeté la mallette par-dessus, puis je me suis agenouillé après avoir fait un pas sur la gauche et inspecté mes arrières, à savoir le flanc de la colline. Tout en haut, j'ai surpris un éclair lumineux, à une centaine de mètres. Aussitôt le piquet le plus proche de moi a explosé et une détonation a retenti.

J'ai roulé sur le côté ; emporté par mon élan, je me suis retrouvé dans un creux où je suis resté parfaitement immobile. Corbeil était là-haut, et il m'avait vu. Mais maintenant, il ne pouvait plus me localiser avec précision. Sans doute était-il difficile de viser juste tout en surveillant le secteur.

Par ailleurs, il ne pouvait se permettre de tirailler à tort et à travers. Un ou deux coups de feu, ça allait, mais une rafale nourrie à l'arme automatique ne manquerait pas d'attirer l'attention des flics. Qui, d'ailleurs, auraient du mal à déterminer son origine : deux collines s'interposaient entre nous et le ranch, et dans le vacarme de l'incendie et des lances, les détonations pouvaient passer inaperçues, pourvu qu'elles restent isolées.

Corbeil s'abstenant de refaire feu, j'ai levé lentement la tête, centimètre par centimètre, les jumelles collées aux yeux. Et je l'ai vu qui m'imitait, à cinquante mètres dans le noir. Puis il a abaissé ses jumelles et repris sa route à tâtons. J'ai saisi l'occasion pour me faufiler sur la gauche. Voyant qu'il faisait à nouveau halte, je me suis accroupi, les yeux rivés sur lui.

Après s'être livré à une brève inspection, il s'est

remis en marche ; il avait sans doute l'impression de progresser dans un silence total. Au bout de vingt mètres il s'est immobilisé le temps d'un ultime coup d'œil. Les bras tendus en arrière, je me suis assuré une prise solide sur la clôture et, profitant de ce qu'il regardait un point situé à ma droite, là où aurait dû se trouver le piquet, j'ai exercé une brusque traction.

Il a laissé tomber les jumelles et le pistolet a réapparu dans sa main. Il a articulé sans hausser le ton : « Si vous vous rendez, je me contenterai de vous livrer à la police. Pas la peine de mourir pour ça... »

Je me suis bien gardé de répondre.

« J'y vois dans le noir, a-t-il repris. J'ai un amplificateur de lumière, et la lumière, ce n'est pas ça qui manque. Je vous ai en plein dans mon champ de vision. »

Là encore, motus et bouche cousue.

Il s'est avancé, scrutant toujours. J'étais plaqué contre la clôture, sans véritable porte de sortie. Corbeil tenait ses jumelles dans une main et, dans l'autre, un fusil à poignée avant, comme sur les AK. Le canon a suivi la clôture dans un sens puis dans l'autre.

M'avait-il réellement repéré ? L'arme pointée est passée sur moi sans s'arrêter avant de repartir en arrière. J'ai pas bronché.

« Je vous vois, a-t-il repris, plein d'assurance. Allez, les mains en l'air. Sinon, je serai obligé de vous abattre. Je ne peux pas m'approcher plus, vous me tireriez dessus. Rendez-vous ; je ne tiens pas à vous tirer dessus. »

À ce moment-là, il m'a localisé pour de bon. Je ne sais pas ce qui a trahi ma position. Peut-être mon pied s'est-il déplacé d'un millimètre. Ou alors mes jumelles ont reflété une seconde la clarté des étoiles. Quoi qu'il en soit, il a abruptement braqué son arme en plein sur ma tête.

Je ne voulais pas le tuer. Il était à six ou sept mètres, et je roulais sur moi-même en visant plus ou moins sa silhouette sombre sur fond de ciel nocturne ; mais quand son canon a craché le feu, il m'a permis de l'entrevoir. Alors j'ai braqué mon pistolet sur lui et...

Clic.

Un *clic* presque inaudible, mais révélateur. Corbeil n'était plus qu'une image rémanente sur ma rétine ; aveuglante, elle se déplaçait en même temps que mes globes oculaires. J'ai dirigé mon arme au jugé et de nouveau appuyé sur la détente. Cette fois-ci, le pistolet a tressauté dans ma main. Un grognement. J'ai aperçu Corbeil à la faveur de l'étincelle. Son fusil était toujours braqué sur mon crâne. J'ai tiré un coup de feu supplémentaire, puis effectué une nouvelle roulade.

C'était fini. Je n'avais plus de munitions.

Mais je n'en aurais pas besoin. Du côté de Corbeil s'est élevé un bruit de membres agités de convulsions, puis un interminable gémissement sourd accompagnant son dernier souffle.

Il était mort.

Chapitre vingt-huit

Memphis en plein mois de novembre, ce n'est pas l'idéal. Quand les nuages s'installent, c'est pour de bon, et quand il se met à faire froid, ce n'est pas le bon froid bien sain qui tapisse le paysage de belle neige, non : plutôt un froid humide, à l'anglaise, le genre qui vous laisse transi jusqu'aux os. Et en guise de neige, on a droit à une bruine glaciale. Résultat : on se balade avec la tête rentrée dans les épaules et les mains enfoncées dans les poches, avec l'impression de se faire pisser dessus en permanence.

On était tous les six logés dans trois motels différents, disséminés dans la ville entière. On dormait la moitié de la journée et on travaillait la nuit, en se retrouvant alternativement dans les trois hôtels quand c'était nécessaire. Bobby assistait virtuellement à ces réunions via une ligne téléphonique partagée. On y a consacré les trois dernières semaines de novembre, avec une pause pour Thanksgiving, deux d'entre nous ayant dû réintégrer leurs foyers, mais on a fini par mettre au point la suite logicielle dont on avait besoin.

On a aussi fait le point sur les conséquences éventuelles. Et à bien des égards, ce fut le plus dur. Trois d'entre nous voulaient remettre le programme entre les mains de la N.S.A., à titre de démonstration de nos capacités. Les autres penchaient pour que nous nous en servions nous-mêmes. Bobby et moi représentions la ligne dure : les autorités, on en avait déjà fait l'amère expérience.

« Si on les nique pas, c'est eux qui vont nous niquer, a déclaré Bobby. D'ailleurs, ils ont déjà commencé. »

Il avait raison. Le règne de la terreur avait fondu sur les hackers, dont les gorilles du F.B.I. défonçaient la porte à coups de pied pour saisir leur matériel. Apparemment, plus besoin de prouver que les pirates avaient bien commis un délit. Dès qu'on était connu comme bidouilleur indépendant et compétent, on devenait suspect – démarche que, jusque-là, l'État réservait aux détenteurs d'armes à feu, envers lesquels je commençais à ressentir une certaine sympathie pour la première fois de ma vie.

L'argument était le suivant : si on avait besoin d'un ordinateur superpuissant, c'était qu'on mijotait quelque chose de louche. Les agents de change, les experts-comptables, les cadres de chez Microsoft ou de chez Sun, pas de problème. Mais un ado du Wyoming ? Il ne pouvait pas se contenter d'une Gameboy, comme tout le monde ? Non, s'il avait une grosse bécane, à tous les coups il traficotait, et forcément était coupable d'agissements anti-américains.

Bientôt on verrait l'association des « Mères en lutte contre la piraterie informatique » défiler dans les rues de Washington, histoire d'être sûres qu'on n'allait pas se mettre à produire du logiciel à la chaîne, après s'être déjà vu interdire de boire, de fumer, de manger des cheeseburgers, de se doper, d'utiliser des armes à feu ou d'avoir des rapports sexuels non protégés.

Sur les cinq autres membres du petit groupe de Memphis, j'en connaissais deux : Dick Enroy, de Lansing (Michigan), et Larry Cole, de Raleigh (Caroline du Nord) ; les trois qui restaient, j'en avais vaguement entendu parler. Bobby affirmait que c'étaient tous des types bien, et comme j'estimais Enroy et Cole, je le croyais sur parole. Aucun d'entre nous n'avait demandé aux copains ce qu'ils faisaient dans la vie à part hacker, mais à l'évidence, c'étaient tous des programmeurs doués. Notamment Chick, de Columbus (Ohio), auteur d'un fragment de code si élégant que j'avais honte de mes propres productions.

L'attaché-case de Corbeil contenait presque exclusivement des documents de nature financière prouvant qu'il avait planqué son magot un peu partout. Parmi les rares éléments non directement liés à la gestion de sa fortune se trouvait une simple disquette d'1.4 méga, rangée dans un boîtier de Zip bleu fluo. Et cette disquette explicitait tout le système de codage VHM, quatre lettres signifiant bien « Vieil homme de la mer », par référence aux aventures de Sinbad le marin. Le code du même nom « chevauchait » un moteur de cryptage extrêmement complexe qu'on trouvait dans les ordinateurs de chaque batterie de satellites Keyhole 15 appartenant au N.R.O.

Je dis « chevauchait » car le code se trouvait en quelque sorte *sur le dos* du programme de contrôle des satellites, tel le Vieil homme sur le dos de Sinbad. Chaque fois que le besoin s'en faisait sentir, Corbeil et ses sbires pouvaient s'introduire dans ce programme, lui commander une prise de vues, faire en sorte qu'elle leur soit transmise via leur station au sol, et effacer toute trace de leur forfait. Ils savaient même trafiquer le compteur de vues interne du satellite.

Problème (de notre point de vue) : s'il découvrait le pot aux roses, contrôlant toujours les satellites, le N.R.O. pouvait contrer les effets du code VHM en y téléchargeant des patches logiciels capables de le neutraliser à distance. Le code que nous étions en train d'écrire était destiné à empêcher cela. C'était à *nous* qu'il donnerait le contrôle des satellites...

Au beau milieu de la controverse, un des types que je ne connaissais pas (il se présentait sous le nom de Loomis) a déclaré que dans cette dernière hypothèse le « Vieil homme de la mer », ce serait bientôt *nous*.

« Sinbad voit qu'il ne peut pas se débarrasser du vieux qu'il a sur le dos ; mais le vieil homme, lui, voit qu'il ne peut pas en descendre, sinon Sinbad le tuera. Donc, si on grimpe sur le dos du N.R.O. ou de la N.S.A., on ne pourra plus les lâcher, sinon ils nous traqueront et nous extermineront comme des rats. S'ils se résolvent à mettre en place un nouveau réseau Keyhole et qu'on s'en retrouve exclus, on est foutus.

— Certes, mais il ne faut pas oublier l'élément "temps" », est intervenu Bobby, dont la voix métallique et entrecoupée sortait de deux haut-parleurs bon marché, branchés sur le téléphone. « Si on se débrouille pour tenir l'État à distance pendant, disons, quatre-cinq ans, il sera trop tard pour qu'il prenne de véritables mesures de représailles à notre encontre. Ces gens-là ne seront bientôt plus les censeurs de la planète ; dans cinq ans, le contrôle leur en aura échappé.

— Tout de même...

— Il y a plus. On va faire circuler le bruit que toute cette histoire est l'œuvre de Bobby, le Grand Méchant Bidouilleur des réseaux. Cinq ans, c'est à peu près ce qu'il me reste à vivre. D'ici un an je ne pourrai plus parler qu'à l'aide d'un synthétiseur vocal. Si c'est moi qu'ils ont dans le collimateur et qu'ils me mettent le grappin dessus dans deux ou trois ans, ils vont être déçus de leur prise.

— Merde, ai-je commenté. Dur pour toi.

— Ouais. On en chie toute sa vie, et là-dessus – hop ! on crève. »

La prise de contrôle a eu lieu le 3 décembre.

Pendant quatre heures, Bobby a transmis les modifications requises à partir d'une parabole normalement destinée à redistribuer les communications téléphoniques. À la base, le mode de fonctionnement était le suivant : on se substituait au N.R.O., ce qui nous mettait en mains tous les leviers de commande. De son côté le N.R.O. disposait des moyens de contrôle conférés par le code VHM, plus certaines améliorations que nous y avions apportées – comme ça ne resterait pas très longtemps secret, nous n'étions pas obligés de prendre les mêmes précautions qu'AmMath pour couvrir nos traces.

Si nous ne l'avions pas averti, le N.R.O. aurait mis un moment à comprendre ce qui s'était passé. Il communiquait toujours avec ses satellites au moyen des mêmes instructions cryptées, il pouvait toujours prendre des photos et manœuvrer les satellites. En fait, si on ne les avait pas mis au courant, le seul changement susceptible de nous trahir aurait été le taux d'occupation de la mémoire embarquée à bord de chaque satellite. Mais c'était une variable si fréquemment modifiée que le N.R.O. n'aurait probablement rien remarqué. En tout cas pas tout de suite...

Les 3 et 4 décembre, nous avons lancé des vérifications successives en cherchant à savoir s'il existait des moyens de parer à notre tentative de prise de contrôle. Nous avons ajouté quelques patches çà et là et les cinq autres sont rentrés chez eux. Moi, je suis parti pour Washington.

Rosalind Welsh a quitté son domicile à six heures et demie du matin au volant d'une Toyota bleu métallisé. J'ai relevé le numéro. Bobby l'avait déjà obtenu la veille en piratant le registre des immatriculations, mais nous tenions à tout vérifier. Je n'ai pas pu suivre Welsh jusqu'à la N.S.A., mais comme nous avions évalué les temps de trajet à l'avance, j'ai appelé Bobby depuis un mobile : « Elle vient d'entrer dans le périmètre. Elle sera au parking dans trois minutes.

— Tu as bien relevé le numéro ?

— Ouais. Le tien était le bon.

— Tu as la trouille ?

— Ouais.

— Ça prouve que ta santé mentale est intacte. » Un gloussement. « Quoi qu'il arrive, ça va être intéressant... »

Le lendemain j'étais dans l'est de l'Ohio. Je rentrais chez moi. À un moment, je me suis arrêté sur une aire de repos pour camionneurs et j'ai appelé Rosalind Welsh à son bureau, depuis le même mobile. C'est sa secrétaire qui m'a répondu. « Ici Bill Clinton, ai-je annoncé. Vous avez quinze secondes pour me passer Mrs. Welsh. C'est son coup de fil le plus important de l'année, alors je vous suggère de me la trouver. »

Cinq secondes plus tard j'avais Welsh en ligne.

« Qu'est-ce qu'il y a ?

— J'ai besoin d'un numéro de téléphone où vous expédier un fichier informatique.

— Qu'est-ce qui m'oblige à... ?

— Ne discutez pas. Ce sont des photos, et je vous garantis qu'elles vont vous intéresser. Alors donnez-moi ce numéro sinon je disparais dans la minute. »

Elle s'est exécutée.

J'ai appelé Bobby depuis la cabine publique d'une autre aire de repos pour lui transmettre le fameux numéro de téléphone. Puis je me suis remis en route, plein est. J'étais bien certain que la N.S.A. saurait localiser le téléphone mobile d'où était parti l'appel, et aussi celui dont j'allais me servir ensuite. À partir de là, ils en déduiraient que je me dirigeais vers l'est.

J'ai rappelé vingt minutes plus tard. « Ici Bill Clinton, ai-je annoncé à la secrétaire.

— Un instant s'il vous plaît... »

Welsh a décroché, mais la communication rendait un son bizarre. « Qu'est-ce que vous avez trafiqué avec la ligne ?

— Il y a autour de moi certaines personnes désireuses d'entendre notre conversation.

— Vous avez regardé les images que je vous ai envoyées ?

— Oui.

— Vous saisissez de quoi il s'agit ?

— Disons que nous avons notre petite idée. Il semble qu'on y voie notre parking.

— C'est bien ça. Si vous faites attention à la disposition des véhicules, vous verrez que le vôtre est situé dans la partie nord-est, et que la personne qui en descend est bien vous. Vous vous rendrez compte également que les clichés ont été pris hier à partir d'un satellite Keyhole. Voilà l'activité illégale à laquelle se livrait AmMath. Ses informaticiens ont écrit une séquence de code – code que vous avez approuvé, d'ailleurs – qui vient se surajouter au moteur de cryptage et leur permet d'utiliser les satellites concernés. AmMath revend des photos satellite à tous les pays du Proche-Orient et du Sud-Est asiatique, et ce depuis le lancement des Keyholes. D'après nous, ils approvisionnent aussi bien l'Inde que le Pakistan, par exemple.

— À qui avez-vous parlé de tout ça ? » Une voix d'homme, grave, acerbe, rageuse.

« À personne. Toutefois, nous avons réuni un dossier complet que nous pouvons poster à tout instant à une dizaine de sénateurs et de membres du Congrès, sans parler du *New York Times*, du *Washington Post*, du *L.A. Times*, du *Dallas Morning News*, du *Chicago Tribune* et de quelques autres destinations qui ne vous feront pas plaisir du tout. D'ailleurs, nous avons bien envie de mettre notre menace à exécution...

— Comment ça ! ?

— Si vous ne nous foutez pas la paix, on ne va pas se gêner. On en a marre de vous avoir sur le dos, bande de fascistes ! Vous foutez en l'air la vie de tout un tas d'innocents avec votre traque de Firewall bidon sur toute la ligne ! C'est AmMath qui a inventé Firewall ; quant à l'assaut contre le fisc, il est le fait d'une bande de minables en Europe, nous le savons très bien. Vous aussi, d'ailleurs ; et la presse aussi – elle marche dans votre combine parce que ça distrait les masses. Nous voulons que vous mettiez fin à tout ça ; sinon, nous expédierons le fameux dossier et c'en sera fini de la N.S.A. En plus, il y en a chez vous qui vont se retrouver à l'ombre.

— Nous savons qui vous êtes ; nous sommes en ce moment même en train de remonter jusqu'à vous. Nous abattons les dernières cloisons qui nous séparent.

— Mon œil ! Jusqu'ici vous n'avez chopé qu'une ou deux personnes importantes, et ce, uniquement parce qu'elles se sont montrées négligentes. Les autres, c'est-à-dire nous, on va vous niquer à fond si vous ne nous laissez pas tranquilles.

— Dites donc, ducon, je vous signale que c'est au gouvernement des États-Unis que vous êtes en train de parler, là...

— Sûrement pas. Je parle à un bureaucrate mort de trouille. Et ce n'est rien à côté de la trouille que vous aurez quand on commencera à envoyer les photos de surveillance à la presse.

— Vous êtes hors du coup ; vous n'avez plus accès aux Keyholes.

— Désolé, mon vieux, mais ce n'est pas comme ça que ça marche, ai-je rétorqué. Le réseau Keyhole est à nous, maintenant. Le seul accès qui vous reste est hermétiquement isolé par le programme que nous y avons introduit. Nous avons érigé un pare-feu – un *firewall*, comme on dit – autour de vos canaux d'accès. Demandez donc à ceux de vos employés qui s'efforcent en ce moment même d'y entrer ; allez-y, demandez-leur... Ils pourront prendre des photos... si nous les y autorisons ! Ils pourront même reprogrammer les satellites pour une autre mission... si nous les laissons faire ! Seulement, si on se fâche, on vous barrera l'accès et on se mettra à photographier les plages de nudistes, les familles royales du monde entier et le lieu de villégiature privée du président des États-Unis... Ensuite, on fourguera les clichés au *Star*, à *People*, bref à qui en voudra. En précisant bien qu'ils sont *courtesy of* le réseau Keyhole, bien sûr. »

Un long silence. Puis Rosalind Welsh a pris la parole : « Ne faites pas ça.

— Tout dépendra de vous. Quand on sera en colère, vous vous en rendrez facilement compte : votre accès aux Keyholes sera brusquement interrompu. Évidemment, vous pourriez demander vingt milliards au Congrès et mettre en place un second réseau, mais à mon avis, les Représentants ne seront pas ravis d'apprendre que vous avez paumé le premier... »

La voix mâle a repris : « Espèce d'ordure ! Traître ! Salaud !

— Dites donc, je vous signale que c'est à Bill Clinton que vous parlez, là ! Écoutez : nous n'avons pas l'intention de renverser le gouvernement ; on veut juste que vous nous lâchiez, c'est tout.

— Nous ne pouvons rien promettre en détail..., a avancé Welsh.

— Ah, mais il ne s'agit pas de négocier ! Ne croyez pas ça une seconde. Il s'agit d'extorsion pure et simple. Si vous nous foutez la paix, vous pourrez reprendre l'exploitation des Keyholes comme par le passé. Personne ne saura jamais qu'AmMath vendait des photos satellite au Pakistan, que ses dirigeants ont créé un réseau Firewall bidon pour couvrir deux assassinats commis par ses employés et que vous étiez au courant, personne ne saura que le réseau Keyhole est désormais entre les mains d'une bande de hackers. Il suffit que vous cessiez de nous harceler. Sinon, vous avez intérêt à vous accrocher parce que ça va barder... »

J'ai pris la première bretelle de sortie qui s'est présentée et balancé le mobile dans le fossé après l'avoir essuyé. Puis j'ai repris le chemin de St. Paul.

Le plus beau, c'est que ça a marché. Ils nous ont lâchés.

Les services fiscaux ont annoncé qu'en collaboration avec les autorités américaines, Interpol avait émis un mandat d'arrêt international visant une demi-douzaine de hackers européens accusés d'avoir lancé l'attaque contre leur site, lequel était dorénavant parfaitement protégé. De son côté, le porte-parole du F.B.I. a déclaré que l'agence avait neutralisé le réseau Firewall, ajoutant que cette victoire était due à une vigilance sans faille. Cela devait servir de leçon aux autres groupes de hackers – dans ce pays, on ne s'en prenait pas impunément aux forces du maintien de l'ordre.

Alors que je lisais le journal local couché sur mon canapé, le Chat assis à côté de ma tête, tout à coup, on a frappé. Je suis allé ouvrir : c'était LuEllen en jeans et bottes de cow-boy, tenue complétée par une veste courte qui ressemblait à s'y méprendre à du vison.

« On peut se voir ? a-t-elle demandé.

— Et comment. Entre. »

On a bu un café dans la cuisine, assis sur l'appui de la fenêtre, face au Mississipi pris dans les glaces. Dans les rues, les passants emmitouflés montaient et descendaient la colline en soufflant des nuages de vapeur.

D'après la météo, il faisait -12°. Belle journée pour rester bien au chaud chez soi à peindre.

On avait des tas de choses à se raconter. Par exemple, on s'est dit qu'on n'était pas tout à fait en sécurité. On a parlé de Jack et Lane. On a évoqué la possibilité que des agents du gouvernement viennent subitement rôder dans les parages. Il a aussi été question de l'effondrement d'AmMath et de la disparition de Corbeil.

« Les autorités vont rester en dehors de tout ça un bon moment », ai-je affirmé.

J'ai précisé que de temps en temps le Net serait saturé par la multiplication d'un même message énigmatique : « Bobby, appelle l'Oncle. »

« Il le fait, tu crois ?

— Je l'ignore. Je le laisse décider.

— Tu penses qu'il va vraiment mourir ?

— C'est ce qu'il prétend. Mais pas tout de suite. »

Nous sommes restés un instant silencieux. Puis elle a repris : « La carte représentant le diable, tu te souviens ? Le tarot ? Elle nous l'avait prédit.

— Rétrospectivement, en tout cas.

— Pas de scepticisme avec moi, Kidd. Tu reçois des messages de je ne sais où, et je crois que tu devrais arrêter ça.

— Mais oui, c'est ça, des *messages...* » Cependant, elle était si sérieuse que je n'ai pu m'empêcher de rire. Qu'est-ce que c'était que ces fariboles ?

Les journaux texans ont rapporté qu'un individu en possession du passeport de Corbeil était passé au Mexique peu après l'incendie du ranch appartenant à ce dernier, situé à Waco. Le document – acquis sous un faux nom – était sous la garde du F.B.I. On n'avait pas encore retrouvé Corbeil, mais certaines informations laissaient croire qu'il pouvait se trouver en Asie du Sud-Est.

LuEllen craignait qu'il ne revienne se venger.

« Aucun souci de ce côté-là », l'ai-je rassurée.

Elle n'a pas posé de questions.

LuEllen est restée. Clancy s'était trouvé quelqu'un d'autre pour l'aider à concevoir son bateau ; et j'avais bien eu froid aux pieds tout l'hiver. Ma vieille complice était donc la bienvenue.

Néanmoins, couché auprès d'elle dans le noir cette nuit-là, bien réveillé et avec dans l'oreille son souffle régulier, j'ai senti le doigt des ténèbres s'enfoncer une fois de plus dans ma chair. Ces deux derniers mois, il était venu me titiller à plusieurs reprises, généralement au moment de sombrer dans le sommeil : c'était le spectre de St. John Corbeil.

Je resterai à jamais le seul à le savoir, mais le passeport en question était celui-là même que Green, Lane, LuEllen et moi nous étions repassé autour d'une table de restaurant, le soir de notre virée à l'appartement de Corbeil. L'homme qui l'avait en sa possession franchissait régulièrement la frontière mexicaine, toujours en un point différent, sous un nom différent. Décidément, ce passeport avait été bien utile...

Quant à Corbeil, il gisait sous trente centimètres de sol texan à forte teneur en sable, au fond d'une tombe hâtivement creusée à quelques kilomètres au nord de Waco (Texas).

Et la nuit, dans mon lit, je songeais qu'il devait se sentir bien seul, là-bas.

Je me suis retourné et j'ai effleuré le dos de la jeune femme qui dormait près de moi. Peut-être saurait-elle chasser ce spectre.

Avec un peu de chance...

Postface de l'auteur

Mes fidèles lecteurs connaissent bien l'inspecteur Lucas Davenport, de la police de Minneapolis : ses méthodes musclées – voire sadiques, dans certains cas – sont décrites dans *La Proie de l'esprit, La Proie de l'ombre, La Proie de la nuit, Une proie en hiver*, entre autres titres de la série.

Mais Davenport n'est pas mon premier antihéros de « thriller ». Cette distinction revient au personnage du présent roman, le peintre/hacker Kidd (qui fait pourtant quelques apparitions non créditées dans la série des « Proie »).

Les contraintes éditoriales étant ce qu'elles sont, Kidd a dû tirer sa révérence au moment où Davenport s'est mis à bien se vendre ; mais au fil des ans, quand je sillonnais le pays pour promouvoir mes livres, il y avait toujours quelqu'un pour me demander quand il reviendrait.

Au premier rang des fans de Kidd figurait mon fils, Ros, lui-même assez calé en informatique. J'ai fini par lui dire que s'il était prêt à ébaucher la structure de l'intrigue, des personnages et quelques idées directrices, je voulais bien essayer de m'y coller. Il m'a pris au mot, je l'ai pris au mot, et vous tenez le résultat entre vos mains. J'espère que ça vous a plu.

Duo de choc

(Pocket n° 11839)

Carmel Loan, l'une des plus brillantes avocates de Minneapolis, est prête à tout pour avoir l'homme qui lui plaît, même s'il faut engager une tueuse à gages pour se débarrasser de l'épouse gênante. L'histoire aurait pu en rester là si Carmel n'avait pas pris, elle aussi, goût au sang. Lorsqu'il se met à enquêter sur plusieurs homicides, Lucas Davenport ne se doute pas qu'il est sur les traces de deux femmes aux charmes mortels…

Présumé coupable

(Pocket n° 11564)

À Minneapolis, le jeune policier Lucas Davenport est chargé d'enquêter sur le meurtre de Dan Kresge, un magnat de la banque. Lucas soupçonne immédiatement un des employés de Dan Kresge, un homme d'un tempérament violent, qui risquait de perdre son poste au moment où son patron préparait la restructuration de sa banque. Les preuves s'accumulent contre ce suspect, jusqu'au jour où l'inspecteur de police fait une macabre découverte qui le fait douter de sa première hypothèse…

www.pocket.fr
Le site qui se lit comme un bon livre
Informer
Toute l'actualité de Pocket, les dernières parutions collection par collection, les auteurs, des articles, des interviews, des exclusivités.
Découvrir
Des 1ers chapitres et extraits à lire.
Choisissez vos livres selon vos envies :
thriller, policier, roman, terroir, science-fiction...
POCKET
Il y a toujours un Pocket à découvrir
sur www.pocket.fr

Impression réalisée sur Presse Offset par

BRODARD & TAUPIN

GROUPE CPI

35008 – La Flèche (Sarthe), le 27-04-2006
Dépôt légal : novembre 2005
Suite du premier tirage : avril 2006

POCKET – 12, avenue d'Italie - 75627 Paris cedex 13

Imprimé en France